从此以后

それから

【日】夏目漱石（なつめ そうせき）著
竺家荣 译

二

时代文艺出版社

图书在版编目（CIP）数据

从此以后 / (日) 夏目漱石著 ; 竺家荣译. -- 长春:
时代文艺出版社, 2019.2（2024.10重印）
ISBN 978-7-5387-5448-3

Ⅰ. ①从… Ⅱ. ①夏… ②竺… Ⅲ. ①长篇小说－日本－近代 Ⅳ. ①I313.44

中国版本图书馆CIP数据核字(2018)第114663号

从此以后

CONG CI YIHOU

[日] 夏目漱石 著 竺家荣 译

出品人：吴 刚
责任编辑：刘 兮
装帧设计：孙 利
排版制作：隋淑凤

出版发行：时代文艺出版社
地 址：长春市福祉大路5788号 龙腾国际大厦A座15层 （130118）
电 话：0431-81629751（总编办） 0431-81629758（发行部）
官方微博：weibo.com/tlapress
开 本：640mm × 910mm 1/16
印 张：17
字 数：181千字
印 刷：三河市万龙印装有限公司
版 次：2019年2月第1版
印 次：2024年10月第13次印刷
书 号：ISBN 978-7-5387-5448-3
定 价：35.00元

1

从门外传来什么人嘎达嘎达跑过去的声音时，代助看到眼前高高悬着一双巨大的厚底木屐。随着脚步声远去，那木屐又倏地一下从眼前逃之夭夭了。这时候代助醒来了。

他瞧见枕旁的榻榻米上落着一朵重瓣山茶花。昨天夜里，代助分明听见这朵花吧嗒一声掉下来。在他听来，那声音足有一只皮球被人从天花板上砸下来那么响。他也知道可能是夜深人静造成的错觉，但为了心安，他还是把右手放到心脏上，听着肋骨边上怦怦搏动的血脉又睡着了。

代助睡眼蒙眬地凝视着那朵如婴儿脑袋大小的山茶花，突然想起什么，把手按在平躺的胸脯上，又测试起心跳来。近来他新添了这么个躺着测试心跳的毛病。心脏仍然平稳正常地跳动着。代助把手按在胸口上，想象着在这怦怦跳动下缓缓流动的鲜红的热血。这就是生命。此刻自己正用手掌按压着这流动着的生命，而这手掌感触到的近似时针的回响，如同把自己引向死亡的警钟。倘若可以不听这警钟活在世上的话……倘若这盛装血液的皮囊，不兼有盛载时间之用，自己该多么轻松愉快啊！自己将怎样纵情享受人生啊！可是……代助不由得哆嗦了一下。他是个渴望活着的人，就连想象因血流正常跳动的安静的心脏都受不了。他经常睡觉时把手放在左乳下方，无端地胡思乱想这里被人打了一锤子可怎么办。代助虽然身体无恙地活着，但有时竟然会觉得，这样活得好好的，不过是奇迹般的侥幸。

代助把手从胸口收回，拿起枕边的报纸。他从被子里伸出两只手，把报纸打开，看见左边版面上画有某男人正在砍杀女人的画。代助赶忙移向右边版面。这页上登出了闹学潮的大字标题。代助读了一会儿这个报道，手渐渐发酸了，报纸从他手里啪嗒一下掉在被子上。他点了一支烟，一边抽烟一边将被子掀开五寸宽，伸出手拿起榻榻米上的山茶花，对着鼻子嗅起来。他的嘴、胡须和大半个鼻子都被花儿遮住了。他喷出的烟雾在山茶花瓣和花蕊上缭绕不去。代助把那朵花放在白色床单上，站起来去了浴室。

代助在浴室里仔仔细细刷了牙。这整齐的牙齿常常令他引以为豪。然后他脱光衣服，把前胸和后背都擦个干净。他的皮肤光泽而细腻。每当他摇晃肩膀、举起手臂时，皮下脂肪会微微胀起，就像涂抹了一层香油后，再仔细擦掉了一般油亮，他对此也颇感自得。随后梳理一头黑发。有趣的是，他的头发即使不搽油也很好梳理。他的胡须也和头发一样纤细而柔软，优雅地遮盖在嘴唇上面。代助对着镜子，就像女人搽脂粉时那样，双手拍了两三下自己这富态的脸颊。他是个对自己的容貌非常自负的人，如有必要，他甚至敢涂脂抹粉。他最厌恶的就是阿罗汉[①]那种脸型和表情，所以每次面对镜子，他都心怀庆幸："啊，总算没长成那副尊容，真是谢天谢地！"因此，即便听到别人说他爱讲究，他也毫不苦恼。一句话，他就是这般超前于旧时代的日本。

约莫三十分钟后，代助坐到了饭桌前。他一边喝热红茶，一边往烤面包上抹黄油。这时，名叫门野的学仆从房间里把报纸拿过来了。他把叠成四折的报纸放在坐垫旁边，大惊小怪地说道：

"先生，这回可闹大了啊。"这学仆见到代助，总是"先生，先生"地操着敬语。起初代助苦笑着制止过一两回，门野只管嘿嘿地笑着说"可是，先生……"，马上又叫起"先生"来。没法子，代助也只好听之任之，渐渐成了习惯。如今只有这个年轻人可以坦然地叫他"先生"。其实，学仆对自己的主人，除了叫"先生"之外，也没有更合适的称呼了。代助也是把门野留下做学仆后，才意识到这点的。

"你是说学生闹事的事吧？"代助表情平静地咬着面包。

"可不是，多痛快呀。"

"你是说把校长赶走痛快吗？"

---

① 即罗汉，是伟大的佛陀得法弟子修正最高的果位。其貌大多形骨奇特。

“是啊，最后他不辞职也不行吧。”门野笑嘻嘻的。

“校长要是辞了职，你也能赚到什么便宜吗？”

“先生不好开这样的玩笑。太计较得失的话，哪有什么快乐啊？”

代助照样吃着面包。

“他们是真的恨校长，还是另有得失问题，想把校长赶走，你知道吗？”代助说着，拿起铁壶往红茶杯里续开水。

“我不知道，怎么，先生知道？”

“我也不知道。即使不知道，如今的人要是无利可图，会那样闹事吗？那不过是表面文章呀，你懂吗？”

“什么？是这样啊。”门野稍稍严肃了些。代助不再说话了。门野是个脑袋不灵光的人，不管你跟他说什么，他都是千篇一律地回一句“什么？是这样啊”，还满不在乎的。对人家跟他说的事，也不知到底明白了还是不明白。代助倒觉得他不事事较真、不过激，这点也挺好，就留下他做学仆。可是，这门野既不去上学，也不爱看书，整日无所事事。代助曾劝过他：“你学点儿外语如何？”门野只回答“是吗”或是“是这样啊”，绝口不说“好的”。像他这种懒人，也回答不出什么像样的来。而代助呢，也不是生来为了教导门野的，并不强求，随其自便。幸好门野头脑虽懒惰，身体蛮勤快，代助很稀罕他这一点。不光是代助，就连家里的阿婆，自从门野一来，好像也轻松了不少。因此，阿婆和门野相处甚好。主人外出的时候，两人常常闲聊天。

“阿婆，先生究竟打算做什么呢？”

“像先生这样有学问，做什么都不是问题呀。不用为他担心。”

“我倒是不担心。我是觉得先生还是做点儿什么的好。”

“莫非是打算娶了夫人之后，再慢慢找个事由吧。”

“这个主意好啊，我也想像先生那样生活呢，一天到晚看看书，听听音乐什么的。”

“你这么想？”

“不读书也行，要是能像他那样悠闲自在多好啊。”

“那都是命里注定的，没法子噢。”

“是这样啊。”

反正二人聊的不外乎这些内容。门野搬进代助家的两周之前，这位年轻的独身主人与这个食客之间，有过下面一段对话。

“你在上学吗？”

“原先上过，现在辍学了。”

“原先在什么地方上过？”

“去过好多学校，反正去哪里都觉得厌倦。”

“很快就厌倦了吗？”

“嗯，差不多吧。”

“这么说，你不太想念书了？”

“嗯，一点儿也不想。而且最近家中的日子不太好过。”

“听家里的阿婆说，她认识你母亲。”

“嗯，原来我们两家住得很近。”

“你母亲还……”

“母亲还是在家里揽点儿不挣钱的活儿干，但是近来不景气，好像挣不到钱。”

“你说好像挣不到钱……你不是同她住在一起吗？”

“住是住在一起，可是母亲总是数落我，所以我从来不多问。不管什么事，她都叨叨个没完。”

“你哥哥呢？”

“哥哥在邮政局做事。”

“你家里还有其他人吗？”

“还有个弟弟，他在银行里做事……唉，比打杂的稍好些吧。”

“这么说，闲着的就你一个了？”

“嗯，是这样。”

“那么，你平时在家里都干些什么？”

“一般就是睡觉，要不就出去溜达溜达。”

“家里人都在干活儿挣钱，只你一个睡大觉，不觉得苦恼吗？”

“不觉得多苦恼。”

“一家人很和睦吗？”

“倒也没吵过架，说来也是怪了。”

“可是，你母亲和哥哥，一定巴不得你尽早自立吧？”

“也许是这样吧。”

“看样子你是个没心没肺的人。你真是这样的人吗？”

“是啊，我从来不撒谎。”

“这么说，你是个乐天派喽？”

“嗯，算是乐天派吧。”

“你哥哥多大啦？”

“算起来，他今年二十六了。”

“那可该娶媳妇了。你哥哥成亲以后，你还像现在这样无所事事吗？”

“到时候再说了，我自己也不知道以后怎么样，车到山前必有路吧。”

“还有别的亲戚吗？”

“还有个婶子，她如今在横滨干漕运呢。”

“婶子干漕运吗？”

“不是婶子在干，应该说是叔父在做。”

“你何不去婶子那儿，让她给你个活计干干，漕运业很需要人手吧？”

“我生性怠惰，他们多半不会要我的。”

“这样想可不行啊。实话告诉你吧，你母亲来拜托我家的阿婆，想把你送到我这里来呢。”

“嗯，母亲好像说起过这个事。”

“你自己到底怎么打算呢？”

“是，我尽量勤快些……”

“你愿意来我这儿吗？”

“嗯，挺愿意的。”

“不过整天睡觉散步可不行噢。”

“那不成问题。我身体结实，泡澡挑水什么的都干得了。”

“我家里有自来水，不用挑水。”

“那就打扫卫生吧。”

门野就是以这样的条件成了代助的学仆的。

代助吃完饭，抽起烟来。一直抱着膝盖坐在橱柜后面，靠着柱子发呆的门野，觉得现在正是时候，又跟主人搭话：

“先生，今天早上心脏感觉如何？”

他前些天知道了代助这个毛病，带着几分戏谑问道。

“今天还没什么。”

“怎么老是明天就要出毛病似的。像先生这样过分在意身体的话，说不定最后真得了病呢。”

“已经得病了呀。”

门野只回了“是啊”，瞧着代助油光发亮的脸，隔着短外褂打量他那肌肉丰满的肩头。每当这种场合，代助总觉得这个年轻人有些可怜。因为在代助看来，这个青年的脑袋里装的全都是牛脑子。跟他谈话，他只能在众人走的大路上跟着走上五十米，稍微往岔道上一拐，他立刻就会迷路。他绝对不会让自己走进沟壑纵横的逻辑的地盘。至于他的神经系统就更粗了，好比用粗绳子胡乱编成的。代助观察这个青年的生活状态时，甚至会奇怪此人究竟为什么要苟活在世上。即便是这样，门野照样若无其事地混日子。他居然还把自己这种混日子与主人的生活态度看成同属一类，自鸣得意的。更可笑的是，他还仗着自己唯一可夸耀的强壮身体，讥讽主人最敏感的弱点。代助的神经，是对自己特有的缜密思考能力和敏锐的感受性付出的税钱，是高尚教育的彼岸发出的回音般的痛苦，是成为一个天赋的贵族所得到的不成文的刑罚。正是忍受了这些牺牲，他才成为现在的自己。有时甚至是从这些牺牲本身，真正认识到人生的意义。门野对这些深奥的道理当然一概不懂。

“门野，邮件还没有来吗？”

“邮件吗？哦，来了，送来一张明信片和一封信，放在桌子上啦。要拿过来吗？”

“不用啦，我过去拿也行。”

代助回答得含混不清，所以门野已经站起来，把明信片和信拿来了。明信片上，只有淡墨草写的几句：“今日两点抵东京，暂且在外面投宿，特先告知，明日上午叨扰。”正面写着内神保町的旅店名称和发信人平冈常次郎的名字，和背面一样，字迹非常潦草。

“这么说已经到了，是昨天到的。”代助自言自语着，又拆开了那封信，是父亲的笔迹。信上写道：“我两三天前已经回到家里，虽说没什么要紧事，但有些话还是要对你说，接到此信后，回家来一趟。”还告诉他，京都还不到赏花时节，普通快车很拥挤等等，罗列了几行无关紧要的文字 。代助一边卷信，一边来回看着明信片和信。

“你帮我给家里打个电话吧。”

“好的。给家里打电话说什么?”

“就说今天我跟人有约，要和一个人见面，所以回不去。明天或后天一定回去。”

“好的。跟谁说呢？”

“父亲外出旅行刚回家，说是有话对我说，让我回去一趟……但是，你不必找父亲接电话。谁来接电话，就对谁说吧。”

“好的。”门野信步出了门。

代助从餐室穿过客厅回到书房，见房间打扫得很干净，掉在榻榻米上的山茶花也被清扫了。代助走到花瓶右侧的组合书架前，从书架上取出一本厚厚的相册，打开金属卡锁，一页一页地站着翻看起来，翻到一半时，他的手突然停下了，这页里有一张二十岁左右的女子的半身照。代助低头凝视着照片上女子的容貌。

2

代助正想着换上和服，到平冈住的旅店去看望他时，恰好平冈自己来了。只听见车子嘎啦嘎啦地一直拉到家门口，随着“就这儿，就这儿”的说话声，车把咚的一声落了地。平冈的嗓音和三年前分别时没什么两样。在玄关处，平冈对出来迎他的阿婆说：“我把钱包忘在旅店了，先借二十钱。”代助听着这些动静，不由得想起了学生时代的平冈。他赶忙跑到玄关，热情地把老朋友让进了房间。

“你怎么跑来了？今天可得多待会儿啊。”

“哟，还有椅子呢。”

平冈说着一屁股坐在了安乐椅上。看他这架势，仿佛自己这足有五六十公斤重的躯体还不值三文钱呢。平冈将他的和尚头靠在椅子背上，扫视了屋内一圈，赞道：

“你家真是不错啊。比我想象中的好。”

代助没有接话，打开了雪茄盒的盖子，然后问道：

“后来，你过得怎么样啊？”

“说来话长啊。”

“起先你还常来信，大致知道一些情况，可最近音讯全无了……”

“别见怪啊，我跟谁都不大联系的……”平冈突然摘下眼镜，从西服胸前拿出皱巴巴的手帕，眨着眼睛，擦起镜片来。他当学生的时候就是近视眼。代助定睛看着平冈的举动。

“还是先说说你自己吧。”平冈说着双手拿着眼镜，把精细的眼镜腿小心地戴在耳后。

“我还是老样子呀。”

“老样子是最好不过了，世事无常啊。”

这时，平冈皱起眉头，望着庭院，突然换了个口气说：

“嗬，还有樱树哪。才刚刚开花呀，气候和我们那边差了不少呢。”

平冈说话的腔调，不像以前那样沉稳了。代助有些失望，附和了一句：

“你们那儿很暖和了吧？”

不料平冈听了顿时兴奋起来，声音洪亮地回答：“嗯，暖和多了。”就像是猛然间意识到自己的存在，脱口而出的口吻。代助又打量起平冈来。平冈点上了一支雪茄烟。

这时候，阿婆总算端来了茶壶。“壶里是刚加的水，要等水烧开，就耽误了工夫。茶水上晚了，对不起啦。”她一边解释着一边把茶盘放在桌子上。在阿婆唠叨时，两个人都默默地瞧着紫檀木茶盘。阿婆见没人吭声，只得干笑着走出去了。

“她是谁呀？”

“老女佣，雇来的。我得吃饭呀。”

“挺会说话的嘛。”

代助微微撇了撇红润的嘴唇，不屑地笑了笑，说道：

“她没有在这样的人家里做过用人，凑合着用吧。”

“还不如从你家里找个用人来。你家有的是吧？”

“可都是年轻的呀。”代助很认真地回答。

平冈哈哈哈笑起来，打趣道：

“年轻的，不是更好吗？”

“反正家里的用人都不行。”

“除了这个老女佣，还有别人吗？”

“还有一个学仆。”

门野不知什么时候回来了，正在厨房里跟阿婆说话。

“只有这两个人吗？”

“是啊，怎么了？”

“这么说，还没有娶媳妇了？”

代助脸一红，但马上像平素那样很平淡地说：

“要是娶媳妇，至少会通知你呀。我看，还是说说你的……”

代助突然打住，不往下说了。

代助和平冈上中学时就是朋友。尤其是毕业后的一年里，二人亲如兄弟。那时候他们最开心的事，就是彼此坦诚相待，互帮互助。这也常常见诸于行动，由此他们一直坚信，彼此为了对方说出的每一句话，都不是说着玩儿，而是包含着为对方牺牲自己的意思。然而，一旦要付出这种牺牲时，这乐趣会瞬间变成痛苦，对这一必然结果，他们竟丝毫没有意识到。

一年后，平冈结了婚，与此同时，他被调到就职银行的京阪地区某分行去了。出发那天，代助把新婚夫妇送到新桥车站，装作很愉快地和平冈握手告别，祝愿他们“早日回来”。平冈反倒不以为然地说：“没办法呀，暂时忍耐一下吧。”他眼镜后面的眼睛里，却浮出叫人艳羡的得意之色。代助不禁突然憎恶起了这个朋友。回家后，代助闷在房间里沉思了一天，那天本来要陪嫂子去听音乐会的，他也无心去听，让嫂子担心得不得了。

起初，平冈经常写信来。报告平安抵达的明信片，在那边安了家的通知信，再后来是告知在分行上班的情况，以及自己对未来的期望等等，什么都写。每次收到来信，代助总是认真地写回信。奇怪的是，每次写回信时，他总是隐隐感到不安，有时实在忍受不了，就放下笔不写了。只有当平冈在信里对代助过去的所为，多少表达点儿谢意时，他才能顺畅地写出比较平和的回信。

渐渐的，他们就不怎么通信了。从每月两次减少为一次，进而拖延至两三个月一次。到后来，代助觉得若不写信反而不安起来，即便没有什么可写的，也为了赶走这种感觉，写封信发出去。这样维持了半年左右后，代助感觉自己头脑和心胸都慢慢发生了变化。伴随着这种变化，给不给平冈写信都不觉得怎样苦恼了。代助出来单过已一年有余，只是在今年春天互寄贺年片时，他才顺便把现在的住址告知了平冈。

但是，因为某个缘由，代助根本无法把平冈忘掉。他会时常想起他。现在他生活得怎么样等等，各种想象纷至沓来。当然只限于想象，他没有勇气也没有必要花心思去打听或询问什么，直到今天。没想到，两个星期之前，突然接到平冈的来信。信上说："打算近期从本地迁居到你那边去。不过，你若以为这是服从总行的命令，带有升职意义的人事变动就错了。我是出于个人原因，急于换个职业才去东京的，到时候还得麻烦你多照应。"这句"麻烦你多照应"的"麻烦"，究竟是真的有所求呢，还是单纯的客套，代助判断不了，但可以肯定，平冈身上一定发生了什么突然的变化。当时代助脑子里闪过这么个念头。

所以，二人一见面，代助就一直等着听对方说说这次调动的始末缘由，可谁知一聊起来，就总也回不到正题上。代助找机会主动问起时，平冈就推说什么"不急，有空再详细说"，迟迟不愿谈及。代助无可奈何，最后只好提议："咱们好久没见了，走吧，出去吃个饭吧。"可平冈还是反复说着"等有空再好好聊聊"，代助硬是把他拉到附近的西餐馆去了。

二人在那家店里喝了好多酒。"吃吃喝喝什么的，还是和从前一样啊。"由这句话开了头，二人逐渐放松下来。代助兴致勃勃地谈起两三天前，去尼古拉大教堂看复活节仪式的事。祭祀活动是午夜零点，待到人们都进入梦乡时才开始。当参拜者的行列绕着长廊走一圈，回到大厅时，几千支蜡烛已不知何时点燃了。穿着法衣的僧侣行列从对面走过去时，一个个黑影映在无色的墙上，显得特别高大。

平冈托着下巴倾听着，眼镜片后面的双眼皮都红了。代助继续说：

“后来，凌晨两点左右，我穿过宽阔的御成大街，沿着黑暗中笔直延伸的铁轨往前走，独自一人来到上野树林，走进了路灯映照下的花丛中。没有游人的夜樱真美啊。”

平冈默默地拿起酒杯一口喝干，又惋惜似的抿抿嘴，以蔑视对方没有见识的口吻说道：

“想必很美吧，我还没机会看到……不过，有闲暇这样独赏夜樱，还是蛮享受的嘛。进入社会后，可就没有这份闲情逸致喽。”

代助听来，先不说平冈说话的口气，单感觉这番话的内容就不合道理。代助认为，比起生活上的阅历来，复活节当夜的体验对于人生更有意义，便反驳道：

“我觉得没有比所谓的处世经验更愚蠢的了。除了痛苦还有别的吗？”

平冈微微睁大醉意蒙眬的眼睛说：

“你的想法好像变化很大啊。可是，痛苦会成为以后的良药，不是你曾经的主张吗？”

“那是没有主见的年轻人屈服于流俗之说，是信口开河时的主张，我早就收回了。”

“可是，你也差不多该进入社会了吧。到时候还是这样子可就不行啦。”

“我早就进入社会了，特别是和你分别以后，我感到这世界更加广阔了。只是和你进入的那个社会性质不同而已。”

“瞧着吧，你这样自以为是，早晚得摔跟头。”

“若是到了食不果腹的末路，我随时会服输。但是，眼下衣食无忧者，又何苦要品尝那种受罪的经验呢。这就好比寒冷的冬天还未到来，印度人就穿上大衣，是一样的道理。”

平冈的眉间闪过一丝不快之色。他瞪着喝得红红的眼睛，狠劲儿地抽烟。代助自知说得有些过头，口气平和下来。

“我有个朋友，对音乐一窍不通。他在学校当老师，薪水不够养家糊口，于是兼任了三四个学校的课，真是让人同情。他每日除了忙于备课、去教室机械地讲课之外，没有一点儿闲暇。好容易到了星期日，也常常睡上一整天，说是得好好休息休息。所以，无论哪里有音乐会，或是有哪位外国著名音乐家来演出，他也没有时间去听。就是说，他只能度过一个完全欣赏不到音乐世界之美妙的人生。让我说，没有比缺乏这样的人生体验更可怜的了！有关面包的体验或许很现实，但毕竟是初级的东西。若体验不到不必为面包和水担忧的悠闲生活，就是白活了一场。你似乎仍然把我看作幼稚的公子哥，但是，在我生活的那个悠闲的世界里，我自认为比你成熟多了。”

平冈一边把烟灰弹到烟灰缸里，一边黯然地低声说：

“是啊，那你就永远生活在那样的世界里好了。”听起来，他那沉重的话音里，仿佛含着某种对富有的诅咒。

两个人醉醺醺地迈出店门，因趁着酒兴进行了一番莫名其妙的争执，结果最关心的情况，代助忘了提及。

“咱们走一走吧。”代助提议。平冈似乎也不像他说的那样忙，不置可否地应着，和代助一起往前走去。从大街拐进小巷后，代助想找个适合说话的清静地方，走着走着，很自然地找到了机会，谈到了正题。

据平冈说，刚调到新地方时，他为了学习业务，或是为了调查地方经济状况，相当忙碌。有可能的话，他很想从学理方面研究一下实地应用的问题。可是由于地位不够高，不得已，只好把自己这个规划放在心里，以备将来有机会再进行试验。最初他曾经给分行长提出过很多建言，但是分行长一向态度冷淡，不予采纳。每当平冈谈起那套复杂的道理时，分行长就特别不高兴。好像在说："你一个毛头小子懂得什么？"其实分行长自己才是不学无术呢。在平冈看来，分行长对他的建议不予采纳，并非瞧不起他，而是因为惧怕他。这是最让平冈气愤的。他不止一次和分行长发生冲突。

但是，随着时间的流逝，平冈的怨气逐渐淡薄下来，想法也变得和周围的气氛融洽起来了，他也尽可能去融入他们。这样一来，分行长对他的态度也慢慢改变了。有时候还主动跟他商量事情。此时，平冈已不再是刚出校门的平冈了，凡是对方不理解或是不合时宜的话，他能不说就不说。

"不过，这和阿谀逢迎、拍马屁还是有区别的。"平冈特意解释道。代助一脸正色地回答："那是当然啦。"

分行长对平冈未来的发展，给予了多方关照。再过些日子，分行长就要回总行去了，他半开玩笑地跟平冈约定："到时候，你跟我一起回去吧。"那段时间，平冈对业务已经熟悉了，深得领导信任，应酬也增多了，学习的时间自然就没有了，他越来越觉得，学习反而会妨碍业务了。

就像分行长对他无话不说一样，平冈对自己的一个姓关的部下也深信不疑，什么事都和此人商量。谁料想，那个人和某艺妓有交往，不知什么时候开始，账目上出现了亏空。此事败露后，当事人关某当然必须开除，但是因某种缘由，如不及时处理，很可能给分行长带来麻烦，所以平冈就引咎辞职了。

平冈讲述的情况，大致就是这些。可是代助听来，平冈之所以提出辞职，是在分行长的暗示下，才不得不这么做的。这是代助从平冈最后几句话里推测出来的。平冈的原话是：“公司职员这种工作，职位越高越有好处。其实那个姓关的，只贪污了那么几个钱，就立刻被开除了。真是可怜啊。”

“这么说，分行长是最占便宜的喽？”代助问道。

“或许是吧。”平冈含糊其辞。

“后来那个人贪污的钱还了吗？”

“还不到一千元，我替他还上了。”

“你还真拿得出啊。看来你也占了不少便宜啊。”

平冈苦着脸，瞪了代助一眼。

“即便占了便宜，也都花光了。那点儿收入连生活费都不够。那笔钱还是跟人借的呢。”

“是吗？”代助平静地说道。代助是个不论什么时候都不会失去平素做派的人。在他那低沉而明快的语调之中，还透出某种圆通之味。

“我是跟分行长借钱，填补了亏空的。”

“为什么分行长不直接借钱给那个姓关的人呢？”

平冈没有回答。代助也没有追问。二人默默地走着。

代助断定，除了平冈告诉他的上述情况外，肯定还有什么隐情。但代助自知没有进一步去挖掘真相的权利。产生这样的好奇心，只能说明自己过于都市化了。代助生长在二十世纪的日本，仅仅三十岁的年纪，就已经到达了Nil admirari[①]的境界。他的思想，并非看到人的阴暗面就格外吃惊那么土气。他的神经也不至于一嗅到陈腐的秘密便喜不自禁那般无聊。不，从另一个方面来说，他是感到了厌倦，即便是比这强几倍的刺激，也不会让他感到享受了。

代助生活在与平冈生活的世界全无交涉的自己独有的世界里，他已经进化到了这样的程度——尽管看进化的背面总是在退化，乃是从古至今的可悲现象。平冈完全不懂得这些。他似乎仍然把代助看作与三年前一样不改初心。他以为向这样的公子哥彻底暴露自己的缺点，就会陷入与乱扔马粪惊吓到小姐们无异的困境。与其多此一举，让对方讨厌自己，不如缄口不言更安全。——代助是这样揣测平冈的内心的。因此他觉得平冈不回答自己的问话，一言不发地往前走，未免有些愚蠢。代助开始把平冈看作孩子了，其程度比平冈觉得代助幼稚，可以说有过之而无不及。不过，当两个人走了二三十米后，又说起话来时，双方都已经释然了。先开口说话的是代助：

“那么，你往后怎么打算的？”

---

① 拉丁语：无动于衷、漫不经心、冷淡的。

“不知道。”

“你在银行干了这么长时间，还是干老本行比较好吧。”

“这个嘛，要看情况而定。其实我正想跟你商量一下呢。怎么样，你哥哥的公司里有没有空缺呢？”

“嗯，我拜托他看看。这两三天内我有事要回家一趟，不过，不敢打保票。”

“如果实业不好进的话，我想去报社试试。”

“报社也不错啊。”

两个人又来到了通电车的马路上。平冈望着远远从对面驶来的电车，突然说要坐这趟电车回去。代助只说了句“是吗”，没有挽留他，也没有立刻分手。他们一直走到立着红色木杆的车站。这时代助问道：

“三千代好吗？”

“谢谢！她挺好的。她让我问你好。其实本来今天要带她一起来的，可是她说，坐火车时晃悠得头昏脑涨的，就让她留在旅店里了。”

电车在他们跟前停下了。平冈紧走了两三步，要上车，又被代助提醒不是这趟车，才没有上去。平冈要坐的电车还没有到站呢。

“孩子真是可惜啊。”

“嗯，太可怜了。那时候劳你操了不少心，多谢了！既然会死掉，不如不生下来的好。”

“后来怎么样呢？没有再要一个吗？”

“嗯，别提了，恐怕想要也要不成了。她的身体不太好啊。”

“现在这个不安定的时期，没有孩子，反倒方便些。”

“说的也是。索性和你一样，一个人过，不就更无牵无挂了吗？”

“那就一个人过吧。”

“跟你开玩笑呢。啊，对了，我妻子总是问，你是不是已经成家了？”

这时，电车开过来了。

3

代助的父亲名叫长井得，老人在明治维新时还上过战场，现在身体仍然十分硬朗。他从官场退休后，进入了实业界，经过多年打拼，挣了不少钱，这十四五年来俨然成了大资本家。

代助有个叫诚吾的兄长，中学一毕业就进入与父亲有业务关系的公司工作，现在已坐稳了公司里的重要职位。诚吾的妻子叫梅子，育有一儿一女，儿子叫诚太郎，今年十五岁，女儿叫缝子，今年十二岁。

除诚吾之外，代助还有一个姐姐，嫁给了外交官，现在随丈夫一起住在欧洲。本来，诚吾和这个姐姐之间还有一个孩子，这个姐姐和代助之间也有个孩子，可这两个孩子都已夭折，母亲也去世了。

代助的家人就是这些成员。不住在家里的，只有出国的姐姐和最近另立门户的代助，所以现在本家有大人孩子，总共五口人。

代助每个月必定回家里取一趟钱。代助依靠着搞不清是父亲还是哥哥的资助生活。除了每月去取钱之外，感到寂寞时，他也会回去的。每次代助回家时，不是和孩子们闹着玩，就是和学仆下五子棋，或是和嫂子聊聊戏剧，然后尽兴而归。

代助很喜欢这位嫂子。这位嫂子属于那种将从前的天保情调①和明治的现代风格结合得天衣无缝的女人。她专门托旅居法国的小姑子，买了一种名字稀奇古怪的昂贵布料寄回来，先后找了四五个裁缝，将布料剪裁后，做成和服腰带，系上它出门显摆。后来才知道，那衣料原是从日本出口的，闹了个大笑话。专门跑去三越展示室②，查到这个信息的是代助。此外，嫂子还喜欢西方音乐，经常被代助拉去听音乐。虽说她爱赶时髦，可对算卦也特别感兴趣，极其崇拜石龙子③和尾岛某某。代助还曾经陪同她坐着人力车，到占卜师那里去过两三回。

侄子诚太郎最近对棒球着了迷，代助回家时，常常给他当投接球的陪练。每年夏初，当很多烤红薯铺子一下子转而卖冰激凌时，诚太郎总是第一个跑去，即便没有出汗，也要吃冰激凌。没有冰激凌的时候，就吃刨冰将就一下。每次吃完，他都

---

① 原文是“天保调”，“天保”是江户时代末期仁孝天皇的年号（1830—1844），天保调是指当时俳句界对于不适应新时代、因循守旧之俳句风格的一种固定说法。此处应是一种借喻，即古朴韵味。

② 位于东京都日本桥的三越服装店的旧称。

③ 江户时代开始传承的有名的相面家。这里指第五代传人。——转引自《后来的事》里吴树文译注。

扬扬自得地回家来。最近他表示："如果相扑馆建好了，我要第一个进去看。"还考问代助知道不知道某某相扑力士呢。

名叫缝子的女孩子，不管别人说什么，她都是那句"我愿意，别管我"，一天要换好几条彩色发带。最近她开始学习小提琴了。一回到家，就开始练琴，那声音就跟拉锯似的。不过，她从来不在人前练琴，总是紧闭房门，嗞拉嗞拉地拉琴，所以父母以为她拉得很好了。只有代助常常悄悄拉开门偷看，她就大嚷："我愿意，别管我。"

哥哥很少在家，特别是工作繁忙的时候，在家里也就是吃顿早饭，其他时间是在哪里度过的，两个小孩子完全不知道。代助也同样一无所知。他也乐得这样，只要不是非要见哥哥不可的事，代助绝不想过问哥哥每天在外面的行踪。

代助在两个孩子那里很受欢迎。嫂子也很喜欢他。至于哥哥喜不喜欢他，就不得而知了。偶尔兄弟俩见面，只是聊一些琐事。二人都是表情平板，端然相对，一副习惯于陈旧家规的样子。

代助最发怵的是老爷子，一大把年纪，还纳了年轻的小妾，这事倒不算什么。其实代助对此反而持赞成态度。他一贯认为，只有那种没有条件纳妾的人，才会反对纳妾。父亲还是个非常严厉的人。小时候，代助总是被父亲吓得战战兢兢的。如今他已长大成人，无须再那样惧怕父亲了。他发怵的只是父亲总把自己的青年时代和代助所处的现代混为一谈，认定二者并没有多大不同。因此之故，父亲动辄以自己过去的处世态度要求代助，代助若没有那么做，就说他在撒谎。不用说，代助从没有试图反诘“我怎么撒谎了”，所以绝对不会争吵起来。其实代助在幼年时期脾气特别坏，十八九岁的时候，甚至跟老爸扭打过一两回。但是，从学校毕业后不久，他这火爆脾气竟然一夜间改掉了。后来也没有再发过脾气。老爷子以为这是自己熏陶的结果，暗自得意。

实际上，父亲的所谓熏陶，只是让这对父子之间的温暖亲情日渐冷却罢了。至少代助是这么看的。然而在父亲心里却是完全相反的理解。不管态度怎样，毕竟是亲父子，因此，儿子对父亲的亲情，不会因为老子的教子方式而有所变化。即便为了教育孩子，方式上有些不当，也终究不会影响到骨肉之间的情感。这位深受儒家思想教化的父亲固执地相信这一点。因此，他认为自己给予了代助的生命这一简单的事实，纵然遇到任何不快和痛苦，也能确保亲情一如既往。父亲就是抱着这样的信念一意孤行的。其结果，他养育了一个对他态度冷淡的儿子。当然，从代助毕业前后开始，父亲的态度也改变了很多，在有的问题上，甚至变得令人吃惊的宽宏大量。然而，这不过是父亲在实行早在代助降生时就给儿子制定好的计划的一部分罢了，并非洞察到了代助的心思改变而采取的恰当态度。父亲对于自己的教子方式给代助带来的恶果，至今仍毫无察觉。

父亲颇以上过战场为荣，动不动就藐视一切地说：“你们没有上过战场，胆量不行，能有什么出息啊？”听他那口气，仿佛胆量乃是人最了不起的能力。每次听到这些话，代助就很反感。他认为，胆识或许只有在父亲年轻时那样生杀予夺的野蛮时代，才是生存的必须资格，而站在文明社会的今天来看，胆识云云，与古代的弓术击剑并无多大差异。应该说，与胆量不能相提并论，甚至比胆识更难能可贵的能力还多得很。再次听了父亲的这番胆识论后，代助跟嫂子调侃说：“照父亲的说法，世上就数地藏菩萨石像最了不起了！”

这样的代助当然是懦弱的，而且丝毫不以懦弱为耻，有时甚至以胆小懦弱自居。代助小时候，曾经在父亲鼓动下，半夜三更专门到青山的墓地去过。强忍恐惧地在那里待了一个小时，实在忍受不了，才脸色苍白地回了家。当时，代助自己也感到很羞愧。第二天被父亲嘲笑时，他憎恨起父亲来。父亲说，他那个年代，曾经有个少年，为了锻炼胆量，养成了这样的习惯：每天半夜穿戴整齐，一个人爬上都城北边一里远的剑峰顶上，还在山顶的小寺庙里待到天明，看过日出后回家。父亲感慨地说，和时下的年轻人相比，那个少年的自觉程度就不一样。

代助觉得一本正经地讲述这件事，动不动就回顾当年如何如何的父亲很可怜。代助讨厌地震。即便是一瞬间的震动，他都会紧张万分。有时候，代助静静地坐在书房里时，不知因为什么动静，会感到地震正在由远处袭来。于是乎，只觉得屁股底下的坐垫、铺席，乃至地板全都震动起来了。他相信自己天生具有这种感知能力。像父亲那样的人，在代助眼里，若不是神经未进化好的野蛮人，就是装腔作势的蠢人。

代助现在和父亲对面而坐。坐在房檐偏长的小房间里，眺望庭院，觉得庭院仿佛被房檐边沿切去了一部分似的。至少天空看上去并不辽阔。不过，这里非常安静，让人放松，坐着很舒服。

父亲在抽烟袋锅，将有提梁的长方烟匣放在跟前，不时砰砰地磕着烟灰。这声音回响在清静的庭院里，很好听。代助已经往手炉里扔了四五支金色烟蒂，不想再从鼻腔喷烟了，就抱起胳膊，望着父亲。以父亲的年纪，脸上肉不算少，脸颊却凹陷了下去。浓眉下面的眼皮显得很松弛，胡须与其说是纯白，不如说是黄色的。父亲说话时有个毛病，喜欢来回看着对方的膝盖和面孔，随着他的眼珠转动，眼白就一闪一闪的，令对方感觉不胜奇妙。

老人此时说道：

“人不应该只考虑自己，还要考虑别人，考虑国家。不为别人多少做些什么，自己的内心也不会愉快的。就拿你来说，整天这样无所用心，心情怎么会愉快呢。那些没有受过教育的下层人另当别论，受过高等教育的人，绝无游手好闲而心情愉悦之理。因为所学的知识，只有应用于实际，方才乐趣横生啊。”

“是的。”代助回答。父亲每次对他说教时，代助总是因穷于应付而敷衍塞责一番。用代助的话说，父亲的看法无不是似是而非地凭借对某件事情的主观臆断得出来，因此毫不具有本质上的意义。非但如此，刚才还主张利他主义，转眼间就改变为利己主义了。尽管说得冠冕堂皇，振振有词，实际上无非是些不着边际的空谈。试图从根本上驳倒父亲，不但是蚍蜉撼大树，根本不可想象。所以，代助总是从一开始就尽可能不发表己见。可是，父亲理所当然地把代助看作自己这个太阳系的一员，坚信自己永远具有控制代助的运行轨道的权利，并一直是这样做的。因此，代助也不得不装作循规蹈矩地围绕着老爷子这个老太阳运转着。

“你不喜欢做实业，我也不勉强你。并非只有赚钱才是对日本有益嘛。不出去挣钱也不要紧。总是唠唠叨叨让你去挣钱，你的心情也不会好吧。生活费用我会像以前一样补贴给你的。我也不知道自己什么时候死，死了以后钱也带不走啊。你每个月的生活费，我一定会给你的。但话说，你也应该振作起来，做点儿什么事情为好。就当是尽尽国民的义务嘛。你已经三十岁了吧。”

“是的。”

“三十岁了还游手好闲的，什么事也不做，太不像样子了。”

代助认为自己绝不是游手好闲的。他只是觉得自己属于不会因为职业而有失体面且拥有充裕时间的上等人。每当父亲说出这样的话时，代助心里都颇感怜悯。因为在父亲幼稚的头脑里，完全看不到，他通过这样有意义的岁月，使自己在思想情操上已结出了丰硕的果实。代助没有办法，只好郑重地回答：

“是的，很不应该。”

老人一向把代助当小孩子看，加上代助的答话总是比较幼稚单纯、不谙世事，所以，老子虽看不惯儿子这般闲散，也无可奈何，儿子成人了，还是这样不懂事，实在叫他犯愁。虽说如此，见代助说话十分镇定自若，不卑不亢，平凡之极，又让老子觉得这孩子无从管教。

“你身体没事吧？”

“这两三年没有得过感冒。”

“你脑子也不算笨。学习成绩好像一直不错的。”

“还可以吧。”

“所以说，这样无所事事才不像话嘛。那个叫什么名字的，就是以前常常来找你聊天的那个孩子，我也见过他一两次那个。”

“平冈吗？”

“对，平冈。那个人，看上去脑袋不那么灵光，可是他毕业后，不是马上就工作了吗？”

“不过，工作不顺，他已经辞职，回东京了。”

老人不禁苦笑：“为什么？”

“大概是为了衣食而工作的缘故吧。”

“难道他做了什么不正当的事吗？”老人不大明白他这句话的意思。

“大概他自认为所做的每件事都是正当的，可是，这正当的事最终还是出问题了吧。”

“哈哈哈。”老人干笑两声，然后换了个语气，说教起来：

“年轻人之所以常常会做错事，乃是因为诚实和热情不足之故。我也凭着多年的经验，干到这把年纪了，但缺少这两点，还是很难成功啊。”

“也有时候，会因为诚实和热情，反而搞砸了吧？”

“这倒不会的。”

父亲的头上方赫然挂着一块“诚者天之道也”[1]的匾额。父亲说，这是先祖的一位旧藩主写的，父亲对它珍爱有加。代助很讨厌这个匾额。首先讨厌其字。其次不喜欢该句名言。他恨不得在“诚者天之道也”的后面，接上一句“而非人之道”。

从前，当藩内财政凋敝而无法收拾时，担当整顿财务大任的长井，请来了两三个与藩侯有交易往来的町人，他卸下刀，向他们低头恳求，请他们通融一些钱款。对于能否还上借款，他心里没有底，便如实告知不知道能否还上钱。因他能够以诚相待，所以达到了借钱的目的。因此功绩，藩主给他写了这块匾额。从那以后，长井一直将它挂在房间里，朝夕相望。关于这匾额的来历，代助已不知听了多少遍了。

十五六年前，旧藩主家里每个月都是入不敷出，好容易重振起来的经济又面临崩溃的时候，由于前些年的才干，长井再度被委以整顿财务的大任。当时，长井亲自烧澡水，从实际支出与账面消费不相符之处着手调查。他没日没夜、废寝忘食地投身此事，终于在不到一个月的时间里，制定出了一套行之有效的管理方法。从那以后，藩主家的日子就比较红火起来了。

由于拥有这样的经历，长井做事从不偏离过去这段轨道一步，无论何事，他都要归结为诚实和热情。

“你这孩子，不知怎么搞的，总是缺少诚实和热情。这可

---

① “诚者，天之道也；诚之者，人之道也。”出自《礼记·中庸》。意思是，诚实是天地之大道，天地之根本规律。追求诚信，是做人的根本原则。

不行。所以才一事无成的。”

“诚实和热情我都具备，就是不能够运用到和人的交往上。”

“为什么呢？”

代助又不知该怎样回答好了。代助认为，诚实也好，热情也罢，并非把自己生来具备的东西存储在心中，而应该像石头和铁碰撞会发出火花一样，因对象不同，在当事人之间摩擦出现的现象。与其说这是自己具备的气质，不如说是精神相通的作用。总之，对象不对路，是擦不出火花来的。

“父亲大概是把论语啦、王阳明啦等等学说囫囵吞枣，才会这样说吧。”

“什么叫囫囵吞枣？”

代助沉默片刻，才毅然说出：

“就是把吞下去的东西，原封不动地吐出来的意思。”

长井老人对于从这个只知啃书本，又偏执又不谙世事的年轻人嘴里说出的这句不得要领的警句，尽管抱有好奇心，却不想探究。

过了大约四十分钟后，老人换了件外衣，穿上裙裤，乘坐人力车出门去了。代助把父亲送到玄关，又返回来，打开客厅的门，走了进去。这是最近才加盖的西式房间。内部装修等等大部分是按照代助的设想，请专家设计建造的。尤其是门楣四周贴着的纹饰，是他拜托自己认识的画家，经过反复磋商定下来的，所以倍感有趣。代助站在房间里，望着那犹如横着展开的画卷一般的绚丽色彩，不知什么缘故，感觉远不如上次回来时看到的那么雅致了，但又怀疑自己的感觉，仍旧盯着细处，仔细端详时，嫂子突然进来了。

“哟，你在这儿啊。”嫂子说，然后问道：“看到我的梳子了没有？”她在沙发腿旁边找到了梳子。嫂子说，昨天她把梳子借给缝子用，不知被丢在什么地方了，所以来寻找。她两手按住头发，将梳子插进发髻的根部，翻起眼皮瞧着代助，逗他说：

“你怎么又心不在焉的呀？”

“刚刚挨了父亲的教训。”

“又挨训了？你怎么老是挨训呢。难得回来一趟，老人家也真是不通情理喔。不过呢，你也太不懂事了。根本就不听爸爸的话，也难怪要训你。”

“在父亲面前，我从来都不顶嘴，一向都是乖乖听话的。”

“那就更麻烦啦。不管父亲说什么，你都是‘是，是’的，其实是左耳朵进右耳朵出呀。”

代助苦笑着没有再辩解。梅子面对代助，坐在了椅子上。她是个身材窈窕，肤色浅黑，浓眉薄唇的女人。

“你先坐下吧，我陪你说说话。”

代助仍然站着，打量着嫂子。

“嫂子今天这件衬领有点儿不同往日啊。”

“这件吗？”

梅子缩着下巴，蹙起眉头，低头瞅自己的内衣领子。

“这是前几天买的。”

“颜色不错嘛。”

“先不说这个了。你还是坐下吧。”

代助坐在了嫂子正面。

“是，坐下。”

“今天到底挨了什么训呀？”

“挨了什么训？反正不得要领。不过，父亲为国家社会效力这一点，倒是让我肃然起敬啊。他说从十八岁开始一直拼命苦干到现在的。”

“正因为这样，不是才有那样的成就吗？”

“为国家社会效力，还能赚得父亲那样多的钱的话，我也可以效力啊。”

“所以你不要游手好闲，好好努力呀。你就是想不劳而获，太狡猾了。”

“我没有想不劳而获呀。”

“虽然没有那样想，可你这么花钱，还不是一样的吗？”

“哥哥说了什么吗？”

“你哥哥对你已经看透了，没说什么。”

“哥哥真够厉害啊。要我说，比起父亲来，还是哥哥更了不起。”

“为什么？哎呀，真是的，又拍起马屁来了。你这人就是这点不好，一本正经地奚落别人。”

“我是那种人吗？”

“还好意思问呢。你自己还不清楚吗？你好好想想吧。”

“反正一回家来，我就变成和门野一样的了，真是要命。”

“门野是谁？”

“我家里的学仆。人家说什么，他就会千篇一律地回答‘是那样吗’‘是吗’。”

“那个人这样说话吗？真是有趣啊。”

代助没有接话茬，越过梅子的肩头，透过窗帘缝隙，望着碧蓝色的天空。远处有一棵大树。长满了淡褐色的嫩芽，柔软的树梢与天空衔接处混沌不清，仿佛飘着蒙蒙细雨似的。

“天气暖和起来了，咱们去什么地方看樱花好不好？”

“好啊。我陪你去的话，你得告诉我。”

“告诉你什么？”

“父亲训你什么了？”

“训了好多呢。按先后顺序复述出来太难了。我记性不好。”

“你又跟我装傻。其实我都知道。”

“那你就说说吧。”

梅子故作愠怒地说：

“你这张嘴，最近学得越来越不饶人了。”

“哪里，我怎么比得了嫂子这伶牙俐齿呀……对了，今天怎么这么安静呢？孩子们呢？”

“他们上学去了。”

这时，一个十六七岁的女佣打开门探头说：“老爷要太太听电话。”说完默默等着梅子回复。梅子马上站起来。代助也站起来了。正要跟着嫂子离开客厅，梅子回头说：

“你就待在这里吧。我还有话跟你说。”

对于嫂子这种命令式的话语，代助无论何时听了，都觉得很有趣。他说了句“你忙你的”，目送梅子走后，又坐下来，再一次端详起门楣周围的纹样来。渐渐地，他觉得那色彩仿佛不是涂在墙上的，而是从自己的眼珠里飞出去，紧紧粘到墙上去似的。最后，他甚至觉得对面画里的人物、树林，就如同由自己眼睛里飞出的色彩一一着色一样，全都随着自己所愿变化着。代助就这样沉浸在自己的想象中，凭借视线将那些画得不好的地方，重新涂改了颜色，最终包裹在了自己所能想到的缤纷色彩之中。他就这样神情迷茫地坐着发呆。这时梅子回来了，他赶紧恢复了常态。

原来梅子要跟他谈的，又是给他提亲的事。代助从学校毕业之前，就拜梅子所赐，又是看照片，又是见面，见过了不少候选的佳人。但是，哪个都不中他的意。起初，他还找些像样的借口婉言拒绝，从两年前起，他的脸皮突然变厚了，每次都对女方吹毛求疵一番。什么嘴和下巴的角度不好看啦，眼角长度和面孔不成比例啦，耳朵长得不是地方啦等等，总是对人家横挑鼻子竖挑眼。由于代助这些挑剔的话太难听，梅子也终于反省了一下。看来自己对这事热情过了头，太想当然，让他为难了吧。不如暂时先把这事放一放，等代助主动要求提亲再说。打定主意后，她就再不提说亲的事了。谁料想，代助本人根本不着急，直到今天还是那副让人捉摸不透的样子。

就在此时，父亲于旅行中发现了一位多年至交家的小姐，带着这个亲事返回家来了。在代助回老家的两三天前，梅子就听父亲提起过，所以她推测今天是叫代助来谈此事的。可是代助并没有听父亲谈及此事。老人也许是想商量此事，把代助叫回来的，可是一看代助的态度，觉得还是先放一放为好，所以有意避开了这个话题。

代助与这位候选人，有着一种特殊的关系。他知道女方的姓，却不知道她的名字。至于年龄、容貌、教育程度、性格等等，则一概不知。不过，对于选择此女子的背景，代助还是心知肚明的。

代助的父亲有一个兄长，叫作直记，只比父亲大一岁。由于比父亲个头矮，五官非常相像，所以不了解的人往往以为他俩是双胞胎。那时候，父亲还不叫“得”，而是叫“诚之进”这个乳名。

正如直记和诚之进外貌相近一样，性格也是名副其实的同胞兄弟。除特殊情况外，一般来说，只要有机会，二人总是形影不离，同做一件事，去学艺也是同去同回，看书则共用一盏灯，哥儿俩就是这般亲。

事情发生在直记十八岁那年秋天。一天，父亲派兄弟俩去城外的等觉寺送封信。等觉寺是藩主的家庙，寺里名叫楚水的和尚，和兄弟俩的父亲是挚友，所以兄弟俩来给楚水送信。信的内容只是邀请和尚来家里下围棋，简单得不必回信。可是，兄弟俩在楚水挽留下聊到很晚，天黑之前一个小时，二人才离开了寺庙。那天正赶上什么祭日，街里非常热闹。兄弟俩急匆匆穿过人群往家赶，就在拐进某小路的拐角，两人遭遇了住在河对岸的一个人。此人与兄弟俩一向不睦，当时又是酒气熏天，两句话不合，他就把刀拔出来，劈头就砍。他是朝哥哥砍去的，哥哥不得已，也抽刀相向。可是，对方是无人不知的粗暴之人，尽管醉醺醺的，仍非常强悍。弟弟若不出手相助，哥哥是打不过他的，于是弟弟也拔刀助阵。就这样，兄弟二人一阵乱砍，把那人杀死了。

依照那时候的惯例，武士杀死武士的话，杀人者必须切腹自杀。兄弟俩抱定切腹之念回到家里。父亲也打算给两个儿子排个次序，亲自帮他们断头①。不巧的是，母亲被朋友请去家里过节，不在家。出于亲情，父亲有心让儿子在切腹前见母亲一面，便立即派人去接母亲回来。在母亲回来之前，父亲或是教训儿子，或是命儿子把切腹的屋子准备好，尽可能地拖延时间。

恰好母亲去做客的人家是远房亲戚高木家，颇有些势力，真是不幸中的万幸。之所以这样说，是因为当时社会正处于动荡之际，武士的那套规矩已不像从前那样严格执行了。再加上被杀死的人是一个声名狼藉的青年。于是，高木和母亲一道回到长井家，劝说父亲，在官府追究此事之前，暂且搁置，不要采取任何行动。

然后，高木四处奔走起来。他先说服了家老②，再通过家老说服了藩主。加上那死者的父母又是通情达理的人，平日就苦恼于儿子劣迹斑斑，当了解到儿子被杀死时也是儿子挑衅在

① 即帮助切腹自杀的人砍头，为减少切腹的痛苦。

② 幕府时代，各藩诸侯的家丁统领、家务总管。每藩数人，世袭。

先，对于宽大处置兄弟俩的动议，没有表示什么反对。兄弟俩闭门思过，以示悔改之意后，双双悄然离开家，远走他乡。

三年后，哥哥在京都被浪人杀死了。第二年，天下改元为明治。又过了五六年后，诚之进把双亲从家乡接到了东京。并且娶了妻子，给自己改名为单字“得”。彼时，恩人高木已经作古，其养子当家。长井希望他来东京谋个一官半职，可是不论怎样劝他，也不应允。这养子有两个孩子。儿子去京都，进入了同志社大学。听说毕业后，在美国居住了很长时间，如今在神户从商，已是很有实力的资本家了。女儿嫁给了县里的有钱人。代助的相亲对象，就是这富有人家的女儿。

“这可真是错综复杂啊。我惊讶极了。”

“你不是听父亲讲过好多遍了吗？”

“可是，从来没有涉及相亲的事，根本没往心里去。”

“佐川真有那么个女儿吗？我怎么一点儿也不知道呢？”

“你把她娶了吧。”

“你赞成吗？”

“当然赞成了。这叫作姻缘前定呀。”

“那是上一辈结的缘分，还是凭着自己积攒的缘分娶妻为好啊。”

“是吗，还有这一说？”

代助苦笑着没有回答。

4

代助将刚读完的一本薄薄的西洋书摊在桌上，双肘支着下颌，发起呆来。他的头脑被小说的最后一幕充满了。

……在很远的前方，有棵树瑟瑟伫立在冷风之中，树后方有两盏方形小提灯无声地闪烁着。绞架就立在那里。死刑犯都站在暗处。其中一人道：“我掉了一只木屐，真冷。”“掉了什么？”有个人问。“我掉了一只木屐，真冷。”那个人重复道。不知谁问了声：“M在哪儿？”“在这儿呢。”不知谁回答。从树木之间可以窥见白茫茫的一片，从那边吹来潮湿阴冷的风。“那是海。”G说。过了一会儿，提灯照亮了写着判决书的白纸和拿着判决书的白手上（没有戴手套）。随后响起一个声音：“现在可以给他们宣读了吧。”那声音颤抖着。不多久，提灯熄灭了。……“就剩下一个人了。”K说道，长叹了一声。S死了，W死了，M也死了，就剩下一个人了……

朝阳从海上升起来了。他们把尸体都装在一辆车子上拉走了。被抻长的脖子，凸出的眼珠儿，从嘴里伸出来的犹如恐怖红花般血糊糊的舌头……全都堆在车上，被原路拉回去了……

代助回想起安德列耶夫的《七个被绞死的人》[1]里的最后这个场景，不由得毛骨悚然。这种时候，他最为忧心忡忡的是，万一自己面临这种场合，将如何是好呢？转念一想，自己怎会情愿被杀死呢。可是，被人强行杀掉是由不得自己的，那可就太悲惨了。代助想象自己留恋地徘徊在求生欲望和被逼就死之间，心里苦闷至极的情景，木呆呆地坐着，只觉得整个后背连同汗毛孔都刺痒得受不了。

他的父亲常常对别人说起，自己十七岁时杀死了一个武士，为此自己也毅然打算切腹自尽的经历。父亲说他想先为伯父断头，再让祖父为自己断头。想不到父亲竟能做出这种事。每当父亲讲起这件往事，代助都非但不觉得父亲了不起，甚至觉得父亲是个令人厌恶的人。要不然就是父亲在吹嘘自己。代助觉得，好吹嘘自己这一点倒是更符合父亲的秉性。

不单是父亲，关于祖父也有这么一个传奇故事。祖父年轻的时候，习剑同门中有一个人技艺超群，因此受到其他人的嫉妒。一天夜里，他沿着小路回城途中，被人砍杀了。当时，第一个赶到的是代助的祖父。他左手提着灯笼，右手拿着刀，一

---

① 列昂尼德·安德列耶夫（1871—1919），俄罗斯小说家，著有《瓦西里·菲维伊斯基的一生》《七个被绞死的人》（1909）、《马赛曲》等。《七个被绞死的人》描写了沙皇暴力的恐怖。

边用刀敲打尸体，一边嚷着："军平，坚强点儿，你伤得很轻噢。"

伯父是在京都被人杀死的，据说那天有几个蒙头巾的人闯进了旅店，伯父从二楼房檐跳下来时，不幸踩在院里的石头上，倒在了地上，那些人朝他一阵猛砍，连他的脸都被砍得血肉模糊了。大约伯父被害前十天半夜，他披着披风，打着伞，穿着木屐，从四条回到三条去。当他走到距旅店还有二百米远时，突然听到后面有人喊了一声"长井直记先生"。伯父没有回头，仍然打着伞，来到旅店门口，推开格子门走了进去，哗啦一声紧紧关上了门，这才问外面的人："在下就是长井直记，找我有何事？"

代助每当听到这个故事就害怕得不行，更别说钦佩其勇气了。他还没来得及壮自己的胆子，就先闻到了刺鼻的血腥味。

代助平生所望是：倘若要赴死，应当发生在自己的精神兴奋到极点的瞬间。可惜他绝不是一个容易感情冲动的人。尽管他的手脚经常发抖，说话声音也颤抖，心跳得厉害，但是近来他几乎不曾激动过。情绪激动这种心理状态，是接近死亡的自然阶段，每当人激动时，便容易死亡，这是显而易见的。有时他出于好奇心，也想尝试着让自己激动一下，多少靠近死亡一点儿，都是徒劳。每当代助反躬自省时，就会吃惊地发现，眼下的自己与五六年前相比，简直判若两人。

代助把书扣在桌上站了起来。和煦的风不断从檐廊的玻璃门缝隙间吹进来。花盆里的雁来红迎风摇曳着，阳光照在绽放的花朵上。代助弯下腰，细细观察着花儿。他从细长的雄蕊尖上取了花粉，小心地移到雌蕊上。

“花儿里有蚂蚁了吗？”穿着裙裤的门野从玄关那边过来了。代助仍然弯着腰，抬头问道：

“已经去了？”

“是，去了。是这样的，他说是明天要搬家。正打算今天来看你呢。”

“谁呀？是平冈吗？”

“是的。这话怎么说呢，看他样子，好像特别忙似的。和先生可真不一样啊。……要是蚂蚁的话，请往花上滴点儿菜籽油。等蚂蚁受不了了，从洞里钻出来时，就把它们一只一只地杀死。还是让我来解决它们吧。”

“没有蚂蚁。听说天气好的时候，把雄蕊花粉抹在雌蕊上，就能马上结果。我今天得闲，就照着花匠说的法子试试看。”

“是这么回事啊。这世界可真是越来越神奇啦。……要说这盆景的确是好东西，又好看又有趣啊。”

代助嫌门野啰唆，懒得搭理他。

过了一会儿，代助嘟囔着：“玩物丧志，还是适可而止吧。”站起身，坐在了靠近檐廊的藤椅上，陷入了沉思。门野觉得无趣，回玄关旁自己的三铺席屋子去了。他拉开隔扇正要进屋，又被代助叫回檐廊来了。

“平冈说他今天过来吗？”

“嗯，是这么说的。”

“那我就等他来吧。”

代助决定不外出了。其实这几天来，他一直特别惦记平冈的。

平冈前几天来拜访代助时，已经是生活困窘了。他自己告诉代助，觉得有两三个地方还比较适合自己，暂且朝这几处努把力，现在那两三处进展到哪一步了，代助一无所知。代助曾自己去平冈在神保町的住所看望过他两次。一次他不在家。另一次平冈倒是在家，只见他穿着西服站在门槛上，正不耐烦地训斥妻子呢。——代助不等人引路，自己沿着檐廊走到平冈房间外面时，不期然看到这个场景，感觉是这样的。当时，平冈回头看到他，说了声“哟，你来啦”，脸上丝毫不见快活的神色。夫人从屋内探出头来，看到代助，苍白的面庞刷的红了。代助觉得今天不便多待，所以听到平冈敷衍地说“请进吧”，他就推说：“我也没有什么事，只是过来看看你现在怎么样了。你要是正要出门，咱们一同走吧。”二人就一起出去了。

“本想早些找个房子，把家安顿下来，可是忙得分身乏术，实在是无奈。好容易人家给介绍了个住处，结果不是还没有腾退，就是正在粉刷墙壁……”如此这般，直到乘上电车，二人分手时为止，平冈一直对代助大吐苦水。代助也很同情他，就说：“既然是这样，房子就让我家的学仆帮着寻找吧。现在正是萧条时期，应该有不少房子空着的。”应承下了找房子的事，他就回家了。

接下来，代助就按约定，派门野出去找房子。没多久，门野就找到了一处合适的地方。代助叫门野带着平冈夫妇去看了房子，门野回来报告说，他们也觉得还不错。代助考虑到一来要给房主回话，二来对那里不满意的话，也可以再另寻别处，总之，到底租还是不租，需要有个明确的答复，所以又打发门野去跟平冈确认了一次。

“你去跟房主说定租房子的事了吗？”

“嗯，回来时，我顺便去了一趟，告诉他，明天他们就搬过去。”

代助坐在椅子上，思考起了第二次在东京安家的平冈夫妇的未来。平冈与三年前在新桥分别时相比，发生了很大的变化。平冈这三年来的经历，就如同在处世的阶梯上刚爬了两级，就脚一滑，掉下来一样。好在还没有爬到高处，要说幸运还算幸运。虽说他的身体摔得没有严重到引人注目的程度，但精神状态却不再平和了。这次和平冈一照面，代助就觉察到了这一点。不过，想到自己这三年来发生的变化，代助又觉得或许是自己的态度引发了对方这种反应吧。然而他一想起那次到平冈住的旅店去，没有进屋就一起出去后平冈的表现，就不能不返回最初的判断上去了。当时平冈的面孔中凝聚着某种神经质。即使是刮风或飞尘，他那容易受到强烈刺激的眉宇之间，也无所顾忌地微微颤抖着。而且，他说出的话，无论关于什么事情，在代助听来都是十分焦虑不安，痛苦不堪的。在代助眼里，平冈整个人犹如一个肺功能虚弱者在苦涩的葛汤里挣扎着游泳似的。

“怎么这样焦躁啊……”望着跳上车去的平冈，代助喃喃自语，又不由得想起了被他留在旅店里的妻子。

代助不曾对平冈的妻子尊称过夫人，一直像结婚前那样，叫她的原名三千代。代助和平冈分手后，又返回来，打算到旅店去看看三千代，跟她说说话。但不知怎么，总觉得不便去。代助停下脚步，思索半晌，仍旧找不出一点现在的自己不应该去的理由。即便如此，他还是心里发虚，不敢去。他知道如果拿出勇气也未必不能去。只是自己会因为拿出这点儿勇气而感到痛苦。最终他还是回家了。回家后仍然感觉坐立不安，心中空虚，又出去喝酒。代助一向能喝酒，千杯不醉。特别是这样的夜晚，更要喝个痛快了。

“那时候，你脑子是不是有毛病啊？”代助靠在椅子上，以比较冷静的自己，批评起自己的影子来。

“有什么事吗？”门野又出来了。他已经脱去裙裤和袜子，光着一双白如年糕的脚。代助默默地瞧着门野的脸，门野也瞧着代助的脸，二人面面相觑。

“啊，先生没有喊我呀？哎呀哎呀……”门野赶紧退出去了。一脑门子官司的代助竟没觉得门野可笑。

“阿婆，他没有叫我，怪不得和平时不一样呢，没有听到拍手，也没有别的什么声音。”只听餐室里门野对阿婆说，接着传来一阵门野和阿婆的笑声。

这时，代助等待的贵客来了。去开门的门野一脸惊讶地进来了，特意走近代助，对他耳语：“先生，是夫人来了。”代助默默地站起来，走进了会客间。

平冈的妻子是个皮肤白皙，头发乌黑，鹅蛋脸型，五官清秀的女人。乍看上去，她那不无寂寞之感的面容，颇似旧版浮世绘里的女子。回东京后，她的气色更加不如从前了。初次在旅店见到她时，代助就有些惊讶。以为是旅途劳累，还没有恢复的缘故，一问才知，并非这个原因，而是一直就是这个样子时，代助不禁可怜起她来。

三千代离开东京一年就生产了，可生下的孩子不久就夭折了。从那以后，她总感觉心脏疼痛，身体一直不太好。起初只是注意多休息，谁知总也不见好，便请医生诊断，医生说：“不好说是什么病，有可能是一种病名古怪的心脏病。”还告诫：“倘若真是这种病，就是一种心脏流向动脉的血一点点倒流的疑难病症，不好根治啊。”平冈听了也大吃一惊，想尽办法给她悉心调养，所以这一年来，大有起色，精神好多了，脸色也像原来那么水灵起来，她自己也特别高兴。谁知临回东京一个月前开始，脸色又不好了。但是，医生说，这回不是心脏的问题。心脏虽然不那么好，但肯定不比原先差。诊断结论是：“目前，心脏瓣膜的功能没有任何问题。”

这些是三千代亲口对代助说的。代助看着三千代的脸，暗想，恐怕还是忧心过重的缘故吧。

三千代有着一双细长的眼睛和线条秀美的双眼皮。当她凝神注视什么东西的时候，这双眼睛会变得又大又亮。代助认为这是拜那黑眼眸所赐。三千代没出嫁之前，代助经常看到三千代的这种眼神。现在仍记得很清楚。当他回想三千代的面容时，脸部轮廓还没有浮现出来，这双乌黑晶莹、温润柔情的眼睛便先行跃出了。

从檐廊被引导到屋里来的三千代，此时就坐在代助的对面。她将一双漂亮的手叠放在膝头。下面的手上戴着戒指，上面的手上也戴着戒指。上面的戒指是现今最时兴的，一颗大珍珠镶嵌在金丝戒托里。这是三年前结婚时，代助送给她的贺礼。

三千代抬起头来，代助突然间看到了那熟悉的眼神，不由得眨了一下眼睛。

她说，乘火车到达东京的第二天，本该和平冈一同来拜访的，只因身体感觉不适，就没有来。那以后便再没有和丈夫一起来访的机会，所以一直没有来，今天正好……说到这里，她突然想起什么似的道起歉来：

“上次代助来看望时，恰巧赶上平冈要出门，非常失礼，很过意不去。”随后又温柔地补上一句：

“其实，你要是进来等他回来就好了。”她的语调是忧郁的。虽说她一向是这样的语调，但代助反倒联想起过去的日子。

“可是，看你们很忙啊。”

“忙是忙……不过，那有什么关系呀。不就是坐一会儿吗，你太见外了。”

代助想要询问当时他们夫妻间发生了什么事，又忍住了。要是在以前，他肯定会半开玩笑地问三千代：“你为什么事情挨训呀，脸都红啦。是不是干了什么坏事啊？”他们之间的关系就是如此熟悉……然而，当他从三千代亲热的话音里，听出她想为当时的尴尬局面做补救的意思时，心生怜惜，没有一点儿心思再开玩笑了。

代助点上烟，叼着烟嘴，把头靠在椅子背上，显得很放松似的问道：

“好久没见了。请你吃个饭吧。”他觉得自己的这种态度，多少可以给这个女人些安慰似的。

“今天算了吧。没有时间多待。”三千代说完笑了笑，露出了一点儿金牙。

“不至于的吧。”

代助把双手五指相扣，托在脑后，看着三千代。三千代俯身从腰带里掏出一只怀表来。这是代助送她珍珠戒指时，平冈为妻子买的。代助还记得，当时自己同平冈一起到一家商店里买完各自的礼物后，二人同时跨出门槛的时候相对一笑的情景。

“哎呀，已经三点啦，我还以为才两点左右呢……我是顺路来的，所以……”三千代自言自语似的解释说。

“那么急着回去吗？”

“嗯，想尽早回去。”

代助把手从头上放下来，弹掉了烟灰。

“这三年工夫，你变成家庭妇女了，没法子。”

虽然他是笑着说的，但语气里却隐含着苦涩。

“对了，因为明天要搬家呀。”

三千代的声音顿时变得爽朗起来。代助已然把搬家的事忘了，此时被她的愉快语调所感染，也乘兴追问：

“那就等搬完家之后，常来坐坐吧。”

“不过……”三千代额头微蹙，露出难于作答的神色，低头看了看下面，又仰起头来，脸颊微微泛红。

“其实，我来找你，是有事想请你帮忙。”

非常敏感的代助，一听到三千代这句话，马上明白她所求何事了。实际上从平冈刚到东京那天起，代助就预感到早晚会碰到这个问题的。

“什么事呀？不用这么客气。”

“不知能不能跟你借点儿钱？”

三千代说话口气，就像小孩子一样天真无邪，但两颊仍是红红的。代助不禁同情起平冈眼下的境遇来，竟然到了让自己的女人向人开口告借的地步。

细细一问，代助才搞明白，三千代并不是为了明天搬家和置办家具来借钱的。平冈辞掉银行工作的时候，欠了银行三笔钱，其中一笔欠款是非还不可的。平冈承诺在到达东京后一周内一定还清，而且由于某些原因，不同于其他两笔欠款，一天也不能拖延。因此，平冈从到达东京的第二天起，就多方奔走到处借钱，可是至今也没有借到，万般无奈，只好让三千代来找代助帮忙了。

“是跟分行长借的钱吗？”

“不是，要是他的话，拖延多久都不要紧，可是这笔钱如果不能立即还清，就不好办了。还会影响我们今后在东京谋生计。”

原来是这么回事，难怪呢。代助一问借款数额，是五百元多一点儿。代助暗自思忖，这可不少啊，无奈自己手里一文钱都拿不出来。代助这才发觉，平时自己貌似不愁用钱，实际上是个根本不能随便花钱的人。

“为什么借了那么多钱呢？”

“一想起这事儿，我就心烦。也怪我身体不好，雪上加霜。”

“是看病的花销吗？”

“不是，医药费倒没多少钱。”

三千代没有再说什么，代助也没有继续往下问的勇气。他只是望着三千代苍白的面容，从中朦胧地感到了对未来的忧虑。

5

第二天一早，门野就雇了三辆平板车，到新桥车站去取平冈的行李了。其实行李早就运到了，只因住所还没有落实，才拖到今天的。代助算了一下往返时间，加上在车站把行李装上车的时间，怎么也得半天的工夫。所以代助一起床就提醒门野："不早点儿去，就来不及了。"门野照例回答"没问题"。他是个没有时间观念的人，才会这样不以为然。听代助仔细给他一讲，才恍然明白了似的。代助还叮嘱他，把行李送到平冈家之后，还要帮着人家把所有东西都收拾利落了。

"嗯嗯，知道了，尽管放心吧。"门野漫不经心地答应着，出门去了。

之后，代助一直读书到十一点多。这时，他忽然想起有个叫邓南遮[①]的人，把自己家里装饰成蓝色和红色两种色彩的逸闻。邓南遮主张，人们发现生活中两大情调，乃是因为这两种颜色。凡是需要让人兴奋的房间，如音乐室、书房等地方，必须尽可能涂成红色，而卧室、休息室等需要精神宁静的地方，要使用接近蓝色的装饰。此说体现了诗人将心理学者的学说付诸实践，从而满足了其好奇心。

像邓南遮那样对刺激很敏感的人，为什么需要那种属于兴奋色的红色呢？代助对此百思不解。他自己就连看到稻荷神社的鸟居[②]都觉得不快。可能的话，他真想在盎然绿意之中安然地睡眠，哪怕只是自己的脑袋在绿色里面也好啊。有一次在展览会上，一位叫青木[③]的画家展出了一幅一个身材修长的女人站在湛蓝色海底的画。在所有画中，代助觉得只有这幅画看着最舒服。可见自己也是向往那种安宁沉静的生活情调的。

他走到檐廊上，望着从院子蔓延到前面的一片绿色。花儿不知何时已凋谢，此时新叶刚刚发芽，仿佛有一股新鲜的绿意迎面扑来，他愉快地感受着醒目绿色里蕴含的某种宁静，戴上鸭舌帽，穿上丝绸褂子，走出了家门。

来到平冈新居一看，大门敞开着，空荡荡的，他们的行李

---

① 邓南遮（Gabriele D'Annunzio，又译丹农雪乌），意大利唯美派文人中最有代表性和最有影响的诗人、作家和剧作家。他创作了多部长篇小说和多达四万行诗句的诗歌作品，极大地充实和丰富了唯美主义流派的文学宝库。

② 稻荷神社的鸟居，都是红色的。

③ 青木繁（1882—1911），日本的西洋画画家。20世纪初期浪漫主义美术最杰出的代表，英年早逝。代表作有《海之幸》。

还没有到，平冈夫妇好像也没有来。只有一个车夫模样的人坐在檐廊上抽烟。代助一问，他说平冈夫妇刚才来过一趟，说是看这样子，怎么也得下午到了，然后又回去了。

“老爷和太太一起来的？”

“是的。”

“一起回去的？”

“嗯，一起回去的。”

“行李很快就到了。你辛苦了！”

代助说完又回到街上。他去了神田后，本没打算去平冈住的旅店，可是又惦记平冈夫妇，特别是平冈的夫人，便去了一趟。只见他们正对着餐盘吃饭，女佣端着盘子，背朝外站着，代助冲他们打了个招呼。

平冈惊异地瞧着代助，眼里布满血丝，说是有两三天没睡好觉了。三千代笑着说：“你太夸大其词了。”代助有些同情，也放了心。于是，婉谢他们的挽留，去外面吃了饭，理了发，去九段上办了点儿事，回来时又去平冈的新居看了看。看见三千代用手巾包着头，穿着友禅绸长内裙，系着袖子，正在收拾行李。旅店里照料他们的女佣也来了。平冈正在檐廊上解包裹的绳子，看见代助，就笑着招呼他：“快来帮个忙。”门野脱了外褂，掖起后衣襟，一边和车夫往房间里抬组合衣柜，一边对代助说：

“先生，瞧我这身衣服怎么样？不许笑话我啊。”

第二天，吃早餐的时候，代助照例喝着红茶，门野洗完脸，精神焕发地走进餐室来。他像平日一样，大大咧咧地啰唆起来：

“先生，昨天您什么时候回来的？我太累了，就打起了瞌睡，所以根本没听见先生回来……先生瞧见我的睡相了吧？先生也真够坏的。先生究竟是几点回来的呀？到哪儿去了呢？”

“你是帮他们收拾完了才回来的吗？”代助严肃地问。

“是啊，都收拾得妥妥帖帖的。不过，还真是累啊。人家跟咱们搬家不一样，大件的东西各种各样有好多。夫人站在房间中央，这样呆呆地东张西望，太好笑了。”

“她的身体不是太好。”

“我看也是啊。看她脸色就感觉不太好，和平冈先生没法比。他的身体真棒啊。昨晚和他一道泡了澡，真叫我吃惊啊。”

然后，代助回到书房写了两封信。一封写给在朝鲜统监府①任职的朋友，对他上次寄来的高丽瓷器表示感谢；另一封是写给住在法国的姐夫的，请他代为购买一件价格便宜的塔纳格拉②。

午后，代助出去散步。路过门野的房间时，朝里头瞅了一眼，见门野又倒头酣睡呢。代助望着门野那无所用心的鼻孔，着实羡慕。说实话，代助昨夜怎么也睡不着，折腾了一夜。一向放在枕旁的怀表，发出很响的滴答滴答声。他讨厌这个声

---

① 朝鲜统监府，是日本强迫大韩帝国于1905年签订《乙巳保护条约》后，成立于汉城的一个殖民统治机构。

② 塔纳格拉（Tanagra），希腊古代赤陶塑像。因公元前3世纪，从塔纳格拉（古希腊城市）的古坟出土而得名。

音，伸手把怀表塞进枕头底下，可是滴答声依然在脑子里作响。他听着滴答声，好容易意识蒙眬了，所有意识都沉入黑暗中去了，忽而又听到了缝纫机咔嗒咔嗒地缝合夜幕的声音在脑袋里不停地回响。这咔嗒声又不知何时变成了啾啾虫鸣，在漂亮的玄关旁的树丛深处鸣叫着。代助追寻着昨夜的梦境来到这里时，仿佛找到了一种连接睡眠与清醒的丝线。

不管是什么事，只要意识到了，代助便总是挂在心上。以他的智力能够清楚地预见其执念的愚蠢程度，因此这种执迷不悟就更加明显了。比如三四年前，代助曾试图搞清楚平时自己是怎样入梦的这个问题。到了夜晚，他上床后，迷迷糊糊地快要睡着时，忽然想到："啊，就是这样的，原来就是这样入睡的啊。"于是乎脑子马上就清醒了。过了一会儿，当他再度意识蒙眬之际，又闪现出了"没错，就是这么入睡的"的念头。代助几乎每天夜晚都受到这种好奇心的折磨，一而再再而三地重复同样的状态。最后，连他自己都害怕了，想方设法要摆脱这种痛苦，而且深深认识到自己是个傻瓜。试图以自己不清晰的意识去影响自己清晰的意识，将二者同时回想起来，这不等于詹姆斯[①]所说的"为了观察黑暗而点亮蜡烛，为了探究陀螺的旋转而停下陀螺"一样，一辈子都睡不踏实了？虽然道理都

---

① 威廉·詹姆斯（William James，1842—1910），美国第一位哲学家和心理学家，教育学家，实用主义哲学倡导者，机能主义心理学派创始人之一。他一生都在探讨超个人的心理现象与超心理学，认为人的精神生活不能完全以生物学概念加以解释，可透过某些现象来领会某种"超越性价值"；并强调人有巨大的潜能尚待开发。

明白，可是一到夜晚，他还是故伎重演。

过了大约一年时间，这种纠结才在不经意间渐渐消除了。代助将昨夜的梦和这个试验比较，感到很奇妙。因为他觉得还是把部分正常的自己切除后，再让自己不知不觉间进入梦境的方式更加有意趣。同时，代助也想到，其作用是不是和人发疯时的状态相似呢？代助坚信，到目前为止，自己不曾亢奋过，因此自己绝不会发疯的。

那之后的两三天，代助和门野都没有得到平冈一点儿消息。第四天下午，代助应邀去麻布的某宅邸参加游园会。男女宾客来了不少，主宾是一位个子极高的英国国会议员或是实业家，还有他那位戴夹鼻眼镜的太太。这位太太是个出众的美人，到日本这种国家来简直有些委屈她了。不过，她倒是很得意地打着岐阜产的花阳伞，不知是从哪儿买到的。

这天是个大晴天。朗朗晴空，蔚蓝如洗。身着黑色礼服站在开阔的草坪上时，使人觉得肩部至背部一齐感到夏天的到来。英国绅士蹙起眉头，眺望蓝天，感叹着："好美啊！"绅士夫人立即附和了一句"Lovely"。他们的寒暄竟然如此响亮而有力，以致代助觉得英国人说恭维话也是别具一格的。

代助也不能不应对这位太太的搭讪，可是还不足三分钟，他便应付不了，退下阵来了。幸好一位穿着日本和服、梳着岛田髻的名媛，和一位长期在纽约经商的男人过来跟绅士夫人寒暄，才解了围。这位先生自认为是说英语的天才，凡是说英语的聚会，他没有不出席的。他最喜欢用英语和日本人说话，用英语发表即席演说。而且此君有个毛病，说上几句话，便好像多好笑似的哈哈大笑，英国人时常露出诧异之色。代助觉得，这个毛病还是改改为好。那位名媛的英语也相当流利。她是有钱人家的千金，请了个对英语颇有研究的美国女子做家庭教师。代助甚为钦佩地听她讲话，心里暗想，比起她的容貌来，还是英语说得更地道。

代助之所以被邀请来此，并非因为与这里的主人或那对英国夫妇有什么私人交往。完全是父亲和哥哥的社会关系导致接到了邀请函。因此，代助在来宾中转来转去，见人就点头致意。哥哥也在来宾之中。

“哎呀，你来了。”哥哥招呼道，并没有摘帽。

“天气真不错啊。”

“啊，是不错啊。”

代助个头不算矮，而哥哥更高些。加上哥哥近五六年来身体渐渐发福，看上去很有派头。

“我看，哥哥应该去那边，跟外国人交谈交谈啊。”

“算了吧，我可不行。”哥哥苦笑道，用手指摆弄着垂在大肚子上的金链子。

“外国人可真会说恭维话呀。恭维得有些过头了，就连谈到天气，他们也使劲儿夸赞呢。”

“真的那样夸赞天气吗？有意思，你不觉得很热吗？”

“我也感觉挺热的。”

诚吾和代助不约而同地拿出白手帕，擦着额头。两个人都戴着礼帽。

兄弟俩来到草坪边上的树荫下，停住了脚步。附近没有什么人。人群那边好像开始表演节目了。诚吾就像在家里时一样，面无表情地望着那边。

“到了哥哥这样的地位，不论在家里，或是来做客，恐怕都是同样的心情吧？即便在社会上如此游刃有余，想必也没有了乐趣，觉得很无聊吧？”代助瞧着哥哥，心里猜度着。

“今天父亲怎么没来呢？”

“父亲去参加吟诗会了。”

诚吾仍旧是那副表情，代助不免觉得好笑。

“嫂子呢？”

“今天在家里接待客人。”

代助一想到嫂子回头又该抱怨了，又觉得好笑起来。

代助知道诚吾总是很忙，也知道哥哥大部分时间都忙于这样的交际应酬。然而哥哥从不表现出厌倦之色，也不发一句牢骚。他喝酒无度，大快朵颐，跟女人周旋，却从未露出疲惫之态，也从不焦躁，总是坦然应对，一年年心宽体胖起来。代助对哥哥的这套本事十分佩服。

代助觉得诚吾出入艺妓酒家、餐馆，应邀出席晚宴、午餐，或去俱乐部应酬，上新桥站送客，到横滨迎客，赴大矶拜访贵客……从早到晚游走于人群聚集之所，却毫无得意之色，亦不见失意之态，对这样的生活已驾轻就熟，如同海蜇漂浮在海里，并不觉得海水很咸了。

哥哥这一点，令代助感到庆幸。因为诚吾和父亲不一样，从来不对代助进行什么说教。他绝不谈论那些主义和主张、人生观之类的教条，令代助怀疑他是否知道这些东西。不过，诚吾也不曾想要积极地去摧毁这些枯燥的主义、主张、人生观之类的教条。实在是个甘于平庸的人。

但是，和哥哥谈话非常乏味，不如和嫂子聊天那么有趣。哥哥总是那句“最近好吗”，要不就是说些“听说意大利发生地震了”“土耳其的皇帝被废了吧”，或者什么“向岛[①]的樱花已经谢了”“停泊在横滨的外国轮船底仓养着蟒蛇呢”“是不是某某人被轧死在铁轨上了”等等，全是从报纸上看来的消息。这类可有可无的消息，他还知道得特别多，一说起来就没个完。

虽说如此，有时候诚吾也会问出些奇怪的问题，诸如什么“叫作托尔斯泰的人已经死了吗”等等，还问过“当今日本的小说家中，哪位是最伟大的呢”这样的问题。总之，诚吾虽然对文艺毫无感觉，且无知之极，但他是超然于敬重与轻蔑之外随意发问的，代助也就容易应对。

代助觉得和这样的哥哥聊天，虽说乏味，倒也不用劳神，轻松随意。只是哥哥早出晚归，难得一见。对于嫂子或是诚太郎、缝子来说，哥哥若是整天待在家里，和家人一起吃三顿饭，反而是稀罕的事了。

因此，此时和哥哥并肩站在树荫底下，代助觉得是个绝好的机会。

“哥哥，我跟你说点儿事，什么时候有空呢？”

① 位于东京都墨田区，观景胜地。

“有空？”诚吾重复道，也不回答，只是对他笑了笑。

“明天早上可以吗？”

“明天早上，我要去横滨一趟。”

“下午呢？”

“下午嘛，我倒是在公司里，不过要和人谈事，你就是来了，也没时间好好说话。”

“那么晚上总可以吧？”

“晚上要去帝国饭店。明天晚上，要在帝国饭店请那对洋人夫妇吃饭，也没有空啊。”

代助噘起嘴来，瞪着哥哥。两个人都忍不住扑哧一声笑了。

“既然你这么急，咱们就今天谈吧，怎么样？今天还方便。再说咱哥儿俩好久没有一块吃饭了。”

代助当然赞成。代助以为哥哥会带他去俱乐部，可让他意外的是，诚吾建议去吃鳗鱼饭。

“我还没有戴着这个帽子去吃过鳗鱼饭啊。”代助犹豫着。

“不用在意。”哥哥说。

两人离开了游园会，坐上车子，直奔金杉桥头的鳗鱼店。

那鳗鱼店是一家老宅子，店外河水潺潺，绿柳依依。他们把两个大礼帽翻过来，并排放在黑黝黝的壁龛立柱旁的架子上后，代助说了句“有趣”。当二人在门窗大敞、没有其他客人的二楼房间里盘腿坐下时，感觉比游园会自在多了。

二人心情怡然地喝起了酒。哥哥一心喝酒，吃菜，除了聊天之外，一副无所用心的样子。而代助也差一点儿忘记了有事要谈。当女招待端来第三壶酒时，才转入了正题。代助要谈的，不用说，就是最近三千代借钱的事。

说实话，到今天为止，代助还不曾跟哥哥借过钱。除了刚毕业时，跟艺妓交好，花销太大，求哥哥帮着“擦过屁股”的事之外。记得当时他以为会挨哥哥一顿臭骂，没想到，哥哥只是说：“这样啊，真是不成器。这事儿别让父亲知道。”通过嫂子，把欠的债都还上了。哥哥没有责备过他一句。从那以后，代助就畏惧起了哥哥。后来也常常缺少零花钱，但每次都是恳求嫂子帮着了结的。就是说，在这种事上直接跟哥哥谈，好像还是第一次。

在代助眼里，诚吾就像一把没有提手的水壶——不知该从哪儿下手好。不过，哥哥这一点也令代助觉得有趣。

代助以闲聊的口吻提起了平冈夫妇的经历。诚吾毫无厌烦之意，就像打拍子似的“嗯、嗯”，一边喝酒一边听着。代助渐渐地谈到三千代来找他借钱的阶段了，诚吾仍旧一味“嗯、嗯”地附和着。代助没有办法，只好直言相告：

“所以，我很同情他们，就答应帮她想想办法。”

“是吗？”

“你觉得可以吗？”

“你自己有钱借给她吗？”

“我一文钱也没有。只能跟别人借。”

“跟谁借呀？”

代助从一开始就等着这句话呢，便干脆地说：

“我想跟你借一下。”然后看着哥哥的脸。哥哥仍然是那副表情，然后淡然回答：

“我看这个事，还是算了吧。”

代助问哥哥为什么这样说，诚吾的看法很简单，这种事情不但和人情世故无关，也与能否偿还这种得失无关。只是觉得遇到这种情况，置之不理，对方自会有法子解决的。

诚吾为了证明自己这个看法，举出了很多例子。比如，他属下有个叫藤野的人，租住在平房里，前一阵子，藤野受托让一个远亲的儿子同住。不料这孩子为了征兵体检的事，突然要回乡下去，可事先寄来的学费、路费、食宿费都被藤野花完了，于是藤野来恳求哥哥帮着救救急。诚吾当然没有见他，让妻子给拒绝了。但是，那孩子仍旧按时回了乡下，通过了征兵体检。再比如，这个藤野的一位亲戚，把房客交的押金花光了，谁知房客突然说次日就要搬走，他一时拿不出这笔钱，藤野又来央求哥哥，仍被哥哥回绝了。最终那个亲戚还不是照样把押金退还了。

此外，哥哥还举了一些事例，差不多都是类似的情况。

“那么，肯定是嫂子暗地里接济了人家吧，哈哈哈哈……哥哥还真是不操心呀。”代助哈哈大笑起来。

“那怎么可能呢。”

诚吾非常自信地说。然后拿起了面前的小酒盅。

6

那天，诚吾始终没有吐口同意借钱。代助也尽力避开“三千代让人同情”“很可怜”之类的哭诉。代助知道自己对三千代虽深感同情，但是要让不明就里的哥哥也这样想，就不是那么轻易的事了。如果一味罗列伤感之语，不但会被哥哥看低，也是在愚弄自己。因此，代助依然像以往那样跟哥哥推杯换盏，喝酒闲聊。一边喝酒他还一边琢磨，父亲所说的热诚不足大概就是指的这一点吧。可是，代助相信没有比那种靠眼泪去打动人家更低俗的了。他认为，在所有的装模作样中，再没有比假惺惺的眼泪、烦恼、真诚、热情更装模作样的了。他明白，哥哥深谙世态人心，因此，倘若使用这套手段，万一弄巧成拙，将会有损自己此生的价值。

代助喝着喝着酒，渐渐将借钱的事抛之脑后了，只聊些关乎兄弟情分的话题，营造出只要兄弟俩面对面畅饮，酒便加倍好喝的气氛。上茶泡饭的时候，代助才突然想起来似的，拜托哥哥：

“钱我就不跟你借了，要不，帮平冈在你公司里找个什么差事行不行？”

“不行，像他这样的人，可不敢雇用。何况正赶上这么不景气，爱莫能助啊。”诚吾说完，大口大口地往嘴里扒拉茶泡饭。

第二天一觉醒来，代助在床上便首先想到：

“要说服哥哥，必须借助他的同行。只靠兄弟情分根本没用。”

虽然这样想，代助并没有怪哥哥不通情理。反倒明白了这才符合哥哥的性格。只是想到这位兄长居然很痛快地帮自己还清过那笔风流债，代助就觉得很不解。既然如此，要是自己现在就为平冈签名作保，哥哥会怎么做呢？哥哥还会像以前那样帮助自己善后吗？正因为预想到那样的结果，哥哥才拒绝借钱的吧？或许哥哥知道自己不会干出那种蠢事，才打定主意不肯借钱的？

从目前代助自身的境况来说，毕竟不可能为别人作保的。他自己也是这样认为。但是，假设哥哥看透了这一点而拒绝借钱的话，代助就有些意外了。这倒让他想做个测试，看哥哥会是怎样的态度。想到这里，代助自己也不免觉得居心不良，在心里苦笑起来。

但是，只有一件事是可以肯定的，就是平冈早晚有一天会带着借条，来找自己作保的。

代助这样思索着起了床。他泡完澡，头发湿漉漉的就走进餐室来。正盘腿坐着看报纸的门野一看到代助，立刻坐得笔直，叠起了报纸，一边推到代助的坐垫旁边来，一边大声说道：

"《煤烟》[①]可是了不得啦。"

"你每天都读它吗？"

"是啊。每天早上都读。"

"有意思吗？"

"很有意思啊。"

"怎么有意思呢？"

"怎么有意思？这样正儿八经地问，我还真答不上来。可以这么说吧，大体上，算是写出了现代人的不安吧。"

"而且还闻到了肉体的气味儿吧？"

"闻到了，很浓厚呢。"

代助沉默了。

他端着一杯红茶回了书房，直接坐在椅子上，茫然眺望庭院时，发现满身树瘤的石榴树枯枝上和灰色树干的根部萌生了暗绿色和暗红色混杂的嫩芽。这景象只在代助眼里一闪而过，立刻失去了魅力。

---

① 《煤烟》（1909）是日本作家森田草平（1881—1949）的著名长篇小说。他与阿部次郎、安倍能成、小宫丰隆并称为夏目漱石门下四天王。1909年，在夏目漱石的推荐下，《煤烟》连载于《东京朝日新闻》，一举成名。该作品是自传体小说，描写了他自己和妇女解放运动家平冢雷鸟的恋爱故事，表现了新时代男女青年的苦恼。

此时在代助头脑里，也没有留住任何具体的东西。犹如外面的天气那样，他的脑子处于静静的休眠状态。但是在脑海深处，无数微尘般不明之物互相拥挤着。如同奶酪里即便有虫子在蠕动，只要奶酪仍在原来的位置，人也不会意识到一样，代助也同样对于这种微震几乎觉察不到。只是当它出现生理性反射时，代助才不得不在椅子上稍微移动一下身子。

代助很少使用人们当下如流行语般使用的“现代的”“不安”等等词语。一是因为，他认为自己是现代的这一点不言自明。二是，只有他自己相信，不必因为是“现代的”而产生不安。

代助将俄国文学里描写的不安，解释为起因于气候原因和政治压迫。而法兰西文学里的不安，是有夫之妇的不贞太多之故。以邓南遮为代表的意大利文学中的不安，在于由无节制的堕落导致的自我丧失感。因此，日本文学家偏好从不安的侧面描写社会，就像喜爱舶来品那样模仿外来文学。

虽说因理智地怀疑事物而产生不安，代助从学生时代并非没有，但这种不安感进展到某个程度，便戛然而止，重新退回原点，打个比方，就像往天上投掷石子那样。而现在的代助则认为，大可不必稀里糊涂地投掷石子。禅师所谓“大疑现前[①]”的境界，是代助从未进入过的未知领域。代助这样率性

① “大疑现前”是禅宗怀疑一切现象都不过是假象的表达。夏目漱石亲近禅宗在他的作品中多有体现。这里作者巧妙地借用禅语来解释“现代的”“不安”。

而急躁地怀疑一切，乃是因为他天生聪慧过人的缘故。

代助也在看门野赞赏的《煤烟》连载。今天，他却把报纸放在红茶杯旁边，不想打开看了。邓南遮笔下的主人公都是手头阔绰、奢靡无度的人，所以做出那些出格之事不足为奇，至于《煤烟》的主人公，则是一个没有钱那样挥霍的穷人。使他做到那个程度，靠的完全是爱情的力量，否则是根本不可能的。可是，无论在要吉这个人物身上，还是在朋子这个女人身上，都看不出是因为纯真的爱情，不得不被排挤到社会主流之外的。关于促使他们这么做[①]的内在动力到底是什么，代助想不明白。主人公在那样的境遇中，能够毅然做出那样的事，似乎并非有什么不安。倒是像自己这样优柔寡断的人，才具有不安的因子呢。每当代助这样独自思考时，便感到自己是个非比寻常的人。但是他承认，像要吉那样不寻常的人远在自己之上。总之，以前代助一直是怀着好奇心读《煤烟》的，如今他发觉自己和要吉之间相差悬殊，就不怎么看了。

代助坐在椅子上，时不时动一下身子，这让他自我感觉总是很稳当的。不久，他喝光了红茶，像平日那样看起书来。一气看了约两个小时后，在某页的中段突然停下，支起下巴沉思起来。然后拿起身边的报纸，看起了《煤烟》，仍旧感觉没意思，于是又读起其他报道来。有报道称，大隈伯[②]对于高等商

---

① 指《煤烟》的男女主人公受邓南遮《死的胜利》（表现一对情人为了解脱，跳崖而死）的影响，想要殉情的情节。

② 大隈重信（1838—1922），明治时期政治家，财政改革家，日本第八任和第十七任内阁总理大臣。早稻田大学的创始人。

业学校闹事，采取了大力支持闹事学生一方的态度，还发表了言辞激烈的讲话。看了这篇报道，代助觉得这是大隈伯为了多招学生入早稻田大学而玩弄的诡计，就把报纸扔在一边。

到了下午，代助渐渐意识到自己有些坐不住了。他觉得腹中生出无数的小褶皱，那些褶皱全都在晃动着，不停地改变着彼此的位置和形态。代助常常会受到这样的情绪支配，而且他以前一直把这种感觉看作是单纯的生理现象。他有些后悔昨天和哥哥一起吃去鳗鱼饭。他想出去散散步，顺便去平冈那里看看。他自己也分不清是为了散步还是去看平冈。他让阿婆把和服找出来，正要换衣服时，侄儿诚太郎来了。他拿着帽子，将好看的圆脑袋瓜伸到代助眼前，坐了下来。

"你已经放学了吗？太早了吧。"

"一点儿也不早。"诚太郎笑着瞧着代助的脸。代助拍拍手，叫来老女佣，问诚太郎：

"喝可可奶吗？"

"喝。"

代助让女佣倒两杯可可奶来。然后逗诚太郎说：

"诚太郎，你整天练习棒球，最近手都变大了，比脑袋还大呢。"

诚太郎笑嘻嘻地用右手胡噜着圆乎乎的脑袋。他的手还真不小。

"叔叔，听说昨天爸爸请你吃饭了。"

"是啊。吃啦。今天肚子还不舒服呢。"

"又神经过敏了吧。"

“不是神经过敏，是真的。都怪你爸爸。”

“可是，爸爸跟我说了呀。”

“说什么了？”

“明天，放学回来时，去找叔叔，让他请你吃好吃的。”

“什么，是因为昨天我吃请了吗？”

“嗯，爸爸说今天他请的客，明天该你请了。”

“所以，你特意跑来了？”

“是啊。”

“不愧是哥哥的儿子，真是精明啊。所以我现在请你喝可可奶呀，还不行吗？”

“可可奶也算请客呀？”

“你不想喝吗？”

“喝是当然要喝啦。”

代助仔细一问，原来诚太郎的要求是，相扑比赛开始后，要代助带他去回向院[①]观看，并且要坐在正面的头等座位。代助痛快地答应了。诚太郎很高兴，突然说：

“爸爸说，叔叔虽然每天什么也不干，其实很了不起呢。”听他一说，代助也有些发蒙。只好回答：

“叔叔了不起，也不是什么新鲜事呀。”

“可是，我是昨天晚上头一次听爸爸说的呀。”诚太郎辩

---

① 回向院，位于东京两国，是一所专门祭奠无缘佛的寺院。明治时期也作为相扑场所为人所知，直到1909年（明治42年）建立两国国技馆为止的七十六年间，被称为“回向院相扑”时代。

解道。

听诚太郎说，昨晚哥哥回到家里，好像是和父亲、嫂子一起谈论自己了。小孩子说的话，自然会有些出入，但诚太郎是个聪明的孩子，对当时大人说的只言片语，记得很清楚。据说父亲对他的评价是："看样子将来不会有什么出息。"但哥哥为他辩护说："别看他那样懒散，有时候还是挺懂道理的。暂时随他去好了，放任自流也不要紧的，我对他很看好。他迟早会干一番事业的。"嫂子也表示赞同，因为一个星期前，她请算命的算过，说是代助一定会成为人上人的，所以对他大可以放心。

"嗯，还说什么了？"代助饶有兴致地听侄儿学话，说到嫂子为他请人算命的时候，觉得太可笑了。这么聊了一会儿，他就换上和服，送诚太郎出了家门，自己前往平冈家。

平冈家的住宅十分简陋寒酸，充分反映出随着这十几年来物价不断上涨，中等人家的生活逐渐变得拮据起来的现状。至少代助是这样看的。

大门和玄关之间只有两米不到。后门也差不多。而且，前后左右建的都是这样憋屈的房子。这些都是趁着东京积贫积弱导致的通货膨胀之机，黑心的资本家为了以极少的本钱获取二成乃至三成的利润，偷工减料盖起来的生存竞争的纪念品。

今天的东京，尤其是东京的郊外，到处可见这样的房子。不止于此，就像进入梅雨季节的跳蚤一样，每天以成倍递增的速度繁殖着。代助曾经把这种现象叫作"衰亡的发展"。这是代表眼下日本的最好象征。

其中有的屋顶，是将油罐的四方底焊接成鱼鳞那样覆盖着的。住这种房屋，没有一个人不曾在半夜被柱子开裂的声音惊醒过。这种房屋的门必定有缝隙。拉门必定有毛病。凡是将本钱注入脑袋里，想要每个月从自己脑袋里取利息生活的人，都蜗居在这样的地方。平冈也是其中之一。

代助沿着院墙走过去时，首先看到了那房子的屋顶。深黑色的瓦片不知为什么刺激了他的内心。代助觉得这种没有光泽的泥瓦片，好像可以无尽地吸收水分似的。在玄关前，还散落着前几天搬家时解开捆包遗留的稻草。代助走进房间，只见平冈坐在桌前，正在写一封长信。三千代在隔壁屋子里，听得衣柜的铁拉环咔嗒咔嗒响着。她身旁有一只打开的大柳条箱，从里面露出半只漂亮的长内裙袖子。

在平冈说着"抱歉，稍等一下"的工夫，代助的眼睛一直没有离开那柳条箱、长衬衣，以及不时伸进柳条箱里取东西的纤细的手。隔扇仍然开着，没有拉上。不过三千代的面部在阴影里，代助看不到。

这时，平冈把笔往桌子上一扔，转过身来。他好像在专注地写什么错综复杂的事情，耳朵红了，眼睛也红红的。

"你好吗？前日真是多谢了。我本想找时间去府上拜谢，还没有来得及呢。"

平冈的这番话，貌似在解释，听上去却带有挑战的意味。平冈连衬衣或贴身长裤都没有穿，就盘腿而坐。由于衣襟没有合上，露出了少许胸毛。

"还没有安顿下来吧？"代助问道。

“何止是没有安顿下来，照这样子，这辈子都难说啦。”平冈急匆匆地抽起烟来。

代助很理解平冈为什么以这样的态度应对自己。他绝不是对自己不满，而是对社会不满，或者说是对他自己不满。这样一想，代助反而同情起他来。不过，对于代助这般敏感的人来说，平冈的口吻令他很不快，只是没有表现出来而已。

“这房子怎么样啊？布局似乎还可以嘛。”

“嗯，反正不好也只能住这儿了。想要住满意的房子，除了做股票，没有别的办法。不是说，最近东京盖起的好房子，都是股票商投资的吗？”

“也许是吧，不过，每盖起一所那样漂亮的房子，就有不知多少房子被毁掉了呢。”

“所以，就更得凑合住啦。”

平冈这么说着哈哈大笑起来。这时，三千代出来了。她向代助低头致意，说道：“前几天多蒙关照。”她手里拿着一卷红色法兰绒，坐下时，将它放在腿前面，给代助看。

“这是什么？”

“这是婴儿的衣裳。做好以后，直到现在还没有打开看过。刚才看到在行李最底下放着呢，就把它拿出来了。”三千代一边说着，一边解开小衣裳的系带，将两只袖子展开。

“我说，你怎么还收着它呀，还不赶紧把它拆了，当抹布呀。”

三千代把婴儿衣服放在膝盖上，没有回答，低头盯着看。

“和你那件衣服是一起做的。”她对丈夫说。

“这件吗？”平冈穿着的碎花飞白夹衣里面，贴身穿着法兰绒衣服。“这件衣服该换了，现在穿太热了。”

代助这时才第一次看到了昔日的平冈，就说：

“夹衣里面，再穿法兰绒，已经太热了。该换衬衣了。”

“嗯，嫌麻烦，还穿着呢。”

“我跟他说，脱下来洗洗吧，可他总也不脱。”三千代插了一句。

“哪里，这就脱。我也不太想穿了。”

话题终于离开了死掉的孩子。和刚进来时相比，气氛缓和了一些。平冈说：

“好久没喝酒了，一起喝一杯吧。”

三千代也挽留说：“我去准备，你多坐一会儿吧。”站起来去了里间。代助望着她的背影，暗自思忖，我一定要设法帮她搞到钱。

“你找到什么差事了吗？”代助问道。

“嗯，说不清算是找到还是没找到。没有工作的话，眼下只能闲着了。慢慢找找，怎么也找得到吧。”

平冈语气虽然平和，可代助听来，总觉得是急于找事情做。代助本想把昨天和哥哥交谈的结果告诉平冈，可是听了平冈这句话，便按下不提了。因为代助觉得要是说了，好像是故意让要强的平冈丢面子似的。何况平冈还没有跟自己提过借钱的事，自己没有必要特意提起。只是，这样不如实相告的话，平冈心里一定会怨恨我是个薄情的人。不过如今的代助，对此类非难几乎没有感觉。再者他认为自己并不是那么热情的人。

如果回到三四年前，批评现在的自己的话，自己或许是堕落了。可是，现在回顾三四年前的自己，确实夸大了自己的道德观念，自豪地四处招摇。现在他认为，与其处心积虑将镀金的东西冒充黄金，还不如堂而皇之地以黄铜现身，忍受被人蔑视更心安理得。

之所以代助变得甘于做黄铜了，并不是因为他有着小说中描写的那样，因突然被卷入滔天巨浪，惊骇之余而大彻大悟的经历。不过是完全凭借自己特有的思考和观察能力，逐渐剥去那层镀金的。代助相信自己那层镀金，大部分是父亲涂上的。那时候，在他眼里，父亲就像是金子，很多的前辈都像金子，受过高等教育的人无不像金子。因此，代助为自己是镀金的感到不堪，急于想要早日成为金子。可是，自从代助亲眼看到其他人是什么坯子之后，顿时悟到自己是白白费力了。

代助还想到，既然自己在这三四年间发生了这样大的变化，那么，可想而知，在同样的三四年里，平冈也在他自身经历的范围内发生了很大变化。过去的自己，总是尽可能让平冈觉得自己够朋友，宁肯和父亲、哥哥争执，也要帮平冈解决困难，还要把解决的过程对平冈一一夸耀一番。不过，他这种猜测，还是针对以前的平冈，现在的平冈似乎不太看重朋友情谊了。

正事只谈了一两句就不谈了，接下来都是闲聊，酒也是这段时间摆上来的。三千代拿着酒壶，给他们斟酒。

平冈一喝多酒，话也跟着多起来。但是他即便喝得再多，也不会失去常态的。而且兴致愈加高涨，语调也越来越快乐。

一喝到这种程度，他不但比一般的酒徒都能言善辩，还常常提出颇为正经的话题，与对方争长论短，乐不可支。代助还记得，以前自己和平冈，经常在餐桌中间摆上一排啤酒，互相争论不休的事。令代助觉得奇怪的是，按说平冈陷入这种状态时，自己最容易和他发生争论了。平冈还常常说“酒后吐真言”呢。可此时此刻两个人的态度与那时比起来，出现了不小的差距。而且彼此心照不宣，很难找到什么方法来缩短出现的距离了。在平冈抵达东京的第二天，分别三载重逢时，双方都发现不知什么时候彼此已经疏远了。

今天却有些异样。酒喝多了以后，平冈又像以前那样侃侃而谈起来。看上去好像是喝痛快了，平冈所谈论的问题竟然跃上了很高的平台，有关当前的收入问题、眼下的生活、伴随这些问题而来的苦恼、怨言，以及内心的不安宁等等，仿佛全都被麻痹了似的。

“我是失败了。即使失败了，我还在干，以后也会继续干下去的。你看到我失败，在嘲笑我吧。即便你说没有嘲笑，也和嘲笑差不多，我不在乎。我告诉你，你虽然在嘲笑我，你自己不是也无所作为吗？你这个人是一个对世上的一切都全盘接受的人。换句话说，你是个不能够伸展自己意志的人。说你没有意志，是虚言。毕竟是人嘛。其证据就是，你总是感觉不满足。而我是以我的意志去挑战现实社会，如果不能够确认现实社会多少照我的意志发展的话，我就活不下去啊。我从中看到我这个人存在的价值。而你只是在思考。由于只是在思考，可以说你是分别构筑了头脑中的世界和头脑之外的世界，这样生活着。你忍受着这种极大的不协调，已然是无形的大失败了，不是吗？若问何出此言，我不过是把那不协调展示出来了，你却是把它塞进心里去的。仅仅从把它展示出来这一点来说，我失败的程度或许比你要好一些。但是我现在是被你嘲笑，却不能嘲笑你。尽管我想嘲笑你，但在人们看来，是不可以嘲笑你的吧。”

“嘲笑我也无所谓。因为你嘲笑我之前，我已经在嘲笑自己了。”

“那是瞎说呢。是吧，三千代？”

三千代一直默默地坐着，被丈夫突然一问，莞尔一笑，看着代助。

“是真的吧？三千代。”说着，代助伸出酒杯，三千代给他斟了酒。

“那是瞎说。我的老婆再怎样替你辩护，也是瞎说的。因为老弟你，无论是嘲笑别人还是嘲笑自己，都可以同时在脑子里进行，所以，你到底是瞎说还是真话，搞不清楚……”

“不要开玩笑。”

“不是开玩笑，我可是认真的。从前的你可不是这样。虽说从前的你不是这样，但现在的你改变了好多。是吧，三千代。不管是谁，都觉得长井君春风得意呢。”

“刚才我就在旁边听着，倒觉得你特别得意呢。”

平冈仰头哈哈大笑起来。三千代拿着酒壶去了里间。

平冈只吃了两三口，就停下筷子，低着头咀嚼着，然后抬起醉蒙蒙的眼睛说道：

“好久没有像今天喝得这么痛快了，是吧……你好像喝得不那么痛快呀。太不像话了。我已经回到过去的平冈常次郎了，可是你还没有回到过去的长井代助，这可不像话。你务必回到过去的样子。你要加把劲儿，多喝几杯。我还要再喝，所以你也得喝。”

代助从这番话里听出了平冈试图把自己拉回过去的率真而孩子气地努力，很为之感动。但是，另一方面，代助又感觉对方仿佛逼着自己把前天吃的面包还给他似的。

“你一喝酒，话虽然特别多，脑子却是清醒的，所以我就直说了。”

“这就对了，这才是长井君嘛。”

代助突然间不想说了，叮问：

“喂，你脑子是清醒的吗？”

“当然清醒啦。只要你清醒，我就总是清醒的。”说着，平冈定睛看着代助，的确如他自己所言。于是，代助说道：

“你刚才一直说我‘不干事不干事’的，但我没有反驳。正如你说的那样，我不想做事，所以没有反驳。”

“为什么不呢？”

“你问为什么，这个不能怪我，是社会的问题。再夸张些说，是日本和西方国家的关系太令人失望，我才什么也不干的。首先，没有哪个国家像日本这样背了一身债还瞎折腾钱的了。你说，这些债什么时候能还上呢？当然，外债会还的。可是，光靠借债就能成为强国吗？日本是一个不跟西洋借债就活不下去的国家。尽管如此，还以一等国自居。削尖脑袋想钻进一等国的圈子里。所以，对发展深度上加以控制，却竭力拓展宽度充当一等国。正因为是打肿脸充胖子，就更加悲惨了。好比跟牛比赛喝水的青蛙一样。瞧着吧，青蛙的肚子要撑破喽！[①]这必然影响到我们每个人。你好好观察一下吧。受到西洋压迫的国民，无暇使用头脑，也无法好好工作。教育上的愚民政策，使得国民没日没夜地干活儿，结果都患上了神经衰弱。你跟众人说话看看，基本上都是愚昧无知的。他们除了自己的事和眼前的事之外，什么也不想。因为他们已经疲劳得没有余力思考问题了，只能如此。精神的困顿和身体的衰弱如影随形。不仅如此，道德的败坏也随之而来。遍观日本国内，不是根本找不到一寸有阳光的土地吗？简直是暗无天日啊。置身于这天地间的我一个人，无论说什么，做什么，都无济于事。我本来就是个懒惰之人。其实和你认识的时候，我就是个懒人。那个时候，我是强打精神，勉力而为的，所以在你眼里，我是个雄心勃勃的青年吧。当然了，即便是现在，如果日本社会在精神上、道德上、身体上，大体是健全的话，我依然会有所作为的。倘若能够那样，我就有干不完的事情了。并且，能够战胜我的惰性的刺激也会源源不断地出现的。然而，现在这样是不行的。现在这样的世道，我宁肯活在自己的世界里。并且，如你所说的，我对这个社会抱着全盘接受的态度，满足于与其中最适合我的东西保持接触。积极主动地要求别人按照我

① 出典伊索寓言。

所想的去做，无异于天方夜谭……”

代助喘了口气，看着有些拘束地坐在一边的三千代，恭敬地问道：

“三千代，怎么样，我的提议？多么悠闲自在啊。你不赞成吗？”

“有种厌世般的悠闲自在，反正我也说不清楚，总觉得有点儿糊弄人似的。”

“嘿嘿嘿嘿，怎么糊弄人了？”

“要说怎么糊弄，你觉得呢？”三千代看着丈夫。平冈把胳膊肘支在大腿上，手托下巴，一言不发地把酒盅伸到代助眼前。代助也一言不发地干了杯。三千代又给他们斟上了酒。

代助喝着酒，感到没有必要再说什么了。今天既不是为了让平冈像自己那样思考问题来辩论的，也不是为了听平冈的见解的。代助一开始就觉察到，二人无论争论到什么时候，他们之间都横亘着一条不可逾越的鸿沟，不如适可而止。代助试着把话题往社交方面引，以便三千代也能插话进来。

可是，平冈一喝醉酒，便纠缠一个话题不放。他挺起喝得红扑扑的布满胸毛的胸脯，说道：

“这个话题有意思，非常有意思。像我这样只着眼于局部，跟现实较劲的人，是想不到这个程度的。无论日本多么贫穷，怎样不争气，我一工作起来就全都忘了。纵然世人再堕落，我仍旧熟视无睹地生活在其中。在你这样的闲人眼里，或许很忧虑日本的贫困，以及我等的堕落，但是，这是对这个社会没有用的旁观者才会说的话。就是说，由于有照镜子的闲工夫，才会这样看的。当人特别忙碌的时候，谁都会忘记照镜子的。”

平冈在絮叨时无意中打了这么个比喻，仿佛获得了极大的支持，这才得意地告一段落。代助只得勉强笑了笑。于是，平冈立刻补充道：

“你不缺钱花，所以不懂得。正因为不知生活的艰难，才没有工作的欲望。一句话，因为是公子哥，当然总是唱高调了……”

代助有些厌恶起平冈来，突然打断了他的话。

“工作当然也可以，不过，要工作，就应该超然于生活这个目的，这样才是光荣的。所有神圣的劳动都不是为了面包。”

平冈露出不快的眼神，打量着代助的脸，然后问道：

“为什么呢？”

“你问为什么，因为是为了生活而劳动，而不是为了劳动而劳动啊。”

“我不懂这些理论，可否请你深入浅出地说明一下呢？”

“换句话说就是，为了吃饭从事的职业，很难做到诚信的。”

“我的看法正相反。正是为了吃饭，人才有动力拼命干活儿的嘛。”

“拼命干活儿或许可以做到，但诚实地干活儿可就难了。说到为吃饭而干活儿，那么，你认为在吃饭和干活儿这二者中，哪个是目的呢？”

“当然是吃饭啦。”

“瞧瞧看，倘若吃饭是目的，干活儿是方式的话，那么理所当然，为了容易吃饭，就会投机取巧地干活儿了。如此一来，无论干什么，怎么干，都不要紧，只要能够得到面包就行，到头来不就是这样吗？既然劳动在内容、方向，乃至顺序上都要受制于其他因素，这种劳动即是堕落的劳动。”

“又来这套大道理了，你真行。可是，这跟劳动有什么关系呢？”

“那么，我举一个极好的例子说明吧。虽说已经老掉牙了，我记得是在哪本书上看过的。织田信长有一位名厨师，据说他最初吃到这位厨师做的菜，觉得很不好吃，说了好多不满的话，厨师觉得，做了水平最高的菜品，却挨了骂，后来便做出自己手艺的二流三流的菜给主人，反倒一直受到赞赏。你们看看这厨师，虽然是个为了生活而认真劳动的人，但要是从做出体现自己技艺的菜肴角度来说，不就是个颇不诚实的、堕落的厨师吗？”

“可是，他不这么干就会被解雇，没有办法呀。”

“所以说嘛，衣食无忧的人，若不是为了兴趣而干活儿，是不会认真干活儿的。”

“这么说，非得是你那样的悠闲人，才能从事神圣的劳动了？那么，你就更有义务去工作了。对吧，三千代？”

“说得是啊。”

“说了半天，又绕回来了。看来，跟你们是说不通了。”代助晃晃脑袋，辩论总算偃旗息鼓了。

7

代助在泡澡时，门野突然从门口探头进来问：

“先生，水温怎么样？要不要再烧热点儿？”他在这一类事情上，很是细心周到。代助一动不动地泡在热水里回答：“很合适。”

“是嘛。”门野说完，就回餐室去了。代助觉得门野回话的语气极有意思，一个人吃吃发笑。代助有着能够感知别人感觉不到的事情的敏感神经。他时常为此而苦恼。有一次，朋友的父亲死了，他去参加葬礼时，忽然看到那位朋友披麻戴孝，拄着一根青竹，跟在灵柩后面走路的样子，怎么也憋不住笑，搞得别人很尴尬。又有一回，他正在听父亲训话时，无意中看了一眼父亲的面孔，突然觉得好笑，而出了糗。家里还没有买浴盆的时候，代助常到附近的浴池去洗澡。有个名叫三助的健壮汉子，只要代助一去，他就从池子最里面跳出来，非要给代助搓背。每当身体被那家伙揉搓得咯吱作响的时候，代助总觉得搓背的是个埃及人，怎么琢磨也不像是日本人。

还有一件奇怪的事，前些日子，他读一本书时，里面写了一个名叫韦伯[①]的生理学家能使自己心脏的跳动次数增加或减少。因此，平时就爱摸心跳的代助，一天里会提心吊胆地摸上两三次。不知怎么，他渐渐感到自己快要变得和韦伯一样了，大为惊愕，从此再也不敢摸心跳了。

一动不动地泡在澡盆里的代助，不知不觉地把右手放在了左胸上面，刚听到两三声咚咚的心跳，突然想起了韦伯，立刻从浴盆出来，盘腿坐在喷头下，茫然盯着自己的腿。渐渐地发觉两条腿变得怪异起来。怎么看它们都不像是长在自己身上的东西，仿佛是与自己无关的东西肆意盘在眼前似的。于是乎，第一次觉得它们丑陋得不堪入目，以前竟然没有发现。汗毛参差不齐，到处爬满青筋，就像是奇妙的动物。

代助又重新泡进了热水里，正如平冈所说的那样，莫非自己的余暇太多了，才会这样胡思乱想的。他出浴后，望着镜子里的自己，又想起了平冈的话。他用厚实的西洋剃刀，刮着下巴和脸颊时，锋利的刀刃在镜子里闪闪放光，勾起他内心痒痒的感觉。这感觉强烈起来时，就像是自己正站在高高的塔尖上俯视地面似的。他这么想着，终于刮完了胡须。

代助正要穿过餐室，忽然听到门野对阿婆说：

---

① 威廉·韦伯（1795—1878），德国生理学家和心理学家。

“先生很棒啊。”

“什么很棒啊？”

“哟，您已经出来了？真快啊。”门野回答。听他这么回答，代助也不好再问“什么很棒”了，便回了书房，坐在椅子上休息。

休息时，代助想，自己成天琢磨那些不着边际的事情，对身体有害，不妨出去旅行一下散散心，也可以躲躲近来提起的婚姻问题。可是平冈的事又让他莫名地牵挂，所以又很快打消了这个念头。追根究底，代助牵挂的并非平冈，而是三千代。事情发展到这个地步，代助并不觉得有什么不道德，毋宁说心情愉快。

代助和三千代相识于四五年前，那时他还是个学生。凭借长井家的人脉，那时候的代助就早早出入社交场合了，认识了不少年轻女子。而三千代并不属于那类名媛，从容貌上说，她更纯朴，性情上更安静。代助有个同学名叫菅沼，和代助、平冈都很要好。三千代是菅沼的妹妹。

这位菅沼是东京远郊县人，上大学第二年春天，他以修业为名，把妹妹带出家乡，退了租房，兄妹二人单立了门户。那时，她的妹妹刚刚从县立高等女中毕业，年方十八，披着漂亮的衬领，穿着双肩有褶皱的衣裳。不久，她就去一所女校读书了。

菅沼的家在谷中的清水町，家里没有院落，但是来到檐廊上，可以望见上野树林中高高的古杉树。它们的颜色很像生锈的铁。有棵树快要枯死了，树梢只剩下光秃秃的枝丫，每到黄昏，就飞来一群乌鸦聚在这枯枝上聒噪不止。邻居是一位年轻画家。那条小巷窄得很，几乎没有车子进出，是个非常幽静的所在。

代助是菅沼家的常客。第一次见到三千代的时候，三千代只是给他鞠了个躬，就回自己屋里去了。代助只对上野的树林点评了一番就回去了。第二次第三次去，三千代也就端个茶送个水。无奈屋子狭小，三千代只能躲进隔壁房间去。代助和菅沼说话时，心里总是觉得三千代在隔壁听自己说话呢。

第一次和三千代说话是什么契机，代助已经记不得了，可见是极寻常的一件小事。厌倦了诗歌和小说的代助，觉得和她说话反倒有趣。跟她聊起天来，代助感觉和看诗歌和小说一样入迷，二人很快就亲近起来。

平冈也和代助一样，常去菅沼家做客。有时候两个人一起去。差不多和代助前后，平冈也和三千代熟悉了。三千代常常跟着哥哥和他们两个去池端等地方散步。

四个人这样亲密无间地过了不到两年，菅沼毕业那年春天，菅沼的母亲从家乡来东京玩，在清水町住了一段时间。他母亲每年都来东京一两次，在孩子家里住上五六天，然而，这次在回乡下前一天，她发起高烧来，根本动弹不了。一个星期后确诊为伤寒，立刻住进了大学附属医院。三千代为了护理病人，一同住进了医院。病人的病情有一阵子见好，但中途又出现恶化，最终不治身亡。真是祸不单行，哥哥菅沼来医院探视的时候不幸被传染上，没多久也一命呜呼了。乡下只剩下了父亲一个人。

三千代的母亲和哥哥菅沼先后病死的时候，三千代的父亲都来东京料理后事，所以认识了菅沼的生前好友代助和平冈。父亲带着三千代回乡下的时候，和女儿一起分别去二人寄宿的公寓辞行，表达了感谢之意。

就在那年秋天，平冈和三千代结了婚。给二人牵线的正是代助。当然，名义上是请乡里的长辈出面做媒结亲的，但说服三千代嫁给平冈的则是代助。

婚后不久，他们夫妻就离开了东京。三千代的父亲因一件突发之事，也不得已离开家乡远赴北海道。不管怎么说，三千代现在都处境窘困。代助有心帮着她在东京安定下来。代助打算再去求一次嫂子，跟她告借上次三千代需要的那笔钱。他还想去看看三千代，详细了解一下情况。

可是，即便去了平冈家，三千代并不是那种能够把心里话一股脑儿都倾诉出来的女子，纵然详细告诉代助为什么需要那笔钱，也很难搞清楚他们夫妻内心的真实想法。其实代助最想搞清楚的正是后者，这是他自己也无法否认的。所以说实话，探究他们借钱到底干什么用的必要性早就没有了。其实，那些面上的理由，打听出来也好，打听不出来也罢，自己都要想方设法筹钱给她，让她满意。只不过，代助从没有想过，把筹借那笔钱当作讨三千代欢心的手段。因为对于三千代，代助根本没有玩弄那种伎俩的心思。

况且，代助想要趁着平冈外出的时候去，详细打听迄今为止他们的经历，尤其是家计方面的情况，有相当的难度。不用说，平冈在家的话，不可能详细探究。即便问了，平冈也不会一五一十坦白相告的。平冈会出于种种世俗的动机，在代助面前装相。即使在不需要装相的事情上，他也会因顾虑什么避而不谈。

代助决定不论怎样，还是先去求嫂子帮帮忙。但是代助自己都觉得把握不大。虽说以前不止一次跟嫂子要过小钱，可是像这样突然袭击还是头一回。不过，梅子有自己能够支配的钱财，也不一定没希望。不借的话，还可以去借高利贷，不到万不得已，代助是不想出此下策的。除非平冈哪天直言不讳地提出请我作保借钱，又无法拒绝的话，索性自己主动出手相助，直接把钱给三千代讨她欢心更痛快，这样的小算盘已经脱离了理智，潜藏在代助心里。

那是个暖风和煦的一天。阴沉的天气一直笼罩着天空，好像天色老是黑不下来。四点过后，代助走出家门，乘电车前往哥哥家。来到青山御所①附近时，看见父亲和哥哥坐着拉绳人力车②，匆匆通过电车左侧，根本来不及打招呼，车子就过去了，所以他们没有看到代助。代助在下一站下了车。

走进哥哥家的大门，客厅里传来钢琴声。代助在石子地上站了片刻，马上往左绕到了后门。那里有一条名叫赫克托尔的大型英国犬，它的大嘴巴被皮绳子捆着，卧在格子门外。听到

---

① 青山御所，位于东京都港区的西北部，明治天皇的母后，即皇太后，1872年至1897年曾居住在这里。追号“英照皇太后”。

② 人力车上拴根拉绳，加一个人在前方拉车的快速人力车。

代助的脚步声，赫克托尔[1]立即摇了摇长毛耳朵，抬起了满是斑点的脸，摇晃起尾巴来。

代助看了一眼门口旁的学仆房间，站在门槛上，跟学仆寒暄了两三句，才朝西式房间走来。拉开门，见嫂子正坐在钢琴跟前弹琴。缝子站在她身旁，穿着长袖和服，长发披肩。代助每次看到缝子的长发，就会想起玩秋千时缝子的样子。她那一头黑发和淡红色的绸带，黄色的绉绸衣带，一齐随风飘动时的样子，给他留下了深刻的记忆。

母女俩同时扭过头来，“哟”了一声。缝子跑了过来，用力拉代助的手，把他拉到了钢琴旁边。

“我还以为是哪位钢琴家弹的呢。”

梅子没接话，眉间微微蹙起，笑着摆了摆手，没让代助往下说。

“阿代，你来把这段弹一下。”

代助默默替换嫂子，坐在钢琴前，看着琴谱优雅地弹了一段，说了声：“是这样弹吧？”马上离开了钢琴。

之后的三十分钟时间，母女二人轮流弹琴，练习某一段曲子，最后梅子站起来说：

“今天就到这儿吧，该去那边吃饭了。叔叔也一起来吧。”

---

① 赫克托尔（Hector），特洛伊王子，特洛伊国王普里阿摩斯之长子，特洛伊第一勇士，特洛伊战争中特洛伊守卫军领导者。夏目漱石曾养过一条狗，给它取名赫克托尔。

房间里已经昏暗下来。代助刚才听着钢琴声，看着嫂子和侄女雪白的手指跃动，加上不时看看门楣上的画，将三千代的事、借钱的事，都忘到一边了。走出房间时，回头一看，在昏暗之中，唯有深蓝色波涛翻卷形成的白色浪花清晰可见。代助请画家在那巨浪之上浮现出一片金黄色的云端，还要求画出仔细看那云端，其轮廓宛如一个裸体女巨人披头散发，疯狂扭动身体，如金蛇狂舞般旋转之姿。代助定制这样一幅画，意图将瓦尔基丽娅[①]的妖娆，以乱云之美体现出来。代助想象着分辨不出是云峰还是巨大女神的壮美图景，心中窃喜不已。可是，当这幅画完成后，镶嵌在墙壁上一看，却没有预想的那么美的效果。代助和梅子一起走出房间时，那瓦尔基丽娅几乎看不出来了。深蓝色的波涛原本就看不见，只有大团白色的飞沫依稀可见。

起居室已经开了灯。代助在那里和梅子共进晚餐。两个孩子也一起吃饭。代助让诚太郎去哥哥房间里取来一支马尼拉雪茄，抽着烟闲聊了一阵。之后，梅子提醒两个孩子去预习明天的功课，打发孩子回了他们的房间，剩下代助和梅子相对而坐。

代助觉得突然提出那个事，不免贸然，便从一些不相关的事情谈起。首先问嫂子“父亲和哥哥坐着拉绳人力车，匆匆去了哪儿”，进而又说了“前几天哥哥请我吃饭”“你怎么没去

---

① 蕾娜斯·瓦尔基丽娅（Lenneth Valkyrie），北欧神话中的主神奥丁的侍女之一。负责将亡魂送到天界当成战力的女武神。

参加麻布的游园会”“父亲做的汉诗大抵夸张”等等。这个那个地闲扯之际，发现了一个新的情况。梅子告诉他，父亲和哥哥这几天明显地四处奔走起来，这四五天忙得简直连睡觉的时间都没有。代助平静地问：

“到底发生了什么事？”

嫂子也一如平日地回答：

“是啊，大概是开始做什么了吧？父亲和你哥哥什么也不告诉我，我不知道啊。”然后问起：“阿代，这个倒在其次，上次跟你提起的婚事问题……”

这时，学仆进来传达哥哥的电话：

“今天也回来晚，如果有某某或是某某来了，就请对方到某某餐馆来。”然后转身又出去了。代助怕嫂子又提起婚事，耽误时间，立刻开口道：

“是这样，嫂子，我今天来是有事请你帮个忙……”

梅子一直认真地倾听代助述说事由。代助大约花了十分钟时间才说完，最后说道：

“所以，请嫂子务必借我些钱救救急。”

“明白了。那你打算什么时候还我呢？”梅子非常认真地问了个出乎代助意料的问题。代助揉搓着下巴，窥探嫂子的神情。梅子的脸色愈加认真起来，又说道：

“我可没有讥讽你的意思。不许生气啊。”

代助当然没有生气，只是没有料到嫂子会这样诘问。代助觉得事到如今，越是纠缠什么还钱不还钱等等，越显得愚蠢，所以面对这一敲打，只有忍气吞声。梅子感到总算把这个难缠的小叔子的锐气挫败了几分，接下去就好谈了。

“阿代，你一向瞧不起我。我不是说风凉话，这可是事实，由不得我不这么想。你说是不是呀？”

“嫂子这样严肃地质问，真不知该怎么回答了。”

“那就别回答啦。你辩解也没有用，我明白得很呢。所以，不如实话实说的好。不然，没法往下谈了。”

代助嘻嘻地笑而不答。

“瞧瞧看，我没冤枉你吧。不过，这种事也很正常，没有关系。我再怎么蛮横，也不是你的对手，这是明摆着的。以我和你一直以来的关系，还算处得不错，没什么要抱怨的。这个先不说了，问题是你对父亲也瞧不起呀。”

代助很喜欢嫂子这股率真劲儿，就老实回答：

“是有些瞧不起。”

梅子听了开心地哈哈大笑起来，继续说道：

“你也瞧不起你哥哥。”

“哥哥吗？我对哥哥可是非常尊敬的。”

“净撒谎。趁现在，你想说什么，索性都说出来吧。”

“当然，有的事情，也不是一点儿没有……”

“瞧瞧看，全家人都没在你眼里呢。”

“真是对不起！”

“说好听的谁不会呀。在你看来，所有人都只配被你瞧不起吧。”

“嫂子就饶了我吧。今天嫂子可够厉害的呀。”

“我说的都是真心话。不要紧的。根本就不会吵起来的。

话说回来，像你这样了不起的人，何必向我这种人借钱呢？这不是贻笑大方吗？我揭了你的短，特恼火吧？其实我想说的是，即便像你这样自命不凡的人，一旦缺钱，也会向我这样的人低头的。”

“所以，刚才一直低着头呢。”

“我看你还是没有好好听我说话。”

“低着头就说明我是真心的。”

“这恐怕也是你的不同凡响之处吧。不过，倘若没有人借你钱，你帮不了那个朋友的话，你怎么办呢？你就是再了不起，也无济于事吧。在无能为力这点上，你和车夫有什么不同呢？”

代助万没有想到，嫂子会对自己持有这么尖刻的偏见。实际上，从决定借钱起，他就冥冥之中感知到自己的这个弱点。

“可不就是个车夫嘛。要不怎么求嫂子出手相助呀。”

“真拿你没办法。你也太自命不凡了。你自己想法子找钱吧。你要真是车夫，说不定会借给你呢，可就是不愿意借给你。你也太过分了呀。你不但每个月要靠父亲和哥哥养活，连别人的生活你也揽过来，答应借钱给她。谁还愿意借给你呢？”

梅子说得很有道理。可是代助对这个道理，却一直是左耳朵进右耳朵出，并没有往心里去。现在回头一看，才发现嫂子、哥哥和父亲是抱成一团的。自己也得后退回去，做一个平凡的人。从家里出来时，他就预感会遭到拒绝。但是他不会因此就发奋努力工作，自己挣钱的。因为代助并没有把这件事看得很重。

梅子想利用这个机会，从各个方面刺激一下代助。代助很清楚梅子的意图。越是清楚就越不会上她的钩。随后话题再度回到了婚姻上来。代助对于最近这个候选人，从前几天开始，就因父亲提及此事而烦恼两次了。虽说父亲那一套无论什么时候听，都是古板而墨守成规的，不过，这回父亲倒没有那样霸道。他只是说："和那个相当于自己的救命恩人的后人结亲，善莫大焉。"还说："这样做，也可以多少报报恩。"关键的问题是，在代助看来，什么"善莫大焉"，什么"报恩"，一概都是不合道理的。当然，对于女方，代助也没有什么想挑剔的地方。所以，对于父亲的主张，无意争论谁是谁非，娶了那个女子也不是不可以。这两三年来，代助对于任何事情都已经习惯于淡然处之了，至于婚姻，他也认为不必看得太重。对佐川的女儿，他只是看过照片，觉得已经足够了。照片上自然是很美的。总之，如果要迎娶此女子，代助并没有想过要提什么特别的条件，仅仅是没有痛快地给出"好吧"的回答而已。

这种不明了的态度，用父亲的话来说，如同不得要领的蠢人的回答。而将婚姻看作横在生死之间的一大要件，其他一切事情都从属于此事的嫂子，觉得代助匪夷所思。

"不管怎么说，你也不打算一个人过一辈子吧？不要这样任性，差不多就要安定下来，好不好？"

梅子有些焦躁地说道。

一个人过一辈子，或是找个女人同居，或是跟艺妓交好，代助自己完全没有明确的计划。只是，现在的代助，对于婚姻和其他独身者一样，没有太大的兴趣是不言而喻的。原因可以归结为下面三条：一是由于他的个性，不能够专注于某事；二是他的头脑比一般人敏锐，而这种敏锐性，由于日本当代社会状况，已经朝着被打破幻象的方向耗费了很多；最后一点是，由于不愁金钱，他结识了不少另类女人。但是，代助不觉得有必要那样深入地解剖自己。他只想把握“对结婚没有兴趣”这个自己明白的事实，顺其自然地走自己未来的路。因此，他认定，一开始就把结婚断定为人生大事，为使之达成而孜孜以求，都是不自然的、不合理的，也是俗不可耐的。

代助原本不打算给嫂子讲这套道理。可是，被嫂子追问得无路可退时，只得苦恼地问道：

“那么，嫂子，我必须要把她娶进门不可了？”

代助当然是认真的，嫂子听了，却吃惊得不得了，甚至认为代助是在跟她打趣。那天晚上，梅子照例说了一番车轱辘话之后，对代助这样说：

“你这样厌烦婚姻，我真是理解不了啊。你嘴里说不厌烦，但是不娶妻的话，不就等于不愿意吗？这么说，你是另有喜欢的人了？把她的名字告诉我吧。”

到目前为止，对于婚配者，代助脑子里从来没有出现过哪个喜欢的女人的名字。但是，刚刚嫂子这么一说，不知怎么，他心里突然浮现出了“三千代”这个名字。紧接着浮现出“请把刚才拜托的钱借给我吧”这句话。当然，代助没有说出来，只是苦笑着坐在嫂子面前。

8

代助找嫂子借钱无功而返，离开哥哥家时已经很晚了。他好不容易在青山路赶上了最后一班电车。待到这么晚，和嫂子聊了这么长时间，父亲和哥哥都没有回来，只是其间，梅子去接了两次电话。代助没看出嫂子表情有什么异样，也就没有多打听。

那天夜晚，降雨前的阴沉天空和地面一个颜色。车站的红色站牌旁边，只站着他一个人等电车。远远望见一个小红点出现了，晃晃悠悠地冲破黑暗，直奔代助这边而来，令人倍感孤寂。上车一看，一个乘客也没有。代助坐在穿着黑色制服的售票员和司机之间，随着单调的行驶声音向前移动，车窗外漆黑一片。代助一个人坐在明亮的车厢中，觉得电车仿佛会载着自己永无止息地向前奔驰，再也没有下车的机会了。

走到神乐坂时，代助远望寂静的坡路被夹在两旁的二层小楼之间，越往前越细，直到看不见。他走到一半时，突然听见了那个响声。代助以为是大风刮到房屋墙壁上发出来的，就停住脚步，仰望黑暗中的房屋，将视线由屋顶转向天空的时候，某种恐怖感忽然袭上心头。只听见门和隔扇、玻璃门碰撞的哐当哐当声越来越剧烈了。啊，是地震！当他意识到这点，两腿已经发僵，走不动了。此时，代助恍惚觉得左右两边的二层小楼仿佛都倾倒过来，眼看要将坡路埋没似的。这时，突然右侧一家的小门打开，一个男人抱着个孩子跑出来，嘴里喊着："地震啦！地震啦！是大地震呀！"代助听到这个男人的喊声后，才算安心了。

回到家里，阿婆和门野都在大声谈论地震。但是，代助认为他俩不会有自己那么切身的感受。躺下后，他又思考起了三千代的请托该怎样解决的事，却总是集中不了精神。他猜测父亲和哥哥最近在为何事奔忙。最后决定，这门婚事尽可能往后拖拖再说吧。然后才入睡了。

第二天，报纸上首次披露了有关日糖事件[1]的报道——制糖公司的董事挪用公司的钱收买了好几名众议员。门野看到公司负责人和议员被捕，照例连呼"快哉，快哉"。代助可不觉得痛快。接下来的两三天里，受到传讯的人与日俱增，事件在

---

① 是日本制糖有限公司于1909年3月被曝光的一起决算造假案，即董事们共谋，为了延长《输入原料砂糖戻税法》效力，阻止砂糖消费税增征法案，企图让政府收购会社以隐瞒会社亏空破产之事，向数名日本众议院议员行贿的事件。被报纸披露后，股票大跌，社长与董事引咎辞职，董事矶村、秋山等人遭到拘捕，许多众议员遭到起诉而收押。1909年7月11日，日本制糖有限公司前社长酒匂常明在家中举枪自尽。

社会上发酵成了重大疑案。某报纸宣称，这次检举是做给英国看的。据说英国大使买进了大量日糖公司股份，因股票下跌极为不满，于是日本政府便做个样子对英国表示歉意。

就在日糖事件发生之前，东洋轮船公司发布了按百分之十二的比率分红后，下半期亏损高达八十万元的消息。代助对此事记得很清楚。他记得当时的报纸上还评论过该报道不足为信。

代助对于自己父兄所在的公司情况一无所知。但是，他一直认为，不论何时发生什么事情都不奇怪。父兄并非在各方面都是完美无缺的。他甚至怀疑，倘若被深入追究的话，父兄也许都够被拘捕的资格。即便不到那个地步，代助也不认可父兄的财产像人们深信不疑的那样，都是靠他们的才智和能耐挣来的。明治初期，政府为了奖励人们移居横滨，曾经给移居者分配过土地。有些人仅仅靠着当时分得的土地，成了今天的暴发户。然而，那不过是天赐的良机而已。代助判断，像父兄他们，恐怕是人为地谋略性地建造了温室，制造出幸运偏爱自己的假象吧。

基于这样的思考，代助对于报纸上的那些报道并不吃惊。对于父兄的公司也没有单纯到多么担心的程度。只是三千代的事让他有些惦念。可是，空着手去看她又不免无趣，估计过不了几天对方自会找上门来，便沉下心来，埋头于读书，耗了四五天。奇怪的是，关于借钱的事，平冈也好，三千代也好，都没有再来找他。代助盘算，三千代有可能还会独自来找他听回信的，可是等来等去也没有等来。

最后，代助在家里憋得无聊了，打算找个游玩的去处，查看了《娱乐指南》，心血来潮地想去看戏。他从神乐坂坐上外濠线，去御茶之水途中改了主意，决定去看望住在森川町的名叫寺尾的老同学。此人毕业后，说是不喜欢当教师，要选择文学为职业，不听别人的规劝，干上了这种没把握的行当。至今已经干了三年，仍默默无闻，苦苦继续着写稿生活。他曾经强迫代助给他熟悉的杂志随便写一篇稿子，于是代助写了一篇有趣的文章寄去了。那本杂志在杂志屋的店头只摆了一个月，便不知被命运带到哪里去了，永久告别了人世间。从那以后，代助就不敢再写东西了。寺尾每次见到代助，都怂恿他应该多多写稿子，还总是加上一句口头禅“你瞧瞧我”。可是，代助跟别人一打听，对寺尾的评价是，他已然深陷其中不能自拔了。他特别喜欢俄国文学，尤其喜爱不知名的作家，把仅有的那点儿钱都用来购买新书，是他一大嗜好。看到寺尾心高气盛的时候，代助给他泼过冷水：“只要连文学家都患有恐俄病一天，日本就没有希望。没有经历过日俄战争的人，没有资格谈论俄国文学。”于是，寺尾表情严肃地回答：“战争随时都会发生，但是像日俄战争后的日本那样半死不活，不是太可悲了吗？还是患恐俄病为好，即便怯懦也是安全的。”照样鼓吹俄国文学。

代助从玄关来到房间里一看，寺尾头上缠着手巾，正伏在房间中央的一闲漆桌[1]前，挽着袖子给《帝国文学》写稿子

① 一闲漆，是一种日本传统漆器。从初代飞来一闲（1578—1657）到现在已是十六代传人。其技法是在层层和纸外面涂漆的纸胎漆器。

呢。他说是头疼，所以缠着手巾，代助便说：

“要是打扰你，我回头再来。”

“你不用走，从早上到现在，我已经挣了五五——二元五十钱了。”然后，他摘下手巾，侃侃而谈起来。还没说两句，他就臭骂起了日本的作家和评论家，令代助十分惊愕。代助津津有味地听着，心里却想，寺尾应该是因没人欣赏自己，出于逆反心理贬低他人的，就劝他：

“你可以把你的看法发表出来呀。”

“那可不行。”他笑着说。问他为什么，他也不回答。过了一会儿，他才说：

“像你这样吃穿不愁的人，自然可以想说什么说什么，我可是要靠它赚钱养家呢。终归不是个正经的行当。”

“你现在已经很好了。扎扎实实地干下去吧。”代助鼓励他。

“好什么呀。我总是想干出点儿名堂来。怎么样？老兄可否有心借我些钱，帮我出人头地呢？”

代助开玩笑说：“那可不行，等老兄以自己现在做的事情为荣的时候，我就借给你。”然后离开了寺尾家。

走到本乡路时，代助的倦怠感依然如故。不管走到哪里都觉得不满足，但也无心去拜访谁了。代助自我反省了一下，觉得整个身体都得了严重的胃病似的不舒服。他从四丁目上了车，来到传通院前。坐在车上时，只要一摇晃，他就感觉自己这个五尺几寸的巨大胃里，有腐烂的东西在翻江倒海。三点多，他茫然若失地回了家。门野在玄关告诉他：

“刚才本家派人来送信。信放在书房的桌子上了。我给来人写了收条。”

信函放在古色古香的信匣里，这红漆信匣上面没有写收信人的名字，只是穿在黄铜拉环上的纸捻封印处有墨迹。代助扫了一眼桌上，明白这封信是嫂子写来的。嫂子讲究这套旧式情趣，常常搞些出人意表的花样。代助用剪子尖挑着捻绳的绳结处，心说，真是够烦琐的。

不过，里面的信函却和信匣相反，是用简单的白话文写的：

> 前日，你专门来找我帮忙，当时，我没能如你所愿，真是对不起。后来一想，那天说了许多不中听的话，心里很不安。请你不要见怪。不过我打算借钱给你，只是达不到你要求的数额，只给你凑了二百元。请马上给你朋友送去吧。此事是瞒着你哥哥的，你也不要声张。娶妻之事，你也答应过考虑考虑，请认真考虑后，给我个回复。

信里卷着二百元的支票。代助定睛看着这张支票，觉得有些对不住梅子了。那天晚上，他准备回家时，梅子还问他：“这么说你不打算借钱了？”当代助低声下气地开口借钱时，她一口拒绝，可是见代助失望地离开时，她却主动来问了。从这件事上，代助看到了女性的善良和柔弱，反而失去了利用这柔弱的勇气。他实在不忍心玩弄这善良的弱点：“嗯，不借了。总会有办法的。”说完就走了。他这句话在梅子听来，一定很冷淡。代助判断，想必是这样冷淡的回答，触动了平日处事果断的梅子的某根神经，最终写来这封信的。

代助立即写了回信。尽可能使用温和的措辞表达了感谢之意。代助从没对哥哥这样过，对父亲也没有过，其他人就更不必说了。近来对梅子也很少有的。

代助考虑是不是立刻去见三千代。说实话，二百元对代助而言，是个不上不下的数额。他甚至觉得，既然可以借给我这些钱，何不干脆满足我所愿，如数借给我呢。不过，这是代助的思绪离开梅子，只从三千代的角度来看的。况且代助一向认为，多么有决断力的女子，感情上也是优柔寡断的，因此他并不想抱怨什么。相反，他认为女人的这种态度，比起男性的果断处理方式来，更体现同情的弹性，令人愉快。如果借给自己二百元的人不是梅子，而是父亲的话，代助说不定会理解为抠门，反而觉得不快。

代助没有吃晚饭，又出了门。他从五轩町沿着江户川过河去对岸的时候，没有像刚才散步回家时那样精神疲惫。走上斜坡，来到传通院侧面时，望见耸立在寺与寺之间的细高烟囱，朝着多云的空中喷出肮脏的煤烟来。代助望着这景象，感慨贫弱的工业，为了生存而竭力喘息，简直不堪入目。由这个烟囱不能不联想到住在这附近的平冈。在这种场合，代助的美丑之念往往先于同情之念。这一瞬间，代助因受到散布在空中的可怜的煤烟刺激，几乎忘记了三千代的存在。

平冈家的玄关里，放着一双女人穿的厚底草屐。一拉开格子门，三千代就从里面出来了，裙摆发出窸窸窣窣的声音。此时，楼梯口一块两榻榻米的地方是黑乎乎的。三千代就坐在那暗处，跟代助寒暄。起初她没有看清来人是谁，但一听到代助的声音，便低声说道："我以为是谁呢……"代助望着朦胧不清的三千代，觉得比任何时候都要美。

"平冈不在家。"听到三千代这么一说，代助的心情有些复杂，觉得既便于交谈，又不便交谈。不过，三千代一如既往的平静。二人也不开灯，在关上门的昏暗房间里对坐。三千代说："女佣也不在。我也是出去办事回来不久，刚刚吃完了晚饭。"接着谈起了平冈。

不出所料，平冈仍然四处奔走找工作，但是这一个星期左右，几乎没有外出，说是觉得累了，整天在家里睡觉。不然就喝酒。有客人来的话，喝得更凶。而且常常发火，动不动就骂人。

三千代说："他和以前不一样了，脾气变得很暴躁，真是头疼。"听她话音像是想博得同情，代助没有搭腔。这时女佣回来了。在后门口嘎嗒嘎嗒地发出声响。过了不久，她端来一盏带有斑竹台座的煤油灯，关上拉门出去时，偷偷瞄了代助一眼。

代助从怀里拿出了那张支票。将这张对折的支票直接放在三千代眼前，叫了声"夫人"，代助这样称呼她，还是第一次。

"这是前几天你想借的钱。"

三千代没有回答，只是抬眼望着代助。

"其实，很想马上给你送来，只是我也没有闲钱，所以拖到现在。怎么样，已经安顿好了吗？"他问道。

这时，三千代突然害怕什么似的压低声音，带着怨气回答：

“还没有呢。唉，怎么收拾得好呀。”

三千代目不转睛地看着代助。代助拿起那张折叠的支票打开来，问：

“只有这些，不够吧？”

三千代伸出手接过了支票。“谢谢你！平冈会高兴的。”然后轻轻地把支票放在了榻榻米上。

代助把借钱的经过简要说了一下，又补充说，自己看起来不缺吃少穿，可是，遇到别人有难处，想要出手相助时，就心有余力不足了，所以，还请多多谅解。

“我知道你的难处。我是实在没有别的办法，才求你帮忙的。”

三千代很不好意思地表示了歉意。代助叮问道：

“用这些钱，能解决燃眉之急吗？如果还是不够的话，我再想想办法。”

“再想想办法？”

“就是借高利贷。”

“哎哟，那样的事……”三千代立刻反对，“那可不行啊。”

代助听三千代说，平冈现在之所以陷入这样的困境，就是因为借了高利贷后恶性循环导致的。平冈在以前那个部门，最初是个非常努力工作的人，可是，三千代产后心脏不好，他便开始放浪了。不过，开始的时候还不那么过分，三千代以为他是为了应酬身不由己，就没有管他，后来越来越无所顾忌，三千代就担忧起来，身体更不好了，平冈也越发放浪形骸起来。

“这不能怪他不体贴，只怪我身体太差。”三千代特意自责，又露出悲戚的神情，倾诉道：“我也想过，要是孩子能活下来的话，他就不会这样了。”

代助大致觉察到，在他们生活拮据的表象下，还潜藏着夫妻关系的问题。代助不再问什么了。临走时，他鼓励她说：

“不可这样悲观，要振作起来，像以前一样，有空来我家做客。”

“是啊。”三千代笑了。他们在对方的脸上看到了对方昔日的影子。平冈还没有回来。

隔了两天，平冈突然来了。那天干爽的风吹拂着蓝蓝的晴空，比平日要热一些。晨报上登载了介绍菖蒲的文章。檐廊上，代助买的一大盆君子兰虽然凋谢了，却有腰刀那么宽的绿叶，从叶片正中挤出来，长势茂盛。旧叶子黑黢黢的，反射着日光，其中一片叶子，不知怎么从中间折断了，在离茎五寸的地方骤然下垂成锐角。代助觉得不好看，便拿来剪子，把折断的部分剪掉了。厚厚的切口一下子渗出汁液，眼看着聚集在切口处的黏稠绿色叶汁，啪嗒一声落了下来。代助想要闻闻气味，把鼻子探进乱叶之中，也不擦去滴在檐廊上的汁液。当他站起来，从和服袖子里掏出手帕擦剪子时，门野来报告：

“平冈先生来了。”

代助此时的头脑里，既没有想平冈的事，也没有想三千代的事，完全被不可思议的绿色液体占据，处于超然物外的心境之中。可是一听到平冈这个名字，这心境骤然消失了。真有些不想见他了。

“请他进来吗？”门野追问道。代助“嗯”了一声，走进了房间。看到随后被门野迎进房间的平冈，已经穿上了夏季西服。衣领和白衬衣不但都是新的，还戴着时髦的编织领结，打扮得很时尚，丝毫看不出其失业身份。

交谈后得知，平冈的工作一事仍旧没有着落。他说：“近来四处活动也没有成效，所以每天这样闲逛。不然，就在家里睡觉。”说完哈哈大笑起来。代助只好说：“这样也好。”之后聊了一些无关痛痒的话题打发时间。与其说是自然而然地闲话家常，不如说是刻意回避问题而聊天的，双方内心都不轻松。

平冈绝口不提三千代，也不提借钱的事，就是说，关于三天前，代助在他不在家时去拜访的事也没有谈及。代助起初也有意不提及此事，但是等了半天，见平冈一直显得很客气拘谨，自己反而不安了，便开口道：

“其实，两三天前，我去你家了，你正好不在家。”

“嗯。听内人说了。又烦劳你关心，感激不尽啊……其实，不麻烦你，也过得下去，只因贱内太担心，结果还是给你添了麻烦，真是不好意思。”平冈很冷淡地道了谢，又道：

“其实我也是来道谢的，不过真正应该来道谢的，还是她本人吧。”他说话的口气仿佛三千代和他没有关系似的，代助只是回答：

“没有那个必要吧。”这个话题就此终断了。

然后两个人又心照不宣地转向双方都没有多大兴趣的话题上去了。这时，平冈突然貌似发自内心地说：

“说不定我应该告别实业了。实际上越是知道内幕就越是厌恶。尤其是来东京，做过一些努力后，越发感到没有勇气了。”

代助只说了一句“那是很自然的”，平冈对于他这句冷淡的回答显得很吃惊，仍继续说道：

“前日我也对你提过的，我打算去报社工作。”

“有地方要人吗？”代助反问。

“现在有一家报社要人。估计差不多吧。”

刚坐下时，他还说“近来四处活动也没有成效”，现在又说“有个报社要人”，代助觉得莫名其妙，可又懒得追问，就表示赞成：

“那很不错啊。”

把平冈送到玄关时，代助靠着隔扇，站在门槛上。门野也跟在主人身边，望着平冈远去的背影，开口道：

“平冈先生可比预想的要时髦啊。他那身衣服，倒显得先生寒酸了。”

“也不能那么说。近来人们都是那样的。”代助依旧站在门槛上说。

“唉，如今这世道，光看穿戴，真是判断不出人的身份啊。以为是什么绅士，却住进了糟糕的房子。”门野立刻接话茬。

代助没有回答，返回了书房。滴落在檐廊上的君子兰绿色汁液已变成黏糊糊的，快要干了。代助故意关上书房和会客间之间的隔扇，一个人进了屋子。他有个习惯，喜欢在会见过客人之后，独自静坐片刻。尤其是像今天这样心情亢奋的时候，更有此必要。

平冈到底远离自己而去了。每次见到他，代助总感觉两人是咫尺千里。他觉得，跟任何人见面都有同样的感觉。现在这个社会，不啻是一个个孤立的人的集合体。大地本是自然相连的整体，但是建造起房子后，便被分成一块一块的了，居住在房子里的人也被分成一个一个的了。代助的结论是：所谓文明，无非是将人们各自孤立起来的东西。

与代助亲密交往时的平冈，是个喜欢看到别人为他伤感的人。现在或许还是这样。可是，代助看他没有露出那样的神色，也搞不清楚了。不对，平冈是在竭力拒绝别人的同情。他是想独往独来，做给你们看看呢，还是悟出了这才是现代社会的本来面目呢？不外是这二者之一吧。

与平冈亲密交往时的代助，是个喜欢为别人哭泣的人。但是后来他渐渐哭不出来了。并非因为不哭泣才是现代的。应该说事实上正相反，因为是现代的，所以不哭泣。在西方文明的沉重压迫之下呻吟挣扎，置身于残酷的生存竞争之中的人，能够真心为他人哭泣的人，代助还没有遇到过。

代助对现在的平冈与其说产生了疏离感，不如说是厌恶感。而且他判断对方也萌生了和自己同样的念头。代助从前也时常吃惊地看到自己胸中掠过这样的阴影，感到非常悲伤。如今那悲哀也被剥离殆尽了，因此能够目不转睛地注视自己内心的黑影了。他认识到这阴影才是真实的，是无能为力的，只有顺其自然了。

对于陷入这种孤独深渊而烦恼，代助看得非常清楚。因为他将这种境遇，看作现代人必然会经历的命运。即是说，自己和平冈的疏离，以现在的他看来，不过是二人沿着寻常的途径，走到了某个地点的结果而已。只是由于二人之间存在着的特殊情况，使这疏离比一般人来得早了一些，对此代助自然心里有数。这特殊情况就是三千代的婚姻。说到底，让三千代嫁给平冈的人，正是代助自己。代助并非愚蠢到会为当时的事感到后悔。即使时至今日，回顾过去，代助仍觉得自己的所为是成人之美的好事。但是，在这三年期间，岁月将自然发展后所特有的结果摆在他们二人面前。他们不得不放弃自己的满足与光辉，在这结果面前低下头去。而且，代助渐渐开始思考平冈为何娶三千代为妻。代助仿佛听到不知从哪里传来的声音：“你为何把三千代嫁给了平冈？”

代助把自己关在书房里，沉思了一整天。晚餐时，门野自说自话地饶舌：

“先生今天学习了一天。怎么样，出去散散步吧？今晚可是寅毗沙[①]日啊。中国留学生在演艺馆演戏呢。先生要不要去看看，他们打算演什么？那些中国人啊，真是什么都敢演，毫不在乎啊……”

---

① 毗沙是佛教里的四天王之一。从江户时代开始，在神乐坂的善国寺供奉毗沙门天王本尊。因正月、五月、九月的寅日是其祭祀日，因此称为寅毗沙。

9

代助又被父亲叫去了。为什么事叫他，他也能估计个八九不离十。代助素来总是想法躲着父亲，近来更是连里间都不去了。因为见了父亲，他虽然说话还是恭恭敬敬，可心里还是有些瞧不起父亲的。

现代社会里，每一个人若不在内心里轻视对方，便碍难交往，代助一贯将它称之为二十世纪的堕落。他还将该现象解释为，近来急速膨胀的生活欲望的高压加速了道义欲求的崩溃。将此看作新旧两种欲求的冲突。最后，他得出结论，这种生活欲求的迅猛发展，乃是从欧洲汹涌而来的海啸。

这两个因素必须在某处取得平衡。但是，代助深信，贫弱的日本在财力上与欧洲的最强国比肩之日到来之前，这个平衡在日本就是天方夜谭。他还悲观地认定，那一天终究不会光临日本国土的。因此，身陷这块贫瘠之地的日本绅士，大多是每天在不触犯法律的程度内，或是只有在头脑中进行犯罪了。而且，无论对方犯了何等罪恶，彼此之间都依然能心照不宣地谈笑风生。代助作为一个人，既无法忍受侮辱其他人，也不能忍受被他人侮辱。

而代助父亲的情况较为复杂，比之一般人稍微特殊一些。一方面，他受到的是明治维新前的武士固有的道义为重的教育。这种教育是将情义行为的标准置于远离自己之处，是无视必须通过实践的发展得到印证的真理的悖理之物。尽管如此，父亲被陈规所缚，仍执着于这种教育。另一方面，他又投入了易于被强烈生活欲求侵蚀的实业。实际上，父亲岁岁年年都是在这种生活欲求的腐蚀下走到今天的。因此，过去的父亲和现在的父亲之间必然有着巨大的鸿沟，但父亲自己并不承认这一点。他公开表示，是昔日的自己，靠着昔日的见识成就了今天的事业。而代助认为，若不缩小只有封建时代才通行的教育范围，是不可能时时刻刻满足现代人的生活欲求的。让双方保持原样的并行不悖，那么勉为其难的个人，就会因这种矛盾而承受很大的痛苦。如果内心承受着这样的痛苦，却只知其然，不知其所以然，那便是头脑愚钝的低等人。代助每当面对父亲，就会产生这样的感觉——父亲若不是刻意掩饰自己的伪君子，就是个头脑糊涂的蠢人，二者必居其一。代助十分厌恶自己这样想。

虽然如此，但是以代助那两下子，是根本无法左右父亲的。代助对此心中有数，所以从来不曾将父亲逼到矛盾的极限去。

代助一贯相信，所有道德的出发点，都不外乎社会的现实。他相信没有比先把僵死的道德植入脑中，再根据该道德观念去推动社会发展更本末倒置的了。因此，代助认为，在日本学校里教授的伦理教育是毫无意义的。他们在学校里教授陈腐的旧道德，或者把适合于一般欧洲人的道德灌输给学生。在受到这种强烈的生活欲望侵袭的不幸的国民看来，那不过是迂腐的空谈罢了。接受过这种迂腐教育的人，他日直面社会时，回想起曾经受过的老式教育，会哑然失笑，或是觉得受了愚弄。至于代助，不单单从学校，还从自己的父亲那里接受了极其严格的、根本行不通的道德教育。因此之故，他曾一度深感困惑，苦恼万分。代助为此对父亲不无抱怨。

代助上次去向梅子道谢的时候，梅子提醒他："你还是去里面，向父亲问个安吧。"代助笑着糊弄道："父亲在家呀。"尽管嫂子回答"在家呢"，他也推说"今天还有事，算了吧"，就回去了。

今天代助是专门来见父亲的，即便不情愿，也得跟父亲见面。他照例从内玄关绕到客厅，看见哥哥罕见地盘着腿喝酒，梅子也坐在旁边。哥哥看到代助，就说：

"喝一杯怎么样？"诚吾拿起眼前的葡萄酒瓶子朝他晃了晃，里面还有多半瓶。梅子拍了拍手，让人拿来了洋酒杯。

"你猜猜看，这酒是什么年份的？"梅子给他倒了一杯。

"代助哪里知道啊。"诚吾瞧着弟弟的嘴说道。代助喝了一口，就把酒杯放下了。下酒菜是点心盘子里的薄薄的威化饼干。

“很好喝啊。”代助说。

“所以让你猜猜年份呀。”

“是有年头的吗？真是买到好酒了啊。让我带一瓶回去吧。”

“对不起，只有这一瓶了，是人家送的。”梅子说完，去檐廊上弹掉腿上的威化饼干渣子。

“哥哥，今天怎么没去公司呢？挺悠闲的呀。”代助问道。

“今天想休息休息。前些日子忙得团团转，累坏了。”诚吾叼着已经灭了的雪茄烟。代助拿起身边的火柴，给哥哥点着了烟。

“要我说，阿代，你才是悠闲呢。”梅子从檐廊返回来。

“嫂子去歌舞伎座了吗？还没去的话，去看看吧，很有趣呢。”

“你已经去过了？真想不到。你也太懒惰了。”

“懒惰可不好。你学的东西跟哥哥可不一样啊。”

“你就会说这种给人压力的话，不懂得别人的心情。”

梅子看着诚吾说道。诚吾瞪着发红的眼睛，噗地吐出一口烟来。

“你说是吧……”梅子催问。诚吾不耐烦地把雪茄夹在手指间，说：

“你趁年轻好好用功，多学习知识，以后我们要是贫穷了，你也能拯救我们，那多好啊。”

梅子问：“阿代，你能当上演员？”

代助没有回答，把酒杯伸给嫂子，梅子默默地拿起葡萄酒瓶，给他斟酒。

“哥哥，刚才你说，前些日子忙得团团转？”代助又提起刚才的话头。

“可不是吗，快累死了。”诚吾说着，躺倒在榻榻米上。

“跟那个日糖事件有什么关系吗？”代助问。

“跟日糖事件倒是没有关系，就是很忙。”

哥哥的回答每次都是这样不清不楚的。可能是不想说得太清楚，但是在代助听起来，则是因为哥哥生性随意，懒得说那么多。所以代助总是很轻松地继续对话。

“日糖公司也够倒霉的，难道就没有办法防患于未然吗？”

“说得也是啊。其实世上的事，原本就很难把握的。——阿梅，今天你去告诉直木，一定要让赫克托尔稍微活动一下。吃那么多，老躺着可不好。”诚吾不停地揉着困得睁不开的眼睛说。代助一边说着“我得到里面去挨父亲训了”，一边又把酒杯伸给嫂子，梅子笑着给他斟了酒。

“是相亲的事吗？”诚吾问道。

“大概是吧。”

“你还是答应下来的好。让老人这样为你操心，合适吗？”然后，哥哥加强语气叮嘱他：“你要多加小心噢，最近气压比较低。”

代助站起来，问：

“不会是因为前一阵子你们四处奔走，造成的低气压吧？”

“不好说啊。看现在的情形，我们也说不定什么时候，就和日糖公司的董事一样，会被拘捕呢。”诚吾躺着回答。

“别瞎说了。”梅子责怪道。

“看来还是我太懒散，带来的低气压吧。”代助笑着站起来。

代助沿着走廊穿过中庭，来到里间一看，父亲正坐在紫檀桌前看中国古书呢。父亲喜欢诗词，一有空闲，就喜欢读中国人的诗集。但是有时候，读诗集也会成为令他不愉快的导火索。遇到这种时候，即便是粗线条的哥哥，也尽可能回避父亲。非见不可的场合，哥哥就带着诚太郎或是缝子一起去父亲跟前。代助来到檐廊上时，也想到了这招儿，又觉得没有这个必要，就穿过客厅，走进了父亲的房间。

父亲摘下眼镜，放在阅读的书籍上面，朝代助转过身来，说了声“你来啦”。

他的语调比平常显得更平和。代助把手放在膝盖上，心想，刚才哥哥一本正经的，莫非是吓唬我吧。代助在父亲这儿，又不得不喝起了苦涩的茶闲谈起来。什么今年的芍药花开得早啦；什么到了听着采茶歌昏昏欲睡的时候啦；某某地方有一棵大紫藤树，开出的花快四尺长啦……这样漫无边际地扯开来，而代助也觉得这样比较随便些，便顺着父亲的话头儿，一味地接应下去，没完没了。最后连父亲也没的聊了，终于开口说出：

“对了，今天叫你来是有件事商量……”

这之后代助就没有再说一句话，只是洗耳恭听老爷子说话。代助一摆出这副恭顺的样子，父亲也只好像授课似的，一个人滔滔不绝地说下去了，其中一半以上是老话重提。但是，代助就像初次听到那样，听得非常认真。

在父亲的长篇大论中，代助发现了两三个新的情况。一是父亲很严肃地问他：“你今后到底是怎样打算的？”迄今为止，代助一直是听从父亲的安排，所以已经习惯于敷衍那些安排了。不过，遇到这样重大的提问，他就不能信口回答了。万一说错了话，会马上惹火父亲的。可是，如果实话实说，那么不花费两三年工夫，改造父亲的旧脑筋，说什么都是对牛弹琴。代助完全不想为了回答这个严肃的问题，明了地道破自己对未来的打算。他觉得这对于自己是天经地义的。然而，对父亲坦言相告，让他理解自己是非常费时间的。或许这辈子都说不通也未可知。要想让父亲满意，唯有高谈为了国家、为了天下人等豪言壮语，而且这个抱负与成家是不能两全的才行。而代助觉得无论怎样想贬低自己，这些话也是愚蠢至极，实在没有勇气说出口。万不得已，他回答父亲：“我是有一些想法，打算等自己想清楚后，再来跟父亲商量定夺。”回答之后，他觉得实在滑稽，可也无可奈何。

接下来，代助被问的是：“你想不想要一笔能够独立门户的财产？”代助回答：“当然想要。”于是父亲附加了一个条件：“那么就迎娶佐川家的女儿好了。”这笔财产到底是佐川的女儿带过来的，还是父亲给儿子的，非常不明确。代助试探着问了一下，还是不得要领。他觉得也没有必要搞清楚这个问题，便没有追问下去。

接下来，父亲问他想不想去留洋。“想去啊！”代助表示赞成。然而，这个问题仍旧是以结婚为先决条件的。

“难道非得娶佐川女儿为妻才行吗？”代助最后问道。父亲的脸一下子涨红了。

代助丝毫没想惹父亲生气。他近来奉行的原则是，和别人争吵已经成了人类堕落的表现之一。他认为，吵架必然惹他人生气，比起惹人生气这件事来，生气时人的脸色会极其不愉快地映在自己的眼睛里，这无异于对自己宝贵生命的一种伤害。代助对于罪恶，也有他自己独特的看法。但是，他并不相信，只要顺其自然地生活，就能免受惩罚。他固执地相信，杀人者受到的惩罚，就是那些被杀者身上流出的血液。他觉得，看到飞溅的鲜血，人的清净之心不产生混乱是不可能的。代助就是这样一个神经异常敏锐的人。所以看到父亲脸色涨红时，代助也很不快。虽如此，他又丝毫不想为了补偿这双重的不敬，而遵从父命。因为他同时也是一个对自己的智力非常自信的人。

这时，父亲以颇为亲热的语气，循循善诱地劝说起来。首先说什么“我已经上了年纪，对儿子的将来很是担忧”，接着谈到“为儿子娶妻是做父母的责任，关于女方的条件等等，父母要比本人考虑得更为周全”“你现在或许把家人的关心看作多事，将来总有一天你还是要请别人帮忙的”云云。代助很乖顺地倾听着。可是，当父亲说完之后，代助依然没有表示同意。于是父亲故意压低声音说：

“那么，佐川这门亲事就不提了。不过你可以把自己相中的女子娶回来呀。你有没有想娶的女子呢？”这问话和嫂子问的完全一样，但是代助不能像对梅子那样苦笑一下了事。

“我也没有特别想娶的女子。”他明确地回答。

于是父亲突然大发雷霆，口气急迫地说：

“你多少也得替我想一想吧！不能总考虑自己嘛。”

看到父亲突然抛开儿子，跳到他自身的利益去，代助颇感意外。不过他重点是对这种违背逻辑的急剧变化感到惊讶。

“既然是对父亲有好处，那我就重新考虑一下吧。”代助回答。

父亲越来越不高兴了。代助与人谈话时，有时候会固执于自己的原则。因此，往往被人误解为他想要驳倒别人，而实际上，没有人比代助更讨厌驳斥别人了。

“我并非都是为了自己才让你娶妻的。”父亲对刚才说的话予以更正。“既然你这样喜欢讲道理，为了给你参考，我也给你讲讲吧。你已经三十岁了吧。普通人到了三十岁还不结婚的话，人们会怎么看，不用我说，你也明白的吧。当然，现在和过去不一样了，选择独身也是个人的自由，可要是因为自己独身，给父母、兄弟带来麻烦，甚至发生了事关自己名誉的事情，你怎么办呢？”

代助只是茫然望着父亲的脸。代助完全不明白，父亲打算针对哪一点来说服自己呢？过了一会儿，代助说：

“那是因为我个人的一些喜好，所以……”

父亲立刻打断他的话，说：

“我说的不是这个问题。”

两个人好半天没有再开口说话。父亲很相信这样的沉默对于代助造成的打击。然后，父亲语气缓和下来说：

“你先好好考虑一下吧。”

代助答应了一声，便退出了父亲的房间。

他来到客厅，没有看到哥哥。问女佣“嫂子呢”，回说在客厅，于是他打开客厅的门一看，原来缝子的钢琴先生来了。代助向先生点点头，把梅子叫到门口来，问道：

“你是不是在父亲面前告我的状了？”

梅子哈哈大笑起来：“请进来呀。你来得真是时候。”她这么说着，把代助拉到了钢琴旁边。

10

蚂蚁爬进房间里的季节到了。代助往一个大花盆里倒满水，将雪白的铃兰连根一起浸入盆中。一簇簇小花遮挡了花盆的深色花边。一移动花盆，花朵就会掉下来。代助将花盆放在大字典上面，然后在它旁边摆上枕头躺下来，脑袋刚好进入花盆的阴影里，花儿散发出来的香气恰好飘入代助的鼻孔。代助闻着花香，小睡起来。

代助经常会受到来自寻常外界的格外强烈的刺激，严重的时候，就连因为天晴而照射下来的日光都不堪忍受。每当这种时候，他便减少与人交往，无论早晨还是中午，都设法闷头睡觉。作为催眠的工具，他常常使用极清淡、不太甜腻的花香。他闭着眼睛，遮挡落在眼球上的光线，轻轻地用鼻孔呼吸时，枕边的花儿逐渐将躁动的意识吹向梦境。此举成功之后，代助的神经仿佛脱胎换骨般镇静下来，与外界的交往比以前更加松弛了。

代助被父亲叫去之后这两三天来，一看见院子一角开放的一朵朵红蔷薇，就感到刺眼。每当此时，他便将目光转向洗手钵旁边的那株紫萼叶子上。那些叶子上肆意横行着三四条白色筋络。每次看它们，代助都觉得那些叶子长大了一些，那白色脉络似乎也跟着无拘无束地伸展着。石榴花比蔷薇更鲜艳，也更浓重。艳丽得在绿色植物之中闪闪烁烁。因此，它与代助此时的心境也是不协调的。

代助此时的心情，就像平素低沉时那样，带有某种晦暗的色调。因此，一接触到太明亮的东西，便不堪忍受这种反差。即便是紫萼叶子，若长时间盯着看，也会很快生厌。

此外，他受到了现代日本特有的某种不安的侵袭。这不安是起因于人与人之间缺少信任的野蛮现象。这种心理现象令他甚为惊慌。他是不信奉神明的人。作为一个有头脑的人，也是不能信仰神明的。但是他相信，能够相互信赖的人，是没有必要信仰神明的。正是为了摆脱相互怀疑时的痛苦，神明才有了存在的权利。他由此断定，在有神祇的地方，人们注定会说谎话的。然而他发现，今天的日本是一个无论对神，还是对人，都没有信仰的国家。他把这种现象完全归因于日本的经济状况。

四五天前，他看到报上关于警察和小偷勾结起来干坏事的报道。而且这种事情涉及的不止一两个人。据其他报纸所载，若是进一步深入调查下去，东京或许会陷入所有警察都要被抓捕的局面。代助看了这个文章，只是苦笑了一下。他觉得，收入微薄的警察，迫于生活压力而干坏事，也是不足为奇的。

代助去见父亲，听父亲提起婚姻之事时，也有与此同样的感觉。然而，对于代助来说，这只是由于对父亲缺少信赖导致的不幸暗示。代助对于自己的内心受到这种不吉利的暗示，并不感到不道德。即便那暗示真的出现在眼前，代助仍然打算肯定父亲是正确的。

代助对平冈也抱有同样的感觉。只不过对于平冈而言，那是理所当然的，代助并不计较。只是对平冈喜欢不起来。代助是爱哥哥的，可是对哥哥也无法产生信赖。嫂子是个真心待人的女人。嫂子不接触生活的艰难，所以比哥哥更容易接近。

代助一直以来就是这样打发日子的。所以，尽管非常神经质，却很少被不安的念头困扰。他自己也清楚这一点。可是，不知怎么搞的，现在突然心神不宁起来。代助估计这是生理上的变化引起的。正好某人给他带来了一束铃兰，据说是从北海道采来的，代助将它解开后全部浸入水中，自己就躺在这铃兰下面睡觉。

一个小时后，代助睁开了大大的黑眼睛。他的目光停留在一个地方久久没有转动。手和脚也都保持着睡觉时的姿势，像个死人一样。这时，一只黑蚂蚁顺着呢绒衣领爬上来，落到了代助的喉头上。代助立即抬起右手，摁住了咽喉。然后皱着眉头，把这个夹在手指缝里的小动物拿到鼻子上边来瞧。蚂蚁已经死了。代助将粘在食指尖上的黑东西用拇指指甲弹到了远处，然后坐了起来。

他看见膝盖的周围还有三四只蚂蚁在爬，就用象牙裁纸刀杀死了它们，然后拍手叫人进来。

“先生醒了？”门野过来了问道，“倒杯茶来吗？”

代助一边遮掩起袒露的衣襟，一边平静地问：

“我睡觉的时候，有人来过没有？”

“是的，有人来过，是平冈的太太。先生真是料事如神哪。”门野若无其事地回答。

“那你怎么没有叫醒我？”

“看先生睡得那么香，就没有叫。”

“来了客人，不叫怎么行呀。”代助的语气有些严厉了。

“可是，平冈的太太说，还是不要叫醒吧。”

“然后，太太就回去了吗？”

“倒是没有回家。说是去神乐坂买东西，买完东西后，再过来一趟。”

“那么说，还会再来了？”

“是的。她本想等着先生醒来，已经进了这间屋子，可是看到先生睡得那么香，大概是觉得一时半会儿醒不过来吧……”

“所以又出去了？”

“没错，是这样。”

代助笑着，两手抚摸着刚刚睡醒的脸，然后去浴室洗脸了。当他洗了头发，回到檐廊来眺望庭院时，心情比刚才畅快多了。两只在阴沉的天空中飞舞的燕子，也令他觉得愉快。

自从上次平冈来访后，代助就暗自期待三千代不久会来。可是，平冈的话一直未成为现实。是有什么特殊情况，三千代特意没有来呢？还是平冈说客气话呢？这个疑问，使代助感到内心有些空虚。然而，他只想将这空虚感作为日常生活中的一个经验，无意探究其原因。因为只要他试图探究这经验时，就会隐约看到随之而来的暗影绰绰。

因此，代助没有主动去访问平冈。散步时，他大多是朝江户川方向走。樱花散落的时候，在晚风吹拂中，他从四座桥这边走到那边，再从那边走回来，在长堤上这样走来走去。此时，那樱花早已散尽，碧草茵茵。代助常常驻足于桥中央，靠在栏杆上，托着下巴久久凝神眺望着夹在茂密绿叶中的一道水流之光。仰望河流变成细细一道光亮的尽头，那高耸在目白台上的树林。可是走过桥去，他却没有爬上小石川坡道，就打道回府了。有时候，他在大曲附近，隔着五十米远，看见过从电车上下来的平冈——他肯定自己没有看错——便立即返回码头方向了。

代助很担忧平冈的近况。虽然知道平冈还处在坐吃山空的不安定的境遇之中，又想象平冈或许已经朝着某方面找到开拓生活之路的途径了。可是，代助不想为了确认这一点，总是追着平冈打探。他想象着见到平冈时的莫名的不快感。虽说如此，代助并非只是为了三千代，才担心平冈的处境，他并没有怨恨平冈到那个程度。为了平冈，代助也是祈祷他能够成功的。

就是这样，代助怀着内心某个空虚的角落走到今天。刚才他叫门野拿来捆枕[①]，安睡午觉的时候，他恨不得将不堪忍受

---

① 里面塞满棉花或荞麦皮、碎茶叶，将两头捆扎起来的枕头。

过于强烈的宇宙刺激的脑袋，沉入湛蓝色的深水中去。他对生命的感受就是这般敏锐。因而当他把热乎乎的脑袋枕在枕头上时，无论是平冈还是三千代，都已经不复存在了。他终于心情宁静地安眠了。可是，在安眠之时，他感觉到有人轻轻地走进来，随后又轻轻地出去了。他睁开眼，坐起来后，这感觉依然挥之不去。因此才叫来门野，问他“我睡觉的时候，有人来过没有”的。

代助两手遮在额头上，从檐廊上仰望燕子在高空中盘旋飞舞，但眼睛很快便看花了，便回了房间。可是三千代可能还会来访的期待，已经扰乱了他平和的心境，思考或读书都无法投入。最终代助从书架上拿出一本大画册，摊在膝盖上，翻看起来。他只是用指尖一页页往下翻看，每幅画充其量也只欣赏了一半，很快翻到了布朗温[①]的画作了。平时代助对这位装饰画画家抱有极大的兴趣。他的目光一如既往地发出光彩，在画面上停留下来。画面上是某个港口，背景的船、桅杆和帆，画得很大，其余地方画着异常绚烂夺目的云彩和墨黑的水面。在这个背景前边有四五个赤裸身体的劳动者。代助看着这几个男人身上隆起的肌肉，他们的肩部到后背，一块块肌肉之间呈现出的旋涡状曲线，从中体味到了健美肉体的快感。不多久，他放下画册，竖起了耳朵。听到厨房那边阿婆说话的声音。然后送

---

① 布朗温（Frank Brangwyn，1867—1956），英国画家。成就最突出的是壁画和铜版画。壁画追求异国情调，具有装饰效果。铜版画功夫扎实，画面丰富厚实，具有一种体积感和空间的深度。

牛奶的人抱着叮当作响的空奶瓶急匆匆走出去了。由于家里很安静，在听觉敏锐的代助耳朵里，这些声音格外响亮。

代助呆然凝视着墙壁，想要再次喊来门野，问他“三千代说没说几点过来”，又觉得这样做太愚蠢而作罢。况且，自己并无必要这般盼着别人的太太来访。既然这么期望见到对方，何不自己找个时间前去拜访呢？意识到自相矛盾时，代助突然为自己的糊涂感到羞耻不已。他从椅子上欠起身来。他很清楚自己这糊涂的深层存在的各种原因。这种糊涂状态对于现在的自己是唯一真实的，如之奈何？加上与这一真实相互冲突的逻辑，不过是和自己无关的命题相结合形成的、蔑视自我存在的形式而已。想到这里，他又靠在了椅子上。

直到三千代来访，代助完全不知自己是怎样度过的。当听到门口响起女人说话声的时候，他感到胸中一阵狂跳。他在理论上虽然很强，但在心脏功能上却是个很弱的男人。他近来之所以不轻易发怒了，完全托了头脑的福，因为理智认为动怒是轻视自己的行为，所以不允许他动怒。不过在其他方面，他会不由自主地受情绪的控制。当去开门的门野噔噔地走到书房门口时，代助的脸颊已微微失去了光泽。

“请客人来这里吗？”门野简单地问了代助的意思。门野懒得问是让客人去房间还是书房，就给压缩了。代助“嗯”了一声，像是要把等在入口的门野赶走似的，自己站起来，走到檐廊探出头去。三千代正站在檐廊和玄关的连接处，面朝这边踌躇着。

三千代的面色比上次更苍白了。代助用眼睛和下颌示意她过来，快走到书房入口时，代助听到了三千代的喘息声。

“你怎么了？”他问道。

三千代没有回答，一直走进了室内。她穿着毛料的单和服，里面穿着内衣，手里提着三枝很大的白色百合花。她将那百合花往圆桌上一扔，就坐在了旁边的椅子上。也不顾刚刚结好的银杏发髻，靠在椅背上。

三千代一边说着“啊，累死我了”，一边瞧着代助笑。代助拍手叫人拿水来。三千代默默地指着桌子上，那里放着代助饭后漱口的玻璃杯，里面还剩有两口水的样子。

“水是干净的吧？”三千代问道。

“这是刚才我喝的。”说着，代助拿起杯子，踌躇着。因为代助想要从坐着的地方把水倒掉，却隔着一道玻璃门。门野每天早晨打开门窗时都喜欢留一两扇玻璃门。代助只好站起来去檐廊，把杯子里的水泼掉，招呼门野。刚才还在这里的门野此时不知跑到哪里去了，听不到他应答。代助有些慌乱，又回到房间里来了。

“马上就送水来。”他一边说，一边把空杯子放在桌子上，朝厨房走去。路过餐室的时候，看见门野正笨手笨脚地从锡茶罐里捏出玉露①来，准备沏茶呢。他看见代助，就解释说：

“先生，马上就好。”

---

① 一种高级绿茶。

“茶水不着急。客人想喝水。”说完，代助自己去厨房取水。

“啊，这样啊。要送去吗？”门野放下茶罐，也跟了过去。

“阿婆呢？”代助问。

“刚才去给客人买点心了。”

“点心没有了，应该早些买好呀。”代助拧开水龙头，接了满满一茶杯水。

“我忘了告诉阿婆来客人的事了。”门野很歉疚地挠挠头。

“那你自己去买点心也可以嘛。”代助走出厨房时，责怪门野说。门野仍旧在辩解：

“因为她说除了买点心，还要买其他好多东西。她腿脚不好，天气也不好，按说不应该去……”

代助没有回头，赶紧回了书房。跨过门槛，一走进屋里，就看见三千代两手捧着刚才代助放在桌子上的玻璃杯，放在膝上。那个玻璃杯里的水，和刚才代助泼掉的一样多。代助拿着茶杯，呆呆地站在三千代面前，问道：

“你喝什么水呢？”

三千代照例平静地回答：

“谢谢！不用拿水了。刚才我喝了那个水。看着太干净了，所以就……”说完，她回头朝浸泡铃兰的水盆望去。代助在那个花盆里加了八成的水。透过水中一簇簇牙签般纤细的淡青色叶茎间隙，隐约可见陶器的花纹。

“你为什么喝那里的水呢？”代助吃惊地问。

“喝了也没事呀。”三千代把手里的玻璃杯伸到代助眼前，让他对着光看里面的水。

“就算没事，要是两三天以前的水可怎么办？”

“不会的，我刚才来的时候，凑近它闻过的。当时那个年轻人说，是刚刚把水从桶里移到盆里的。不用担心，很好喝呀。”

代助默默地坐在了椅子上。不知她究竟是出于浪漫喝了花盆里的水，还是因为口渴喝的，代助连追问的勇气都没有。即便是前者，代助也无法欣赏她这样炫耀诗情，模仿小说描写的鹦鹉学舌。

“你身体好些了吗？”代助问道。

三千代的脸颊渐渐泛红了。她从袖口里取出手帕，一边擦拭嘴角一边说起来：

“我一般都是走到传通院前，乘电车去本乡买东西，可是一打听，本乡那边比起神乐坂来，物价要高出一二成，所以最近到这边来买过一两次东西。上次也是顺路来拜访的，不知不觉坐了很久，就赶着回去了。为这个今天特意提早出来了。看到你在休息，就去街上买完东西，回家时顺路再来一趟。谁知天阴了下来，刚走上蒿店[①]，就开始掉雨点了。因为没有带伞，怕被雨淋湿，走得飞快，结果累得直喘……不过，我已经

① 神乐坂的一个地名，因卖草编货的店铺集中而得名。

习惯了，不觉得多累。”

三千代说着，望着代助凄寂地笑了笑。

“你的心脏还没有彻底好吗？”代助同情地问道。

“彻底好，这辈子也不指望了。”

三千代的语调并没有这句话的含义那般绝望。她翻过手背，看着纤细手指上的戒指。然后，团起手帕，塞进了袖口里。三千代垂着头，代助凝视着她的发际。

这时，三千代好像突然想起来似的，为前几天的那张支票道了谢。这时，她的脸颊有些红润。视觉锐利的代助看得很清楚。他猜三千代是因借钱而感到羞愧，就马上把话题引开了。

刚才三千代提着走进来的百合花依然放在桌子上。甘甜浓烈的香味在二人之间飘散着。代助忍受不了这刺激气味近在鼻子底下，可又不能随意把它拿开，做出对三千代不敬的举动。

“这花是怎么回事，你买来的？”代助问道。

三千代默默点点头。然后说着“很香吧”，把脸凑到花瓣跟前，使劲儿嗅着。代助不由得绷直两腿，身体向后仰。

“不能这么近闻它。”

“是吗，为什么？”

“也没有为什么，反正闻不了。”

代助微微皱起眉头。三千代重新坐正了身子。

“你讨厌这花吗？”

代助仍然将椅子腿斜着，身体向后挺着，没有回答，只是朝她微笑了一下

“看来，还不如不买它呢。真是没意思，还绕了个远儿。

又差点儿被雨淋了，累得气喘吁吁的。”

雨下起来了。雨滴聚集到导水槽里，传来淅淅沥沥的流水声。代助站起来，拿起面前的那束百合花，剪掉了根部缠绕的湿草绳。

“是给我的吗？那就赶紧插进花瓶里吧。”代助说着，立刻把花扔进那个大花盆里。由于花茎太长，根部溅出水花，差点儿掉出来。代助又将滴滴答答的花茎从花盆里抽出来，从桌子抽屉里拿出西洋剪子，咔嚓咔嚓剪掉了一半。于是，大花朵便浮在簇簇铃兰上面了。

“好了，这样可以了。”代助把剪子放在桌子上。三千代一直怔怔地瞧着他胡乱种下的百合花，突然问了一个奇妙的问题：

“你是从什么时候开始讨厌这种花的？”

以前，三千代的哥哥还活着的时候，有一天，不知为了什么事情，代助买了一束长长的百合花到谷中的三千代家去。当时，他让三千代把一只奇形怪状的花瓶擦干净，很仔细地把买来的花插进去，摆放在壁龛里，让三千代，还有三千代的哥哥看。三千代还记得这件事。

“那时候，你不是也贴着花儿闻吗？”她说道。代助好像也记得有这回事，只好苦笑。

这时雨越下越大了，能听见笼罩房屋的哗哗雨声。门野进来说：

“有点儿冷了，把玻璃门拉上吧？”门野关玻璃门时，二人都默默望着庭院。每一片绿色树叶都是湿漉漉的，悄无声息的潮气透过玻璃门吹到代助头上来。飘浮的东西仿佛一点儿不剩地落在大地上了似的。代助感觉好久没有这样清醒了。

“真是好雨啊！”代助说。

“一点儿也不好。我可是穿着草屐来的噢。”三千代不无怨气地望着从导水槽滴落下来的雨点。

“回去的时候，我帮你叫个车就行了，多待一会儿吧。”

三千代似乎没有想多待会儿的意思，直视着代助责怪道：

“你还是那样无忧无虑啊。”眼角倒浮出笑意。

一直隐藏在三千代背后的平冈的面孔，此时清晰地浮现在代助的心里。代助突然感到被黑暗中的什么东西袭击了似的。三千代仍然是一个拖曳着无法摆脱的影子走路的女人。

“平冈君现在怎么样了？”代助若无其事地问。只见三千代嘴角微微抿了一下，回答：

“还是老样子。”

“还是没有谋到合适的工作吗？”

“工作倒是有着落了。大概下个月就可以去报社上班了。”

“那可太好了。我还一点儿都不知道。暂时先干着也挺好啊。”

“是啊，真的很幸运呢。”三千代一本正经地低声说道。此时代助感到三千代特别可爱。接着问道：

“那么，对方眼下没有再催要吗？”

“你说的对方是……”反应过来后，三千代突然脸红起来。

“其实，我今天就是来给你道歉的。”三千代说着，马上又抬起了头。

代助最受不了对方感觉难堪，尤其是让温柔的女子羞愧。同时，他也不想说些有意迎合对方的话语，以免让对方更感到难堪，所以代助只是平静地听三千代说话。

“前些天跟你借的二百元，本应立刻还给债主的，无奈安个新家，处处需要花钱，就一点点用起那笔钱来。虽然也想过以后怎么还钱，可又迫于每天的生活开销，自己也不愿意这样，却没有别的办法，一没有钱了就花它，终于花得一干二净了。当然了，如果不那样花，我们夫妻也过不到今天。现在回想一下，不如干脆没有那笔钱，说不定也能勉强应付过去，可是手头有了这笔钱，一没钱了就动用它救急，结果，关键的写了字据的借款，反倒现在还没有还上。这事怪不得平冈，都是我的错。”最后三千代非常愧疚地解释道：

“我觉得这么做非常对不住你，后悔极了。不过，跟你借钱的时候，绝对没有说瞎话欺瞒你的想法。还望多多原谅！”

“反正是给你的钱，怎么使用是你们的自由，谁也不能说什么呀。只要能派上用场，不就行了吗？”代助安慰道。说“你”这个字时，他格外加重语气，并且说得很慢。三千代只说了句：

“你这么说，我也就放心了。”

雨一直下个不停，三千代回去时，代助给她叫了出租车。看天气寒冷，代助要给她的毛料单和服外面，罩上一件男人穿的短外褂，三千代笑着推辞了。

11

不知不觉间，人们开始穿着绞罗短外褂出门了。两三天来一直在家里查阅资料，眺望自家庭院的代助，戴着厚帽子，来到街上一看，突然感到天气热了。看来自己也得换掉毛料衣服了。这么想着走了五六百米时，遇到了两个穿着夹衣的人。心里正感叹着，紧接着又看到有学生在一家新开张的冷饮店里，拿着玻璃杯在喝什么冷饮。代助不禁想起了诚太郎。

近来，代助比以前更喜欢诚太郎了。和其他人说话，就像在和人的皮囊说话，令他焦躁。然而反观自己，在人群中，自己才是最让人焦躁的人呢。一想到这也是多年来生存竞争的恶果，他便不觉得多么庆幸了。

诚太郎这阵子迷上了踩球。要说这都是前些日子，代助带着他去浅草的奥山[①]玩儿招惹来的。这孩子爱钻牛角尖，完全继承了嫂子的个性。不过，毕竟是哥哥的孩子，较真之中又不无从容豁达的气度。和诚太郎在一起时，这孩子的灵气一股脑儿地传导给代助，让他心情愉快。说实在的，不分白天黑夜，代助总是被紧绷的精神所裹挟，不堪其苦。

诚太郎今年春天就上中学了，个头好像一下子就蹿高了似的。再过一两年就该变声了。那之后，不知他会通过怎样的途径长大成人，但终究会作为一个人，为了生存，背负被人厌恶的宿命的。那时候，他会沉着稳重地穿着不标新立异的衣服，为了追求什么东西，如乞丐般在人世间彷徨吧。

代助来到了护城河边。几天前对面土堤上的杜鹃花还在绿叶丛中，绽开着一团团红白花朵，现在已不见了踪影。野草葳蕤的高高斜坡上，排列着好几十棵高大的松树，一眼望不到头。晴空万里，一片瓦蓝。代助坐上电车，想回本家去跟嫂子说笑，和诚太郎玩耍，突然又厌倦起来，打算一边望着那些松树，一边沿着护城河边走到不想再走为止。

来到新見付，南来北往的电车，令他感到头疼，便过了护城河，从招魂社[②]旁边走到了番町。在那里东转西转时，忽然发觉这样漫无目的地乱走有些愚蠢。代助一向认为，有目的而行走者是贱民，而此时此刻，他觉得还是贱民比较伟大。代助

① 浅草寺西侧一带通称奥山，从江户时代开始，以杂耍和杂货铺子聚集成为热闹场所。

② 即靖国神社。

预感到惰性又袭来了，便往回走。刚走到神乐坂，就听到一家商店的大留声机正在播放音乐。其声音带有刺耳的金属性噪音，令代助的脑袋阵阵疼痛。

一走进家门，他又听到门野趁着主人不在家，大声唱着琵琶歌①。听到代助的脚步声，门野立刻不唱了。“哟，今天回来很早啊。”门野嘴里说着到玄关迎接他。代助一言未发，挂好帽子，便从檐廊进了书房，并特意把隔扇拉严实了。前后脚送茶进来的门野问：

“要关上门吗？不觉得热吗？”代助从袖口里掏出手帕，擦拭额头，还是吩咐“把门关上吧”。门野不解地拉严隔扇走了。代助在昏暗的房间里呆坐了十来分钟。

他拥有一身令人羡慕的细皮嫩肉和劳动者所不具备的柔韧肌肉。自出生以来，还没有得过叫得出名字的大病，可算是享有健康之福。他相信只有这样人生才有意义，所以对他来说，自己的健康有着比别人翻倍的价值。他的头脑和他的身体是同样健康的，只不过总是陷入冥思苦想。而且，他时常感到头脑的中心就像大弓箭的靶子那样，是双层的，甚至是三层的似的。特别是今天，从早晨开始就有这样的感觉。

代助沉思自己是为何来到这个世上的问题，便是这样的时候。他迄今为止无数遍捕捉这个大问题，放在自己眼前凝视。其动机有时仅仅来自于哲学上的好奇心；也有时起因于世间万

① 以琵琶伴奏的民谣。

象以极其复杂的色彩，给他的头脑染色引起的焦虑；最后就是像今天这样，是怠惰的结果。每次他总是得出同一个结论。可得出的结论并不是解决这个问题，而是否定的。他认为，人并非为了某个目的降生的。恰恰相反，人降生之后才会产生某种目的。事先客观地制造出某个目的，让它附着于人，等于将那个人的自由行为在出生时就予以剥夺了。因此，人的目标，必须是降生于世的本人，给自身制定的才行。然而，无论什么样的人，都无法随意制定自己的目标，因为他生存的目标，同他自己的生存经验是一样的，已昭然于天下了。

由此基本要义出发的代助，一直将自己的本能行为当作自己固有的目的。想要行走而走起来，于是行走便成了目的；想要思考而思考起来，于是思考便成了目的。倘若抱着其他的目的行走、思考的话，即是行走和思考的堕落。与此同理，凡是设立某种自己本能行为之外的目的去行动，便是行动的堕落。就是说，将自己的所有行为，作为一种权宜之计来利用的人，与自己破坏了自己存在的目的毫无二致。

因此，迄今为止，每当自己的头脑里出现欲望、奢求的时候，代助便将实现这些欲望、奢求作为自己的目的去生活。两种互不相容的欲望、奢求在内心搏斗的时候也是同样的。只是解释为由矛盾引出的一个目的的消耗。追根究底，他一直是以一般人所说的无目的的行为为目的采取行动的。而且，代助认为在不虚伪这一点上，是非常道德的做法。

他在竭力践行这个主张的过程中，不知不觉遇到了自己早已抛弃的问题，常常会思考自己现在为了什么做这样的事情。

他一边在番町散步，一边质疑为什么在散步，即是如此。

那时，他也意识到自己并非充满活力。由于他缺乏一鼓作气完成渴望实现的目标的勇气和兴致，总是在途中自我怀疑起了行动的意义。代助把这种状态起名为倦怠。他相信，一旦得了倦怠症，自己就会出现逻辑上的混乱。因为使自己在行为中途产生“为什么这么做”这样本末倒置的疑问的，除了倦怠没有别的可能。

他坐在紧闭的房间里，摁着脑袋晃动了一两次。在头脑里反刍从古至今的那些思想家反复提出的无意义的疑问，让他不堪忍受。当这些疑问在眼前闪过时，他会冒出“又来了”的念头，立刻将其扼杀。同时，他痛感自己欠缺生活能力。或者说，就连以行为本身为目的，圆满地达成所愿的兴趣都不具备。他孤独一人立于荒野之中，茫然无措。

他是个希冀高尚的生活欲求获得满足的男人。而且在某种意义上，是个追求道德圆满的男人。他预感这二者抵达某个点后，会遇到二者擦出火花结合为一体的关口。因此，他一直将生活欲求控制在较低的程度上。他住的房间是普通的日本房间，也没有多加装潢。用他的话说，连镜框都没有悬挂过于漂亮的。可以说色彩美丽得惹人注意的，都集中在书架上摆着的西洋书上了。此时他茫然坐在这些书籍之中。良久，他一边想着为了将自己沉睡的思想激活，应该将屋内的东西再做一些调整，一边环顾室内。然后，又面壁发呆。最后，他得出结论，能够把自己从这样平淡的生活拯救出来的方法只有一个。于是在嘴里叨念起来：

“还是不能不去看三千代。”

代助后悔刚才不该去那些不想去的地方散步。他正想着要不要再出去一趟，到平冈家去看看。就在这个时候，寺尾从森川町来访。他戴着一顶新草帽，穿着闲适的薄短外褂，一边说着“好热好热”，一边擦着红扑扑的脸。

“你怎么这个时间来了？”代助不客气地问。他和寺尾平日里也是这么说话。

“这会儿正是访客的好时间啊。你又午睡了？没有事做的人，就是这么懒散，这可不行啊。你到底是为什么生到这个世上来的呢？”寺尾不停地拿着草帽往胸脯扇风。天气并非多么热，寺尾这一动作颇矫揉造作。

“为什么生到这个世上来，就不劳烦老兄操心了。倒是你来此有何贵干？不会又是那套‘最近这十天’吧？要是借钱的事，恕我不能帮忙。”代助毫不客气地打预防针。

“老弟可真是不讲情面啊。”寺尾无可奈何地答道，并没有不高兴的样子。说实在的，就这几句话，寺尾根本不会觉得不客气的。代助默默地望着寺尾的脸。这副面孔并没有让代助感觉比面对墙壁更有趣。

寺尾从怀里掏出一本脏兮兮的简装书来，说道：

“这本书务必要翻译出来。”

代助依然沉默无语。

“就算你觉得自己不愁吃穿，也不用这样无精打采的吧。给个痛快话好不好。对我可是生死攸关呢。”寺尾说着，用这本小书砰砰敲了椅子角两下。

“什么时候交稿？”代助问。

寺尾哗啦哗啦翻着，毫不犹豫地回答：

“两个星期。”然后补充道，“无论如何也得在这个期限内完稿，不然就没饭吃了，没法子。”

“劲头够足的啊。”代助嘲讽道。

“所以我才专门从本乡来找你呀。其实，不借钱也没关系。当然能借给我就更好了。翻译中有些地方搞不明白，想跟你请教一下。”

“真烦人哪。我今天头疼，实在是难以从命。译稿不是过得去就行吗，反正按页数拿稿费吧？”

“即便是我，也不能不负责任地胡乱翻译吧。要是被人指出误译，可不好收拾啊。”

“我也没办法呀。”代助仍旧端着傲慢的派头。

“喂，”寺尾说道，“没跟你说笑，像你这样，整天优哉游哉的人，不偶尔干点儿这种事的话，也太无聊了吧。其实，我要是真想找爱读书的人，也不会特意来找你了。不过，那些人跟你不一样呀，他们都忙得很。”看他的样子，一点儿没有打退堂鼓的意思。代助打定主意，要不就跟寺尾争执，要不就帮他看稿子，二者择一。以代助的脾气，可以蔑视这样的对手，却无意跟他生气。

“那么，我就多少帮一点儿吧。”

代助先垫了一句，只看了看标着记号的地方。代助就连询问该书梗概的心情都没有。即便这些请教他指点的地方，有不少代助也看不明白。等了好一会儿，寺尾说了声“哎呀，多谢啦”，就把书合上了。

“不明白的地方怎么办？”代助问。

“想法子对付呗。就算问别人，也搞不清楚的。主要是时间太紧张，只能如此。”寺尾理所当然地认定，比起误译来，生活费用才是大事件。

这事谈完后，寺尾照例大谈起文学来。不可思议的是，他一谈起文学，和谈论自己的翻译截然不同，变得一如既往的兴致勃勃。代助觉得，在当代文学家出版的创作中，和寺尾翻译的作品雷同的恐怕不在少数，发觉寺尾的矛盾很好笑，但他懒得说出来。

拜寺尾所赐，那天代助到底也没有去平冈那里。

吃晚饭的时候，收到了丸善寄来的一个小包裹。代助放下筷子，打开一看，是很早以前从国外订购的两三本新书。代助把书夹在腋下，回了书房。一本本拿起来，在暗淡的光线下大致翻看两三页，没有什么吸引他之处。到了最后一本，就连书名都已经忘记了。代助打算以后再仔细看，就把书摞起来，站起身搁在书架上。从檐廊望去，晴朗的天空低沉下来，隔壁的梧桐树荫更加浓重了，淡淡的月亮已经挂在空中。

这时，门野拿着大油灯进来了。油灯顶着个绉绸似的有竖褶子的蓝色灯伞，门野把它放在桌子上，一边去檐廊，一边说着：

“快到萤火虫飞舞的季节喽。”

代助不解地说：“还没到时候呢。”

门野照例回答了声“是吗”，然后认真地说：

“赏萤这种雅兴，以前相当流行的。但是，近来文人雅士都不太感兴趣了。这是怎么回事呢？无论萤火虫还是乌鸦，最近都很少看到了。”

“是啊，这是怎么回事呢？”代助也装傻充愣地严肃重复道。于是门野说：

“恐怕是被电灯吓着，渐渐撤退了吧。”说完，嘿嘿嘿地笑着，自以为说了句俏皮话，回自己房间去了。代助也跟着他走到玄关。门野回头问：

“先生还要出门吗？好的。油灯我会留神的。阿婆刚才说肚子疼，已经睡了，没什么要紧的，不用担心。”

代助走出了大门，来到江户川边，河水已是暗蒙蒙一片了。他想去看望平冈，没有像往常那样沿着河边走，而是马上过了桥，走上了金刚寺坂[①]。

说实话，从那以后，代助已经见过三千代和平冈两三次了。第一次是接到平冈的长信时。平冈在信里首先为搬到东京以来受到代助多方关照，表示了感谢。接着谈到，后来有幸得到朋友和前辈的大力帮助，近来某朋友给自己介绍了某个报社的经济部主任记者之职，自己也想试着干干。不过，自己刚来京时，曾拜托过代助，觉得自行决定，不太合适，打算找时间跟代助面谈一下……

代助当时曾受平冈拜托，想把他介绍到哥哥的公司工作，

① 位于文京区的一条坡道，因附近有金刚寺而得名。

此事一直拖延至今，未给他回音。所以，代助理解为，平冈这封信是催促他回音的。代助本想写封信，将此事回绝，又觉得未免冷淡，便于次日去了平冈家，把哥哥的回复告诉了他，请他放弃这个打算。平冈当时说，他也估计到是这样，还看了一眼三千代，眼神怪怪的。

第二次是报社就职之事终于定下来之后，平冈写来明信片，说："想和你喝酒，请某日来家里。"当时代助恰好有事，仍旧散步时顺路去了平冈家。那天，平冈躺在房间里，说是头天晚上出席了什么聚会，喝过了头，不停地揉着发红的眼睛。他看着代助，突然使劲儿抱怨起有家庭拖累来："必须像你这样独身，才能干成一番事业。我要是一个人的话，不论是满洲还是美国，都能去……"三千代在隔壁屋子里，静悄悄地干着活儿。

第三次，是平冈去公司的时候去拜访的。当时也没有什么特别的事。坐在檐廊上，和三千代大约聊了三十分钟。

从那以后，代助尽可能不去小石川那边。直到今天晚上，代助才穿过竹早町，一直走了两三百米，来到写着"平冈"的门灯跟前。在格子门外叫门后，女佣拿着油灯出来了，说平冈夫妻都不在家。代助没有问他们去哪里了，当即返回，坐电车来到本乡，又从本乡换车去了神田，在神田下车后，进了一家啤酒馆，大口大口喝了好多啤酒。

第二天醒来，代助感觉脑袋仿佛从正中央被半径不同的圆圈分割成了双层似的。每当这种时候，代助总是感觉脑袋内侧和外侧是由不同材料组合成的工艺品。所以代助常常摇晃自己的脑袋，尽力使这两种不同物质混合起来。他躺在枕头上，攥起右手，在耳朵上边敲击了两三下。

代助从不曾将这类脑子状态异常归咎于酒精。他从小就是个很有酒量的孩子，无论喝多少都不失常态。只要好好睡上一觉，身体就不会出现任何不适。一次，不知起因是什么，和哥哥比赛喝酒，一共喝了十三壶酒——每壶三合[①]。翌日，代助若无其事地照常去了学校。而哥哥却头疼了整整两天，痛苦难当，哥哥还说这是因为他大了几岁的缘故。

昨晚喝的啤酒与之相比，根本不值一提，代助敲打着脑袋这样想。幸运的是，即便脑子里成了双层的，代助的头脑也不曾混乱过。有时候，只不过是懒得使用脑子罢了。但是，他自信只要努把力，就完全可以应对复杂的工作。所以，即使感受异样，担心脑组织的变化会对精神产生的不好影响也是多余的。第二次喝醉，他反倒作为新奇的经验而高兴。近来，这种感觉往往伴随精神低落而产生，甚至成了无聊度日时的特征。代助对此感到不愉快。

他在床上坐起来，又摇了摇脑袋。早餐时，门野说起今早报纸上登出蛇和鹫打架的事，代助没有搭理。门野心想，主人又犯毛病了，就走出了餐室，在厨房那边劝慰阿婆说：

“阿婆，你这么干活儿可不行啊。先生的碗我来洗，你去那边休息吧。”代助这才想起阿婆生病的事。觉得应该说几句

---

① 日本计量单位，一合，相当于二两。

关心的话，又嫌麻烦，就没有说。

放下餐刀，代助立刻拿起了红茶茶杯，进了书房。看表已经九点多了。他眺望了一会儿庭院，慢慢品着茶，这时门野进来了。

“府上来接您了。”代助从未受到过这样的待遇，便又问了一次。门野说车夫说了什么什么话，可还是没交代清楚，代助只好摇着头，去了玄关。看到了给哥哥拉车的阿胜。阿胜把胶皮轮车子停在玄关旁边，恭敬地对代助鞠了一躬。

“阿胜，为什么事来接我？”代助问。

阿胜惶恐地回答：

“太太让我来接少爷的。”

“有什么要紧事吗？”

阿胜当然什么也不清楚。

“太太说，少爷去了就知道了……”他很简单地回答，只说了半句。

代助回到屋子里，本想喊阿婆准备衣服，又不想使唤肚子痛的人，只得自己从衣柜里找出衣服，匆忙换好，坐上了阿胜的车子。

那天的风很大，阿胜很费力地弯着腰在前面跑着。坐在车上的代助，被风吹得好像沉重的脑袋在咕噜咕噜旋转。车轮无声地飞转着，看着好美，代助感到意识不清的自己半睡半醒地在空中移动，非常愉快。到达青山的家时，他已经和刚才起床时不一样了，脸色变得开朗多了。

代助不知为什么事叫他来，走进宅子里后，朝着学仆房间瞅了一眼，看见只有直木和诚太郎两个人，在吃撒了白砂糖的草莓。

“哟，吃好吃的呢。”

直木看到代助，立刻坐正了，向他问好。诚太郎嘴唇湿乎乎的，突然问他：

“叔叔，什么时候娶媳妇呀？”直木嘿嘿怪笑，代助一时不知怎么回答，故意训斥道：

“你今天怎么没去学校啊？而且一大早就吃草莓。”

诚太郎认真地说：“今天不是星期日吗？”

“噢，对了，是星期日呀。”代助故作吃惊。

直木瞧着代助的表情，忍不住呵呵笑了出来。代助也笑着去了会客间。房间里没有人。在新换的榻榻米上摆了一个圆形紫檀镂空盆，里面放着的茶碗上，印有京都的浅井默语[1]绘制的图案。清晨的绿色光影从庭院射进空荡荡的会客间里，看上去一切都是那么的宁静。他感觉外面的风突然停止了似的。

代助穿过会客间，来到哥哥的房间时，看到里面有人。

“哟，这也太过分啦。”是嫂子的声音。代助走了进去。房间里有哥哥、嫂子和缝子。哥哥角带[2]上缠着金链子，穿着最近流行的绞罗短外褂，面朝门口站着。看到代助，就对梅子说：

---

① 浅井默语（1856—1907），本名浅井忠，号默语、木鱼，日本具有代表性的西洋画家。

② 是日本男子穿和服时使用的扁硬带子。

“瞧，人来了。你就带他一起去吧。”代助不知哥哥所云何意。

梅子转过头来，对代助说：“阿代，今天你肯定有空喽？”

“嗯，有空。”代助回答。

“那就一起去看歌舞伎吧。”

听到嫂子这句话，代助脑子里忽然产生一种滑稽感。不过，今天不像往日那样，他没有勇气跟嫂子开玩笑，若无其事地回答：

“好啊。走吧。”

“你不是说已经看过一遍了吗？”梅子问。

“一遍也好，二遍也好，都无所谓啦。走吧。”代助瞅着梅子微笑道。

“你可真爱享受啊。”梅子给出评价。代助更觉得有趣了。

哥哥说“有点儿事”，就马上出门了。哥哥说，他和嫂子约好四点前后把事办妥，就去剧场。原本在哥哥来剧场之前，梅子可以先和缝子看戏，但是她不愿意。哥哥就建议：“那就带着直木一道去好了。”梅子则回答：“直木穿着飞白和服和裙裤，别别扭扭坐着看戏，怎么行啊？”无奈之下，才派人去把代助接来了。这是哥哥临出门时给出的说明。“是吗。”代助觉得有些不合情理。他暗自认定，嫂子特意把自己叫来，多半是想找个在幕间休息时可以聊天的人，另外，万一有什么事，好有个能跑腿的人。

梅子和缝子花了好半天穿衣打扮，代助成了殷勤的监理人，一直待在母女俩身边，还时不时开几句玩笑逗她们。缝子嗔怪地说了两三次“叔叔怎么这样啊”。

父亲一早就外出了，不在家，嫂子也不知道他去哪儿了。代助并不想多打听，父亲不在家，他就感到庆幸。自从上回谈过话之后，代助只和父亲见过两次，每次不过十分钟或一刻钟。每当谈话要进入敏感话题时，代助马上站起来，鞠躬告辞。近来变得父亲一来到客厅，代助就坐不住了。嫂子瞧着镜子，一边抚摸着腰带尾端，一边对代助说：

“父亲生气地说：‘代助一看见我，就想跑。’”

“看来对我的评价很低呀。”

代助说着，拿着嫂子和缝子的洋伞，先去了大门口，只见门外并排停着三辆车子。

代助怕风，戴上了鸭舌帽。风渐渐停了，耀眼的太阳从云缝中当头照射下来。走在前头的梅子和缝子都打起了伞。代助不时将手背举到额前，遮挡阳光。

看戏的时候，嫂子和缝子都是非常投入的观众。代助根本不可能全神贯注地看戏，这是第二遍看了，加上近三四天来头脑状况欠佳等缘故。他心理上老是感觉闷热，不时扇着手里的团扇，从领口往头上送风。

每到幕间，缝子就扭头向代助提出一些有趣的问题。“为什么那个人用洗脸盆喝酒呢”或是“为什么和尚突然间变成大将了”等等，都是些不好解答的问话。梅子每次听到孩子提问，都忍不住发笑。代助忽然想起两三天前在报上读到的某文学家的一篇剧评。剧评里有一句：“日本的剧本由于写得太离奇，不能够轻松地观赏。”代助站在演员的立场，认为完全没有必要请这种人看戏。代助曾经对门野这样说过：“把本该对剧作家发表的意见，拿去针对演员，就好比为了了解近松的作品，却要听越路[①]的净琉璃一样的愚不可及。”门野照例是回答：“大概是那样吧。”

从小就经常看日本传统戏剧的代助，当然和梅子一样，都是纯粹的艺术鉴赏家，并且把舞台艺术这个词，狭义地解释为演员演技。因此，代助与梅子非常谈得来。不时瞧着对方，就像内行似的加以点评，相互钦佩。可是，大体上他们对舞台上的表演已经感到厌倦了。在演出中，他们就举着望远镜东张西望起来。镜头对准了一群艺妓，她们中间也有人拿着望远镜朝这边瞧呢。

代助右边坐着的是一位和他年纪相仿的男人，带着梳着圆发髻的美丽妻子。代助望着夫人的侧影，觉得同自己交往过的一位艺妓十分相像。代助的左边坐着四个结伴来的男人，而且四个人都是博士，代助对他们四人都有印象。再往左，有一块很宽的空位，只坐着两个人。其中一人和哥哥差不多年纪，穿着笔挺的西服，戴着金丝眼镜，看东西时，总是喜欢下巴往前翘起，微微仰起脸。代助看这个男人时，觉得眼熟，却没有去回想在哪里见过。他的伴侣是位年轻的女子。代助猜测这女子

---

① 竹本越路，世代相传的净琉璃大夫。

还不满二十岁。她没有穿短外褂，额发比一般人吹得突出，多数时间都把下巴贴在领口上坐着。

代助盘腿坐不住，几次站起身，到后面的走廊去，仰望狭长的天空。他想等哥哥来了，就把嫂子和缝子交给哥哥，自己早些撤退。他还拉着缝子四处转悠了一次。最后他甚至想，要不叫人送点儿酒来喝喝。

天快黑时哥哥总算来了。代助对他抱怨：“也太晚了吧。”哥哥从腰带里掏出金壳手表给代助看，其实六点刚过。哥哥照例泰然自若地环视了周围一圈。可是吃饭的时候，他离开座席去了走廊，好久都没回来。过了一会儿，代助无意中一回头，看到哥哥进了隔着一个座席的那个戴金丝眼镜的男人的座席，同他聊起来。时而也对那年轻女子说话，不过那女子只是微微一笑，立刻把脸转向舞台，专心看戏了。代助想向嫂子打听那个人的姓名，但又一想，哥哥只要到了人多的地方，无论是哪里，都会这样处之泰然。他就是这样善于交际、将社会当作自己家一般的人。代助没有介意，一直默默看戏。

当这一幕演完时，哥哥回到了入口，招呼代助过来一下。然后把代助带到那个戴金丝眼镜的男人座席那里，介绍说：“这是愚弟。”又对代助说：“这位是神户的高木先生。”戴金丝眼镜的绅士，回头看着年轻女子介绍说：“这位是我的侄女。”女子优雅地跟代助寒暄。这时哥哥补充道“是佐川先生的千金”。代助听了女子的名字，知道中了圈套，却装作毫不知情，继续敷衍着。这时他注意到嫂子回头看了自己一眼。

过了五六分钟，代助和哥哥一起回到自己的座席。在哥哥向他介绍佐川姑娘之前，他本打算等哥哥一来，就逃之夭夭，可现在不行了。代助觉得，表现得太现实的话，会导致不好的后果，只好忍耐着腿疼坐在那里。虽然哥哥对戏剧好像全无兴趣，仍旧大模大样地坐着，抽着雪茄烟，喷出的烟雾仿佛在熏烤他那头黑发。他偶尔评论几句，也不过是“缝子，这出戏很好看吧”之类的。梅子不像以往那样充满好奇心，关于高木先生也好，佐川姑娘也好，她都没有打听，也没有一句评论。代助看到嫂子这副若无其事的样子，反而觉得滑稽。以前，他不止一次落入嫂子的圈套里，但是他从来没有生过气。今天这套把戏，要是在平时，他很可能看作是他们闲得无聊，跟自己闹着玩儿，一笑了之的。倘若自己想结婚，反而可以利用这个把戏，自己导演一出皆大欢喜的喜剧来，一辈子自我解嘲，以求满足。然而一想到，就连这位嫂子，也和父亲、哥哥合谋，把自己逐渐引向绝路的时候，他实在无法认为这种做法只是单纯的滑稽了。嫂子将如何推进这件事呢？代助想到这儿，不禁感到畏缩起来。因为在这个家里，嫂子是对这样的设计最有兴趣的人了。如果嫂子对此事推波助澜，自己同家人势必越来越疏远，代助心里潜藏着这种恐惧。

看完戏已经快到十一点了。走出剧院一看，风完全停了，只有微弱的灯光照亮了看不到星星和月亮的宁静夜晚。已经很晚了，大家没有时间再去茶馆里闲聊了。来接哥哥一家三口的车子来了，代助忘记预先雇车的事了。他嫌麻烦，拒绝了嫂子的建议，从茶馆前上了电车。到了数寄屋桥，因为要换车，他站在黑漆漆的马路上等车的时候，忽然看到一个背着孩子的妇人，迈着沉重的脚步从对面走来。对面有两三辆电车开过去了。代助和铁轨之间，夹着一段土堤一般堆满泥土和沙石的道路，他这才意识到自己站错地方了。

“太太，要是等车的话，这儿不是车站，是对面。”代助对那妇人说着，迈开了脚步。妇人道了谢，跟在他后边。代助摸着黑，往前走去。走了三十来米后，看到了左边的护城河，顺着它走，终于找到了车站的牌子。那位妇人从这里乘电车去神田桥方面了，代助一个人乘上了开往赤坂的车。

在车里，代助感觉很想睡觉，却又睡不了，身子随着电车不停地摇晃时，他明白今夜想必也睡不着了。尽管他很疲惫，白天发生的一切都令他心生倦怠，却因某种不知何方神圣带来的兴奋，使他不能随意度过这静谧的夜晚。对他来说，这是司空见惯的事。在他的脑袋里，今天一整天发生的一连串事情留下的斑斓痕迹，不分先后顺序和不同内容，一齐闪现出来。他自己也弄不清楚那是什么色彩，是何缘故了。他闭着眼睛，自知只好回家后借助威士忌之力了。

在这无边无际的艳丽色调刺激下，代助不由自主地想起了三千代。恍惚感觉自己在她那里找到了安住之地。然而，那安住之地并未明晰地映在他的眼中，只是凭借自己内心的全部感受捕捉到了而已。就是说，他不过是发现，当他一想起三千代的容貌、姿态、话语、夫妻关系，以及她的病体和身份等组成的完整的三千代，是与自己的情趣完全吻合的人罢了。

第二天，代助接到了住在但马的朋友寄来的长信。这位朋友从学校一毕业就回了故乡，迄今一次也没到东京来过。他说，尽管不想在山里生活，但由于父母之命难违，只好窝在故乡生活。但是，在这一年时间里，他多次写信来，一再地诉说要再次说服父亲，到东京来。最近，大概渐渐断了念想，不怎么抱怨了。他家是当地乡绅，据说每年以采伐祖上留下来的山林为主业。在这封信里，他详细写了自己的日常生活状况。他还半带调侃又一本正经地向代助夸耀自己一个月前被选为町长，身价变成年薪三百元的事。而且把自己和别的朋友进行比较，说什么要是自己一毕业就当中学教师，可以拿到比这多三倍的钱呢。

这位朋友回到家乡之后，大约过了一年，便娶了京都某有钱人家的小姐为妻。这当然是双亲的安排。结果，年纪轻轻就有了孩子。关于妻子，除了结婚时以外，就没有在信里提及过，但是对于孩子的成长好像相当上心，经常写一些令代助颇感有趣的事。代助每次读着来信，都会想象这位朋友满足于育儿之乐的生活。代助不禁猜疑，为了这个孩子，他对妻子的感觉与刚结婚时相比，发生了多少变化呢？

这位朋友常常给代助寄些香鱼干或是柿饼来，代助总是给他寄去新出版的西方文学作品答谢。于是，朋友在回信里，必定写一些点评，证明自己很有兴致地读过了。然而，这种状况没有持续多久。到了后来，对方就连收到书后的感谢信也没有寄来了。代助特意写信去问，朋友才回信说，寄来的书早已收讫，想等到读完之后再写信致谢，结果迟迟未能回复。后来居然来信坦言，其实还没有读。最后干脆告诉代助，与其说是没有时间读，不如说是没有兴趣读。说得再露骨一些，根本就读不懂。从此以后，代助便不再给他寄书了，改为买一些新式玩具寄去。

代助把朋友的信装进信封里，他深切感受到下面一个事实，即这位和自己有着相同思想倾向的老友，被与当年相背离的思想和行动所支配，奏出了生活的和弦。代助将二人的生命琴弦上发出的不同音响进行了细细的比较。

代助从理论家的角度，肯定朋友的婚姻。因为他明白，一个住在山里，与林木峡谷打交道的人，按照父母的安排娶妻成家，安身立命，是合乎自然规律的。根据同样的逻辑，他认为，不论何种类型的婚姻，对于城市里的人而言，都是招致不幸的事情。究其原因，城市不过是人世的展览会。他为了从这样的前提出发得出这样的结论，是走过这样一段路程的。

代助认可肉体和精神之中存在着不同的美这种观点。并且认为能够获得接触各种美的机会，是城市人的特权。断言在接触各种各样的美的过程中，由甲移情于乙，又由乙动心于丙的人，代助称他们是缺乏感受力的不会欣赏美的人。他深信这是从自身经验中呈现出来的无可争辩的真理。基于这一真理，他得出了如下结论：在城市生活的所有男人女人，在两性之间的相互吸引上，无不随缘应变地经受着难以预测的变化。展开来说，一对夫妻，双方都承受流俗的所谓“不贞之念”，不得不品尝过去产生的不幸。代助将艺妓选作感受性最敏锐、最可自由接触的城市人的代表者。有的艺妓一生之中，不知要更换多少个情郎。一般的城市人，虽然情人远比艺妓少，但在某种意义上，不都是艺妓吗？代助将当今那些满嘴忠贞不渝的爱情的人，视为头号伪君子。

想到这里，在代助的头脑里，突然浮现出了三千代的身影。此时，代助不禁怀疑，在自己这个逻辑公式中，莫非少算了一个因数。可是，他到底也没有找到这个因数。那么自己对三千代的情感，按照这样的逻辑，也不过是当下的了。他的理性是承认这一点的，但是在感情上，却没有勇气面对。

12

代助害怕嫂子催问，又惧怕被三千代所吸引，避暑还不到时候，对所有娱乐都无兴致，从字里行间也找不到自己的影子。若静下心思考，思绪如藕丝连绵不断，将这些思绪聚合起来一看，竟都是令人畏惧之物。最后，代助害怕起了不能不这样思考的自己来。代助为了让自己变得苍白的脑髓，像冰激凌饮品那般旋转，决定出门旅行几天。

起初他打算去父亲的别墅，转念一想，在受到东京影响这点上，与住在牛込没多大差别。代助买来旅行指南，查看自己去哪儿合适。却发觉偌大的世界，竟然没有自己可去的地方。即便这样，他还是要硬着头皮出门一趟。为此，代助觉得莫不如先做好出行准备。打定主意后，代助乘电车去了银座。那是个清风送爽的午后，他在新桥的劝工场[1]转了一圈后，沿着开阔的马路溜溜达达地朝京桥方向走去。此时，在代助的视野里，马路对面的住家都是平面的，就像舞台上的布景。蓝蓝的天空仿佛涂抹在那些屋顶上似的。

代助逛了两三家杂货店，购买了些随身用品。其中包括比较高档的香水。他正想去资生堂买牙膏，年轻店员拿出自家店制作的牙膏向他推销，代助虽婉拒，但店员仍说个不休。最后代助皱着眉头走出店去。他把纸包夹在腋下，打算一直走出银座，从那里绕道大根河岸，沿着锻冶桥前往丸之内。代助漫无目的地往西走，姑且算是简单的旅行吧。最后走累了，他想打个车，却无处可寻，只得坐电车回去了。

一进家门，就看见玄关里码放的鞋子很像诚太郎的。问了门野，答曰："是的，他等您呢。"代助马上走进书房，看见诚太郎正坐在自己书桌前的大椅子上，看着《阿拉斯加探险记》。在圆桌上，放着荞麦豆沙包和茶盘。

"诚太郎，怎么回事，趁人家不在，一饱口福啊。"代助对他说。诚太郎一边嘻嘻笑，一边把《阿拉斯加探险记》塞进口袋里，站了起来。

"就坐那儿吧，没事的。"代助这样说了，诚太郎还是没有坐。

① 明治大正时代，多家商铺组成商会，在一栋建筑物里，出售各家商品的场所。

代助一见到诚太郎，照例跟他说笑起来。诚太郎竟然说出前日在歌舞伎座看剧时，代助一共打了多少次哈欠。然后又提出了和前几天完全一样的问题。

"叔叔打算什么时候娶媳妇呀？"

原来这诚太郎是来给父亲传话的。要代助明天十一点之前回去一趟。代助不喜欢被父亲和哥哥这样临时叫去，就冲着诚太郎，假装生气地说：

"真是的，这也太过分了吧。也不说明去干什么，就这么呼来唤去的。"

诚太郎还是嘿嘿笑着不搭腔。代助就把话题扯到了别的事情上。报纸上登出的相扑比赛，是两人都感兴趣的话题。

代助留诚太郎吃了晚饭再回去，他说还要预习功课，就回去了。临走之前，问代助："这么说，叔叔明天不打算来了？"代助只好回答：

"嗯，不好说。叔叔可能去旅行几天，你回去替我转达一下吧。"

"什么时候去？"诚太郎反问道。代助回答："这一两天吧。"诚太郎点点头，走到玄关穿鞋时，又突然仰头问代助：

"大概去什么地方呢？"

"去哪儿可说不好，四处瞎转悠呗。"

诚太郎又嘿嘿笑着，走出了格子门。

代助打算当天晚上就出发，让门野把旅行包清理干净，塞进了少量随身用品。门野怀着浓厚的好奇心，瞧着代助的旅行包。

“我帮您准备吧？”门野站在一旁问道。

“不用，不带什么东西。”代助说着，把塞进包里的香水瓶拿出来，打开包装，拔了塞子，拿到鼻子前闻了闻。门野觉得有些无趣，回自己房间去了。过了两三分钟又来了，提醒道：

“先生，叫个车吧？”代助把旅行包放在跟前，抬起头回道：

“嗯，让它稍等一下。”

代助看向庭院，暗淡日光还盘桓在光叶石楠篱笆墙顶端。代助这么望着外面，想要在接下来的三十分钟里决定去哪儿旅行。他打算随便乘坐一趟发车时间最合适的火车，在任意一站下车，然后在那里待到明天，在该地逗留的这段时间，等待新的命运把自己掠走。旅费自然是不富余的，要想每天都下榻与自己身份相当的旅店，估计坚持不了一个星期。但是，代助对此类问题一向毫不介意。钱要是不够花了，就让家里寄钱来好了。再者，自己原本就是为了换换空气而出游的，所以并不打算追求生活条件舒适与否。兴致好的时候，雇个人拿着行李，走上一整天也无妨。

他再次打开旅行手册，仔细查看起了琐细的数字，还没等找到一点儿眉目，注意力又滑向了三千代。他忽然起意出行之前先去看看他们，再离开东京。只要今晚准备好行囊，明天早上拎起它来就能出门。代助快步走到玄关。听到他的脚步声，门野也跑出来了。代助穿着便服，正从衣钩上取下帽子。

“又要出门吗？是不是去买什么东西呀。要不我帮先生去买吧。”门野有些惊讶地问。

“今晚不走了。”丢下这句话，代助便走了出去。外面已经黑了。美丽的夜空中，星星好像渐渐增多了。快意的风吹拂着衣袖。可是大步流星走路的代助，还没走三百米，额头便冒出了汗。他摘掉了鸭舌帽，黑发被夜露打湿了，他扇着帽子往前走。

来到平冈家的附近时，昏暗的人影如同蝙蝠一般静悄悄地四处蠕动。油灯的亮光从粗糙的板壁缝隙间透出来，照到了路上。代助进去后看到三千代正在那油灯下看报纸，就问她：

“怎么现在看报纸呢？”

“是第二遍看了。”三千代回答。

“你这么悠闲吗？”

代助把坐垫拿到门槛上，半个身子在檐廊上，倚靠着隔扇坐下来。

平冈不在家。三千代说她刚刚从浴池回来，团扇还放在她腿旁边呢。她一向苍白的脸上浮出些许暖色，一边说着“他也快回来了，你多坐一会儿吧”，一边站起身去餐室沏茶。她的头发挽成了洋式发髻。

可是并不像三千代所说的那样，左等右等平冈也没有回来。代助问：

“他总是这么晚都不回来吗？”

三千代笑着回答：“差不多吧。”

代助从她的笑容中看到了寂寞之色。不由凝神注视着三千代的脸庞。三千代赶忙拿起团扇，扇着袖子下面。

代助很挂念平冈的收入情况，便直截了当地探问最近生活费是否够用。三千代只是含糊其词地说“这个嘛”，又像刚才那样笑了。她见代助没有立刻说话，反倒对他发问：“我们给你这样的印象？”然后放下手里的团扇，将刚刚在澡水里浸泡过的纤纤玉指在代助眼前伸开，只见她的手指上没有戴着代助送给她的戒指，也没有戴其他戒指。一直将自己送给她的这个纪念品铭刻于心的代助，很清楚三千代这个动作的意思。三千代在缩回手的同时，脸上突然泛红了。

“没办法，请忍耐一下吧。”代助心中不禁一酸。

那天晚上，代助九点离开了平冈家。临走之前，他把自己钱包里的票子全都拿出来给了三千代。当时，他心里是经过一番斗争的。他先是不露声色地在内兜里打开钱夹，拿出里面的钞票，数都没数就一把递给了三千代。三千代怕被女佣听到，压低声音说“这怎么行……”，将双手紧贴在身体上。代助仍然没有收回手，笑着说：

“既然收下戒指，收下它也是一样的。就当作是纸做的戒指收下好了。”

“这怎么好意思啊。”三千代还是推辞着。代助问她：“是不是担心平冈知道了会挨训？”三千代不清楚会挨训还是受夸奖，犹豫不决。代助就建议：“要是怕挨训，就不要告诉他好了。”三千代还是不肯伸出手来。代助当然不会收回已经拿出来的钱。不得已，他探过身去，把手伸到三千代胸前，自己的脸与三千代近在咫尺了。

“不用犹豫，收下吧。”他压低声音，不容推辞地说道。

三千代向后缩起下颌，几乎隐没在衣领之中，默默伸出了右手，钞票便放在了上面。此时，三千代的长睫毛忽闪了两三下，随后把手里的钞票掖在腰带里。

“我还会来的。问平冈兄好。”说完，代助便告辞出来。他横过马路，走下小路时，四外已经黑透了。代助仿佛做了个美梦一样，在暗夜中摸黑前行。不到三十分钟，他便回到了自家门前。他不想马上进去。在星空下，他顺着寂静的宅邸街走了一圈又一圈。他自信就是走到半夜也不会感到疲劳的。家里很安静，门野和阿婆好像在餐室说话呢。

“怎么这么晚才回来。明天坐几点的火车出发呢？”他刚进玄关，就被门野问道。代助微笑着回答：

“明天不走了。”然后走进了自己的房间。床铺已经铺好了。代助拿起已经启用的香水，往枕头上滴了一滴，觉得还不过瘾，就拿着香水瓶，站起来走到房间四个角落，每个角落洒了一二滴。这样潇洒一番之后，代助换上了白底单和服，将顺从的四肢收进新棉被下面，在玫瑰花的香气缭绕中安睡了。

睁开眼时，灿烂的阳光已经高高照在了檐廊上，闪闪烁烁，枕旁放着两份报纸。代助不知门野何时打开木板套窗，何时送来报纸的。他伸了个长长的懒腰，起了床。当代助在浴室里擦干身子时，门野面带慌张之色进来了，对他说：

“您青山的大哥驾到。”代助说：“马上就来。”仔细把身体擦干。他估计房间还要打扫，自己没有必要急着出去，所以也不着急，像往常一样，梳理头发，刮了胡子，慢悠悠地回到餐室。站着喝了一杯红茶，用毛巾擦了一下胡须，把毛巾扔下，便直接去了会客间。

“哎呀，哥哥来了。”他问候道。哥哥照例指间夹着已经熄灭的深色雪茄，在平静地看报纸，一看见代助，便问道：

“这房间里飘着好闻的香味儿，是你头发上抹了什么吗？”

“我进来之前就闻到了吧。”代助回答，把昨夜洒香水的事告诉了哥哥。哥哥平静地说：

“哈哈，你还真是够浪漫啊。”

哥哥难得到代助这里来一趟。偶尔来的时候，也是因为有不得不来的要事。说完了事情，拔腿就走。代助估计今天哥哥也是为了什么事情而来。他猜测很可能是因为昨天，自己随口一句话把诚太郎打发走，把哥哥招来的。闲聊了五六分钟后，哥哥终于开口道：

“昨晚诚太郎回来说：‘叔叔明天要出去旅行……’我就是为这个来的。”

“是的。其实打算今天早上六点走的。”代助极其冷静地随口编了一句。哥哥也很认真地说：

“你要是个六点能够起来的人，我也不会特意这个时间从青山过来了。”代助再次询问到底有什么事情，果然不出所料，哥哥还是为了落实相亲之事而来的。今天要请高木和佐川的千金午餐，父亲发话代助也要出席。据哥哥说，昨天听到诚太郎的传话，父亲很不高兴。梅子也很担心，说是要赶在代助出游之前去找他，让他推迟旅行，被哥哥拦住了。

“我安慰你嫂子说，你放心，那家伙今晚怎么可能出发呢。这会儿肯定坐在旅行包跟前发呆呢。你等着瞧吧，到了明天，就是不招呼他，他自己也会跑来的。”诚吾胸有成竹似的说。代助有些恼火，就说：

“那你还何必来找我呀。”

“可是，女人就是沉不住气，早上一起来就央求我来一趟，说是怕父亲不高兴，没法子嘛。”诚吾的表情一本正经的，或者说是很不情愿似的瞅着代助。代助没有给出到底去还是不去的肯定答复。他不敢像对待诚太郎那样，把哥哥糊弄回去。而且即便他有心拒绝出席午餐，坚持去旅行，也不能指望自己负担盘缠。代助知道，如果不给哥哥嫂子或是父亲，其中某个反对派一点儿颜色看看，自己就完全处于被动地位了。于是，他对高木和佐川的千金发表了一通不即不离的评论：

“我和高木大约十年之前见过一面，奇妙的是，仿佛以前在哪里见过似的，前几天在歌舞伎座看到他时，吃了一惊呢。相反，对于佐川的千金，前不久刚看到过她的照片，这次见到本人，反倒没有联想起来。照片就是这么奇怪，先见过本人，再看到照片比较容易辨认；相反，看过照片再见到本人就难辨认了。从哲学角度分析这个问题的话，会得出如下的真理：由死而生是不可能的，但是由生到死则是自然规律。”

哥哥回答了一句“有道理”，并没有表现出多么钦佩的神情。雪茄越来越短，烟头几乎烧到胡须了，哥哥还吸来吸去的。

“那么，你今天不一定非要去旅行了吧？”诚吾问道。

代助只好回答：“是的。”

“这么说，今天也可以来吃午餐喽？”

代助只好再次回答：“是的。”

“好。我现在要去个地方办点儿事，你一定要来啊。”哥哥照旧是忙碌之身。代助已经横下一条心，怎样都无所谓，表现得十分顺从。这时，哥哥突然说：

“你到底是怎么想的。莫非不打算娶那个女子？这门亲事不是挺好的吗？太注重妻子的姿色，挑三拣四，就像元禄时代[1]的风流公子似的，未免好笑。那个时代的人，无论男人女人，在恋爱上好像都很受拘束的，难道不是吗？——总之，你想怎么样都不要紧，就是尽量不要惹老人生气。”说完就走了。

代助回到会客间，回味哥哥说的那些忠告。想来想去，对于婚姻的看法，自己和哥哥实际上是一样的。结果，和哥哥相反，代助得出的是有利于自己的结论：催促结婚的一方，也不应该咄咄逼人，强人所难。

按照哥哥的说法，佐川的千金这次是跟随叔叔来久违的东京游玩的，待叔叔谈完生意，便一起回故乡去。父亲是想利用这个机会，试图将双方结为永远祸福与共的关系呢，还是在上一次旅行中，主动制造了这个机会之后回来的呢？代助没有余力琢磨这个问题的答案。他认为自己只要与这些人同桌欢宴，

---

① 日本江户幕府的年号之一，指1688至1704年间。江户中期，幕藩体制出现动摇，同时，货币经济发达，产业发展迅速，新田大量开发，城市生活也有较大改善。新兴町人阶级经济实力日增，并创造出作为元禄文化的重要组成部分的町人文化，逐渐取代贵族、武士文化。

享受美味午餐，便尽到了社交上的义务。需要有什么进一步的发展的话，只能到时候在见机行事了。

代助叫来阿婆，给他取出和服。虽然觉得麻烦，但为了表示尊敬，他还是穿上了有家徽的夏季短外褂。由于没有薄裙裤，他打算回本家借父兄的穿。代助虽腼腆，但由于从小养成的习惯，对于交际并不发怵。凡是宴会、招待会或是欢送宴等等机会，他都尽可能出席，因此，认识了不少各个领域的知名人士。其中还包括号称伯爵或子爵的贵公子。他进入这类人的圈子，在与他们交往中，并不抱任何得失之念。无论去哪里，言行做派都是一样的。在外人看来，这一点与兄长诚吾非常相似。不熟悉的人以为他们兄弟俩的秉性完全是一个类型的。

代助到达青山时，是十一点五分，客人还没有到。哥哥也还没有回来。只有嫂子已经打扮停当，坐在会客间里。看到代助，劈头盖脸地数落道：

“你也太胡来了吧，居然不打招呼就自己出去旅行！”

梅子有的时候是不太讲道理的。这次也是，说话的语气完全没有意识到自己也是冷不丁把代助叫来的。这一点在代助眼里很是可爱。所以，他立刻坐下来品评起梅子的衣着来。尽管听嫂子说父亲在里面，他也有意没有进去问安。最后经不住嫂子一再催促，只好说：“等客人到了，我就进去通知父亲，到时候再顺便问安行了吧。”说完，仍旧像平日那样东拉西扯，就是闭口不谈佐川家的小姐。梅子费尽心思想把话头往这边引导，无奈代助早已看穿，更是装糊涂，以解心头气。

这时等候的贵客到了，代助立刻进去通知父亲了。“是吗。”父亲果然立刻站了起来，没工夫对代助说什么训话了。代助回到会客间来，穿上裙裤，然后去了客厅。在这里客人和主人见了面。父亲和高木首先聊起来。梅子主要和佐川小姐说话。这时，哥哥穿着早晨那套西服，悄悄进来了。

“哎呀，我来晚了。”哥哥对客人寒暄道。坐下时，扭头看着代助，对他小声说：“你来得很早啊。”

餐厅设在客厅旁边的房间里。代助从开着的门缝间看到白色桌布的一角，便意识到午饭是西餐。梅子离席去了入口那边。这是为了通知父亲餐桌已经准备好了。

“那么，请吧！”父亲说着站了起来。高木也点点头站起来。佐川小姐也随着叔叔站了起来。代助此时发现她的腰部以下是修长的。在餐桌上，父亲和高木于餐桌正中央相对而坐。高木右边坐着梅子，那位小姐在父亲左边落座。与两位女性对面而坐一样，诚吾和代助也相向坐下。结果，代助得以隔着调味台，从略偏的角度观察小姐的容颜。代助觉得佐川小姐的脸颊和肤色显然受到身后窗户射进来的光照影响，鼻头附近出现了一道黑黑的阴影。反之，靠近耳朵的部位却是明显的淡红色。尤其是小巧的耳朵，仿佛透出日光般精美。与皮肤相反，小姐有着一双深褐色的大眼睛。这二者的鲜明对比形成了小姐极富特征的容貌，脸型差不多是圆脸。

以就餐的人数来说，餐桌显得不太大。与房间的大小相比，毋宁说太小了，在纯白的桌布上，却装点了多种鲜花，餐刀和餐匙在其中闪闪发亮。

餐桌上谈论的都是些普通的家常话。开始的时候，好像大家都不太起劲儿。父亲在这种场合，往往喜欢谈论自己喜欢的书画古董。而且，兴致来了，会从仓库里拿出好多来，摆在客人面前，请人家欣赏。拜父亲所赐，代助也对此道多少有些鉴赏力。哥哥也由于同样的原因，熟知画家的名字。不过，他充其量是站在画轴跟前，说两句“啊，这是仇英[①]的”“啊，这是应举[②]的画”而已，毫无兴奋的表情，可见没有什么兴趣。而且从不使用放大镜鉴定真伪这一点，无论诚吾还是代助都是一样。兄弟俩从来没有对任何画作做过点评，像父亲那样说些“古人是不会画出这种波纹的，所以说不合规范”之类的话。

父亲为了给枯燥的对话增添色彩，很快就把话题扯到这个爱好上来。可是，没说两三句，就发现高木对这方面完全没有感觉。父亲是个明智的人，立刻打住了。双方返回安全的话题后，都感到无趣了。父亲万般无奈，只好问高木喜欢什么娱乐。高木回答没有什么特别的娱乐。父亲做出万事休矣的姿态，将高木推给诚吾和代助应对，自己暂且退到了谈话圈外。诚吾轻松自如地从神户的客栈谈到楠公神社[③]，随心所欲地开拓话题。而且，在这一过程中，诚吾不露痕迹地制造了佐川小姐可以插话的桥段。小姐只需偶尔插上三言两语即可。代助和

---

① 仇英（约1498—1552），中国明代绘画大师。擅长画人物、山水、花鸟、楼阁等题材，画法苍秀，构思巧妙，笔墨俊雅。

② 圆山应举（1733—1795），日本江户时代画家。京都画坛圆山派的始祖。圆山派的最大特色是“重视写生”。

③ 祭祀日本南北朝时代的忠臣、楠木正成（1294—1336）的神社，位于神户市中央区。

高木起初谈及同志社的问题，然后转到了美国大学的情况。最后谈起了爱默生[①]和霍桑[②]。代助虽然知道了高木具有这些方面的知识，但没有继续深入下去。就是说，关于文学，只涉及了两三个人名和书名便止步了。

梅子不用说从一开始嘴就没闲着。她这么话多，自然是为了打破自己面前这位小姐的矜持和沉默。小姐从礼仪上说，也不能不回答梅子不间断的问话。不过，她丝毫没有表现出想要打动梅子的迹象。只是她在说话的时候，总是歪着头。就连这个动作，也很难说是向代助献媚。

小姐是在京都受的教育。音乐方面，起初学的是古筝，但后来改学钢琴了。小提琴也练习过，由于指法太难而放弃了，所以，几乎等于没有学过。对于戏剧，很少去看。

“你觉得前几天看的歌舞伎怎么样？”梅子问道，小姐未予置评。代助感觉与其说这女子不懂戏剧，不如说是轻视戏剧。梅子却继续就同样的话题点评起甲演员如何、乙演员怎样来。代助觉得嫂子又跑题了，只好插话道：

“你不喜欢看剧，小说爱读吧？”把戏剧的话题岔开了。小姐此时才第一次看了代助一眼，回答却出乎意外地干脆。

“小说也不爱读。”

听到小姐的回答，主宾都放声大笑。高木便为小姐的回

① 拉尔夫·瓦尔多·爱默生（Ralph Waldo Emerson，1803—1882），美国散文作家、思想家、诗人。

② 纳撒尼尔·霍桑（Nathaniel Hawthorne，1804—1864），美国心理分析小说的开创者，美国文学史上首位短篇小说作家。

答做了一番解释。据他说，小姐受到了叫作某某小姐的外国女教师的影响，在某些方面几乎被培养成了清教徒。“所以很落伍。”高木解释完，又补充了这样一句评价。此时，当然没有人发笑了。对于基督教不太有好感的父亲夸赞道：“这很好啊。”

“就是啊。”梅子对于那种教育的价值一无所知，依然发表了这么一句不合时宜、不得要领的话。

“那么，你的英语一定不错了。”诚吾立刻转移了话题，以免梅子的话给对方留下深刻的印象。小姐说了声“不好”，脸微微发红了。

午餐后，主宾又回到客厅，聊了起来。可是，谈话似乎无法像点新蜡烛那样，一下子可以点燃。梅子站起来，掀开钢琴盖子，回头对小姐说道：

“随便弹一首曲子如何？”

小姐自然没有离席。

“那么代助你来起个头吧。”梅子转而对代助发话。代助自知自己的水平达不到给人欣赏的程度，可是，这样推托的话，就显得太无趣、太矫情了，便回答：

“好吧，琴盖先不要盖了，我这就去弹。”说完，若无其事地继续闲聊。

过了约莫一个小时，客人告辞了。四个人一齐送客到玄关。回到屋里时，父亲问道：“代助还没有进来吗？”代助比大家晚一步回来后，使劲儿伸了个懒腰，手快碰到门框了。然后去没有人的客厅和餐厅里转悠了一会儿，才回到客厅里来。

一进来，就看见哥嫂正面对面说着什么。

“喂，不许马上回去，父亲还有事找你，去里面吧。”哥哥故作严肃地说道。梅子嘻嘻笑着。代助默默挠了挠头。

代助没有勇气一个人去父亲的房间。他耍起嘴皮子，拉着兄嫂陪他一起去。见没有效果，就一屁股坐了下来。这时，用人进来了，催促道：

“老爷请少爷去里面一下。”

“嗯，马上就去。”代助回答后，对兄嫂说明了自己的想法——自己一个人去见父亲的话，父亲那样性格倔强，自己又一向懒散惯了，弄不好会惹老人生气的。倘若那样，还要劳动兄嫂为我收拾残局，那岂不更加麻烦了。所以，还是请兄嫂不辞劳苦，一起去一下比较划算吧。哥哥一向讨厌争论，觉得再说下去太无聊，就站了起来，绷着脸说：“那就陪你去吧。”梅子也笑着站起来。三个人一起穿过走廊去了父亲房间，然后若无其事地落了座。

谈话间，梅子巧为周旋，使得父亲不好对代助的过去加以指责，并且尽可能把话题引导到评价刚刚离去的客人上去。梅子赞赏佐川家小姐是个非常本分可爱的孩子。对此，父亲和哥哥、代助都表示同意。只是哥哥质疑：“如果接受过美国女教师教育的事情属实的话，按理说应该更带有西式开化女性的开朗个性。”代助也赞成这个质疑。父亲和嫂子都没有表态。代助便进行了分析：“她表现出来的温柔是属于腼腆个性的温柔，应该与西式教育无关，而是来自于日本人对于男女交往礼仪的规范。”父亲说：“说的也是。”梅子推测：“小姐受教育的地方是京都，所以会那样柔顺吧。”哥哥反驳：“即便是东京，也不是都像你这样呀。”这时，父亲表情严肃地磕了下烟灰。接下来，梅子说：“相貌也算得上出众吧。”对此父亲和哥哥都没有异议。随后四个人转到了对高木的评价上。大家一致认为此人是个稳重的厚道人。遗憾的是，对于小姐的父母，大家都不了解。不过，父亲对另外三人打包票：“至少可以肯定是本分朴实的人。”这一点父亲好像是从同县的某某有钱人那里打听来的。最后，大家谈到了佐川家的财产问题。父亲说：“比起一般的实业家，佐川家财力更雄厚，大可以放心。”

小姐的候选人资格大致敲定后，父亲对代助说：

“你没有什么不同意见吧？”无论是语调还是内容，父亲都不是在跟他商量。

代助照样含糊其辞地回答：“是啊。”

父亲盯着代助，满是皱纹的额头渐渐阴沉下来。哥哥不得不建议：“你可以再好好考虑一下。”帮代助解了围。

13

四天之后，代助又遵照父亲的命令，把高木二人送到了新桥。那天，代助早早被叫起来，也许是睡眠不足，出门后又被风吹着了，到达车站时，只觉得脑袋像是受了风寒。一走进候车室，梅子就关切地说："你的脸色不太好噢。"代助并不回答，摘下帽子，不时按按汗湿的脑袋，把早上梳理的分头也给糟蹋了。

在月台上，高木冷不丁地怂恿代助道："我看，少爷不妨坐上这趟车，到神户去玩一遭，如何？"代助只道了声"谢谢"。火车将要启动的时候，梅子特意靠近车窗，叫着小姐的名字，说："请小姐过几天一定再来。"

小姐在车窗里，恭谨地点点头，但在车窗外，并没有听见她说了什么。目送火车远去后，四个人又从检票口出来，就此分了手。梅子想要代助跟她一起回青山去，代助按着脑袋没有答应。

代助坐车直接回到牛込，一头钻进书房，躺在了铺席上。门野过来窥探了一次，由于了解代助的习惯，并没有跟他搭话，只是抱起搭在椅子上的短外褂出去了。

代助躺在席子上，漫然想象起了自己不远的将来是什么样子。自己若是不置可否的话，就必然要娶妻了。相亲的事，自己已是屡次推拒了，再推托下去，恐怕会令父亲失望，或者真的惹恼父亲，二者必居其一。如能让父亲对自己彻底断念，从此不再给自己提亲，是最好不过了，可若是惹火了父亲，就不好收拾了。虽说如此，答应娶一个自己不喜欢的妻子，作为新时代的人未免太愚昧了。代助陷入了两难的境地。

代助和父亲不同，不是先制定某个计划，再按照这个计划施行那样古板的人。他相信顺其自然是比人为的一切计划都伟大的东西。因此，他认为父亲要违逆他的自然行为，强迫他实行父亲的计划，就好比被休掉的妻子，想以休书为证明，证实她的妻子身份一样。不过，代助无意给父亲讲这些道理。跟父亲据理力争是难上加难的事。纵然知难而上，对代助来说也没有任何好处可言。其结果，只能招惹父亲生气，与不说明原因而拒绝结婚是一回事。

在父亲和兄嫂这三人中，他尤其质疑父亲的为人。就拿这次提亲来说，他就揣测，婚姻本身并非父亲的唯一目的。然而，父亲的本意究竟是什么，代助自然没有机会搞清楚。他不认为儿子这样揣摩父亲的心思是不道德的。就是说，他压根不曾有过在众多父子之中，自己是最不幸的儿子这种念头。只不过，对于因婚事导致自己与父亲之间出现了比以往更大的隔阂，令他不开心。

代助想象起了父子关系疏离到了极限，最终断绝关系的可能性。他也知道那将是一种痛苦。可是，那种痛苦并非不堪忍受。毋宁说由此产生的经济来源被切断更让他害怕。

代助一向认为，如果把马铃薯看得比钻石还珍贵，这个人就没救了。以后触怒了父亲，万一被断了经济来源的话，他就不得不扔掉钻石，依靠马铃薯过活了。作为其补偿，自己只得到了自然的爱，而这爱的对象是别人的妻子。

他久久地躺着思来想去。然而他的思绪始终也没有得出像样的结论来。正如他没有决定自己寿命的权利一样，对自己的未来也无法抉择。同时，正如对自己的寿命可以大致推定一样，他对自己的未来也能看到一些影像，而且徒劳地想要捕捉那个影像。

此时代助的思绪，不过是在制造黄昏时突然一群蝙蝠飞过眼前般的幻影而已。当代助躺在地上追寻蝙蝠扇动翅膀发出的闪光时，只觉得脑袋从地上漂浮起来，身体就像腾云驾雾似的。他不知不觉地打起盹来。

这时，代助突然听到有人在耳边敲钟。还没等他意识到是火警的钟声，就睁开了眼睛。他仍然躺着没有起来。在他的梦里，听到这种声音是很平常的。有时候，睡醒之后，那声音还在脑子里回响。五六天前，他感到自家的房子在剧烈摇晃而惊醒过来。当时，他明显地感到肩部、腰部和后背部分的榻榻米在晃动。他还常常在梦醒过后，仍然感觉心脏在剧烈跳动。这时候，他就像圣徒那样，把手按在胸部，睁着眼睛，直盯盯地瞪着天花板，躺着没动。

此时代助也是等到敲钟的声音在耳朵里停了，才起来。他来到餐室一看，自己的餐盘上遮着个竹编盖子，放在火盆旁边。挂钟已经打过十二点了。阿婆好像已经吃完了饭，正在自己的房间里，胳膊支在橱柜上打盹儿。门野也不知跑哪儿去了，连人影都看不见。

代助去了浴室，洗了头发后，独自在餐室吃饭。孤零零吃完饭后，又回了书房。难得今天他想要看看书。

代助拿起一本外文书，翻到夹着书签那页看起来，可是前后脉络已经记不得了。以代助的记忆力，这种现象倒是非常罕见的。代助从学生时代就酷爱读书。毕业之后，他也以衣食无忧、可尽情享受购买新书之乐趣而自豪。有时候一整天也没有看一页书的话，他就会出于习惯，可惜荒废的时光。所以遇到不特别紧要的事情，他也尽可能挤出时间看书。有段时间，他甚至觉得读书本身就是自己唯一的本事。

现在，代助茫然吸着烟，往下翻了两三页。这里面写了些什么，后面是怎么展开的，为了理顺这些内容，代助费了番力气。这可不像从舢板迈上栈桥那么轻而易举。仿佛是附着在参差不齐的甲断面上的东西，不得不马上换到乙断面去一样。尽管这样，代助仍然耐心地看了约莫两个小时，后来终于忍无可忍了。他阅读的内容，无疑是由一个个铅字组合成某种意思，反映到他的头脑里的，却丝毫没有进入他的血肉里去。他就像隔着冰袋啃冰块那样感觉不过瘾。

代助把书合上了，他觉得这种状态时读书是没有意义的。他感到自己已经无法平静了。他此时的痛苦有别于以往的倦怠感，并不是那种什么都懒得做的感觉，而是非要做什么不可的精神状态。

他站起来，走进餐室，把门野叠好的短外褂又穿上了。然后穿上脱在玄关的木屐，飞奔出了大门。已经四点了，走下神乐坂后，他漫无目的地随机上了看到的第一辆电车。售票员问他去哪儿时，他随口说了地方。打开钱夹一看，给了三千代那笔钱之后，那笔旅费已所剩无几，还有几张塞在三折钱夹的最下面。代助买了车票后，数了数那几张票子。

代助当晚就住在赤坂的某个艺妓馆里了。在那里听说了一个有趣的故事：一个年轻漂亮的女子，和一个男人相好，怀上了那个人的孩子，到了快要生孩子的时候，她却整日以泪洗面。后来有人问她为什么哭，她回答："我还这么年轻，就要生孩子，真是可悲啊。"这个女子觉得享受谈情说爱的时间过于短暂，年纪轻轻就不得不做母亲，无常感袭上了她的心头。她当然不是一个坚强的女人。代助对于这种一心只想为肉体之美和心灵之爱奉献自己而不顾及其他的女人心理，怀有浓厚的兴趣。

第二天，代助又去看望了三千代。当时在他的心里已经想好了一个借口，就是前几天给她留了些钱的事，三千代是否告诉了平冈？如果告诉了平冈，对他们夫妻关系产生了怎样的影响？他很担心这件事。这担心使得自己心神不宁，东游西逛，最后不知怎么跑到三千代这里来了。这是他给自己找的理由。

代助离开家之前，将昨晚穿的内衣和单和服全部换掉，心情随之焕然一新。外面的气温正在一天天转暖。代助走在街上，明亮的阳光当头照耀，潮湿的梅雨反倒迟迟不来似的。与昨晚相反，在这暖洋洋的天气里照出黑色影子，令他不舒服。他戴了一顶宽帽檐的薄帽子，盼着早日进入雨季。雨季已经近在眼前，就这两三天了。代助的脑袋就像在预报雨季似的沉甸甸的。

来到平冈家门前的时候，覆盖他那沉重脑袋的浓密头发根已经冒热气了。代助走进屋内之前，先摘下了帽子。格子门上着锁。他循着声音转到了后门，看到三千代和女佣在晾晒衣物。在储物间的侧面立着一块木板，三千代弯着腰，向前伸出细细的脖子，正在把板子上皱皱巴巴的衣物仔细抻平。看到代助，她停下手，一时不知说什么好。代助也呆呆地站着。好容易才说出“我又来了”的时候，三千代已经甩着湿漉漉的手，从厨房跑上来了，同时给代助递了个眼色，让他去前门。三千代自己下到玄关里，一边打开格子门，一边解释：“怕不安全，就锁上了。”

刚才一直在明媚的阳光下干活儿的关系，三千代的脸颊红扑扑的。不过，看她额头仍旧像平日那样苍白，冒出一层细细的汗珠。代助从格子门外，望着三千代薄如蝉翼的皮肤，安静地等着她打开门。“让你久等了。”三千代说着向一旁退了一步，把代助让进来。代助擦身而过，走进院子里。来到会客间，看见平冈的书桌前，端正地摆放着紫色坐垫。代助看到那坐垫，心里隐隐有些不快。泥土还没有养熟的庭院里一片黄灿灿的地方，是长疯了的高高的野草。

代助一边解释着“你这么忙，又来打扰，不好意思”，一边眺望着这煞风景的院子。这时“让三千代住在这样的房子里，真是可怜”的心情油然而生。三千代将被水泡得有些发胀的手指叠放在膝上，说明自己是因为闲得无聊才浆洗衣服的。三千代所说的无聊，是指丈夫成天外出，独自守在家里感到烦闷的意思。

代助故意打趣道：“真是享福的命呀。”三千代并不想向代助诉说寂寞内心的苦闷，默默站起来，去了隔壁房间。然后拿着一个扣环叮当作响的红色天鹅绒面的小盒子出来了。她在代助跟前坐下，打开了盒子，里面放着以前代助送给她的戒指。三千代只是像代助道歉似的说了句“它还在吧”，又立刻站起来，去了隔壁房间。好像顾忌什么似的，把结婚戒指盒子匆匆收进小柜子里，回到了坐垫上。代助对于戒指未置一词。他望着院子，说道：

“你要真是闲得慌，不如把院子里的草拔一拔啊。”这回轮到三千代沉默了。

默然良久，代助再度问道：

“上次的事告诉平冈了吗？”

三千代低声回答：“没有。”

“这么说，他还不知道吗？”

据三千代说，本想告诉他的，但是最近以来，平冈在家里总是待不住，所以一直没有找到合适的机会。代助当然不怀疑三千代的解释，但是，只需五分钟，就可以告诉丈夫的事，却一直拖到今天，不能不让他猜测，在三千代内心，一定有什么难言之苦。代助认为，是自己让三千代处于愧对丈夫的境地。不过，此事还不至于令代助感到良心受苛责。因为法律制裁姑且不论，至少按照自然制裁，平冈也要对此结果承担一定的责任。

代助向三千代问起近来平冈的情况。三千代照例不肯多说。但是，平冈对妻子的态度，与他们结婚时有所改变是显而易见的。在他们夫妻回到东京时，代助就已经看出了这一点。从那以来，尽管代助不曾问过夫妻二人是怎么想的，但他们夫妻的关系一天天朝着疏离的方向加速发展，是无可争辩的事实。假设是因为代助这个第三者插进他们夫妻之间，导致这种隔膜的话，代助自然会更加谨慎行事，可是，他凭着自己的悟性，无法相信这个说法。他把造成这种状况的原因之一，归咎于三千代的病弱身体。断定是由于夫妻生活不协调，影响到了丈夫的心情。原因之二，归结为孩子的夭折。原因之三，则是平冈沉湎于冶游。此外，还有作为公司职员的平冈，未能升迁的缘故。最后一个原因，要归咎于平冈的放浪形骸造成的生活拮据。综上所述，一言以蔽之，就是“平冈娶了一个不该娶的人，三千代嫁了一个不该嫁的人”。代助心中为自己接受平冈的拜托，说服三千代嫁给他的事，追悔莫及。然而代助万万想不到的，正是因为他夺走了三千代的心，平冈才疏远妻子的。

同时也无法否认，代助对于三千代的爱情，是以他们结为夫妻为必要条件，与日俱增的。三千代嫁给平冈之前，代助和三千代的关系发展到怎样的程度，容后面再叙，总之他对于现在的三千代绝不是漠不关心的。他觉得病恹恹的三千代比过去的三千代更加可怜；失去孩子的三千代比过去的三千代更加可叹；渐渐失去丈夫之爱的三千代比过去的三千代更加可悲；为生活所累的三千代比过去的三千代更加可悯。但是，代助没有胆量尝试去说服这对夫妻彻底分手。他的爱情并没有那般疯狂。

三千代眼下最苦恼的是生活费用的问题。平冈没有把自己挣得的钱全都用在养家糊口上，这一点从三千代的话音里听得出来。代助认为这个问题是必须首先解决的。于是主动表示：

“回头我跟平冈好好谈一谈。”

三千代神色凄凉地看着代助。代助心里明白，这件事顺利的话自然很好，若是搞砸了，只能使三千代更加为难，因此，他也不好强求。三千代又站起来从隔壁房间拿来一封信。信封是浅蓝色的，是北海道的父亲给三千代寄来的。三千代从信封里拿出长信，给代助看。

信里写了老家种种不如意的事，物价高，生活困窘的事，没有亲人和亲戚孤苦伶仃的事，他想来东京，不知三千代这边是否方便的事等等——都是让人同情的事。代助看完后，仔细把信卷好，递给三千代。只见三千代眼里噙满了泪水。

三千代的父亲曾经拥有田地，算是小有资产的。日俄战争时，在别人的怂恿下，购买了股票，结果赔了钱，于是干脆把祖先的地全都卖掉，移居去了北海道。那以后的情况，代助也是直到今天收到这封信，才了解的。三千代的哥哥生前经常对代助念叨：“亲戚有也等于没有。”原来三千代是一直依靠父亲和平冈生活到现在的。

“很羡慕你啊。”三千代眨着眼睛说道。代助没有勇气否认。过了一会儿她又问：

“你怎么到现在还不成家呢？”

对于这个问题，代助也不好回答。

代助默默地看着三千代的脸，只见她脸上的红晕逐渐退去，比往常看上去还要苍白多了。这时，代助忽然意识到，继续这样和三千代对坐下去，是一件危险的事。他感到就在刚才的两三分钟之中，发乎自然之情聊天时，会在无意识中，驱使他们跨越雷池的。代助原本心中有数，即便感觉过了头，自己也能够不动声色地掌控谈话的火候。每次看西洋小说时，他总是对里面描写的情侣之间诉说的情话太露骨、太放肆、过于直白浓烈而惊讶不已。觉得看原文且不说，其韵味是很难译成日语的。因此，代助丝毫无意为了发展自己和三千代之间的关系，使用外来的词语。至少在二人之间，寻常词语就足够了。可是，此处潜藏着不知不觉中从甲的位置滑到乙的位置的危险性。在最后关头，代助好容易控制住了自己。

临别时，三千代把代助送到玄关，对他说：“我觉得很孤独，有空常来。”女佣还在后院浆洗衣物。

走出大门，代助信步走了一百来米。尽管他的意识能够控制自己，内心却没有一点儿满足感。当然，他也不后悔没有和三千代多坐一会儿，听命于自然，倾诉衷肠之后再回去。他觉得刚才那个时候告辞和再过五分钟十分钟之后告辞没有什么不同。他想起自己和三千代现在的关系，比前几天见到她时已经有所进展了。不对，在那之前见面时，就已经有所进展了。代助一幕幕回顾两个人的过去，无论哪个片段，都能看到二人之间燃烧的爱的火焰。总之，在三千代嫁给平冈之前，代助就认为她已经嫁给自己了。每当这么想的时候，他的内心就被投入了不堪承受的重压。他被这重物压得步履蹒跚。回到家时，门野问道：

“先生脸色很难看啊。出什么事了？”

代助径直去了浴室，擦干了苍白的额头上的汗珠。然后，将好久没理的头发浸在冷水里。

之后两天代助哪里也没有去。第三天下午，他乘坐电车，去了平冈任职的报社。他决意见见平冈，为了三千代，好好跟他谈一谈。代助把名片给了看门的，坐在满是尘土的门房里等着的时候，他不停地从袖口里掏出手帕掩住鼻子。不久，他被引到二楼的接待室。那里通风很差，是一间闷热阴暗的小房间。代助在房间里抽了一支烟。他看到编辑室的门一直开着，有人走进走出。代助要找的平冈也从那个门里出来了。他仍然穿着上次那件夏装，戴着好看的假领子和袖扣。他说着“呀，好久不见”，站在了代助跟前。代助也不由得站了起来。二人站着说了几句话。正是编辑最忙碌的时候，没时间好好说话。代助便问平冈什么时候方便。平冈从口袋里掏出表看了看，说：

“很抱歉，要不一个小时后，你再来一趟？”

代助拿起帽子，又走下了阴暗的满是灰尘的楼梯。来到外面后，凉风拂面而来。

代助一边漫无目标地在附近走起来，一边琢磨等见到平冈后，该怎样谈起此事。代助的本意，无非是想给三千代一点儿安慰，仅此而已。当然，他也明白，正是这个出发点，反而会伤害到平冈的感情。代助甚至预想到最坏的结果，即平冈和自己会绝交。可是，自己并没有想好，到那时候该怎样解救三千代的稳妥方案。代助没有勇气和三千代商量，让自己和她之间的关系如何更进一步，可同时又觉得为了三千代，必须做点儿什么。总之，今天和平冈见面，与其说是出于理智的万全之策，不如说是被卷入情感旋涡的冒险之举。这一点与平日的代助有所不同，只是代助自己并没有意识到。一个小时后，他又去了编辑室，然后和平冈一起走出了报社的大门。

顺着胡同走了三四百米，平冈带着代助走进一个酒家。房间的屋檐下挂着遮阴的药草，狭小的庭院里泼了水，湿漉漉的。平冈脱了上衣，立刻盘腿坐下。代助并不觉得多么热，只是扇扇团扇就行了。

谈话从平冈介绍报社情况开了头。平冈说：“这工作不错，看起来很忙，其实挺舒服的。”听他的语气，不像有什么不满。代助调侃道：“看来你不大卖力气吧。”平冈一本正经地辩解起来，还说，如今没有比新闻事业更竞争激烈，更需要机敏头脑的工作了。

“有道理，只会耍笔杆子是行不通了。”代助并没有表现出多么钦佩的样子。平冈见状，故意说道：

“我是负责经济报道的。光是这方面就可以举出特别有趣的例子。要不，我把你家公司的内幕，也写一篇报道登出来，怎么样？”

代助想到自己平日的见闻，听到他这样说，并没有大惊小怪。

“写出来自然有趣啦。不过，一定要公平噢。”

“我当然不会写不实之词了。”

“哪里，我的意思是说，不单是家兄的公司，请不偏不倚地将其他公司一并予以揭露。”

平冈这时诡异地笑了笑。然后话里有话地说：

“看来光是日糖事件，还不太解恨啊。”

代助默默地喝起了酒。照这样下去，谈话就变得无趣了。平冈大概是联想到了实业界的内幕吧，不知怎么突然向代助吹嘘起了日清战争①时，大仓组②的一件逸闻。那时候，大仓组在广岛，被军方摊派军需食品，要把几百头牛献给陆军。他们每天送去几头牛，到了夜晚又把那几头牛偷出来。第二天，又若无其事地送去同样的几头牛。就是说当局每天都在购买同样的几头牛。最后当局终于发现了问题，给送来的牛打上了烙印。可是，大仓组不知道，又把牛偷出来，第二天又坦然送去了，结果，终于暴露了。

---

① 即中日甲午战争，是19世纪末日本侵略中国和朝鲜的战争。战争爆发的1894年为甲午年，故称甲午战争。甲午战争以1894年（清光绪二十年）7月25日的丰岛海战为开端，至1895年4月17日《马关条约》签字结束。中国清朝政府迫于日本军国主义的军事压力，签订了丧权辱国的不平等条约《马关条约》。

② 大仓喜八郎（1837—1928），日本明治时代的财阀，于1911年成立的株式会社，构筑了大仓财阀的基础。大仓早年曾在中日甲午战争、日俄战争中通过贩卖军火大发战争财。

代助听他讲这个传闻时，心想，在触及真实社会这一点上，这个传闻的确是典型的现代滑稽故事。接着平冈又谈起了政府对于一个叫作幸德秋水[①]的社会主义者多么害怕的事。幸德秋水家前后门都有两三个警察昼夜监视。有一阵子警察还支起帐篷，躲在里面监视。秋水只要外出，警察就跟在后面。万一跟丢了，可是不得了的大事。“现在在本乡”“现在来神田了”，报告他的行踪的电话打个不停，东京市内闹得鸡犬不宁。新宿警察署为了秋水一个人，每月支出上百元的花费。秋水的一个同志是做糖人儿的，每当他在大街上摆摊做糖人儿时，穿着白制服的警察就会把鼻子凑近糖人儿嗅来嗅去，非常妨碍人家做生意。

这个故事在代助听来，不像是真事。

“这个也是典型的现代滑稽故事吧？”平冈重复着刚才代助的评价，向代助挑衅。“没错。”代助笑道。他对这方面的话题原本就不感兴趣，加上今天没有平时那样的雅兴聊天，所以没有接社会主义者这个话头。刚才他婉拒平冈叫艺妓来陪酒，也是这个原因。

“我今天来是有点儿事跟你说。”代助终于开了口。平冈突然表情一变，以不安的眼神注视着代助，突然说出代助意想不到的一番话：

---

① 幸德秋水（1871—1911），日本社会主义运动活动家，本名传次郎。1901年与片山潜创立社会民主党。战后逃亡美国，1907年回国。1910年大逆事件中遭逮捕，1911年1月18日，在秘密审判下被杀害。

“其实我也一直在想办法呢，可是现在还不了。你再宽限我一些时日吧。至于令兄和伯父的事，我不是一直没有写什么吗……”代助觉得平冈岂止可笑，简直可恶。

“你真是变了个人啊。”代助讥讽道。

“彼此彼此啊。咱们这样互相挤对也不解决问题。所以拜托老兄再等一等吧。”平冈回答，笑得很勉强。

代助打定主意，不管平冈说什么，自己都要把该说的说出来。如果自己说明，不是为了催债来的，怕平冈会误会自己，徒然气恼，不如对方误会也不予理会，让他自己按照原来的打算应对。但是，遇到的第一个难题是，倘若说出是从三千代嘴里得知平冈不顾家用，在外面花费，会给三千代带来麻烦。可是，若不提及此事，忠告也好、建言也罢，都是没有意义的。无奈之下，代助只好采取了迂回战术。

“看样子，你最近经常光顾这种地方吧，和她们都很熟呢。”

“我比不了你，哪有闲钱游乐呀。是为了应酬不得已啊。”平冈说着，十分娴熟地拿起酒盅喝了一口。

“说句多管闲事的话，你家里的生活会不会受影响呢？”代助鼓起勇气继续追问。

“嗯，将就过得去吧。”

平冈的兴致骤然低落下来，回答得很冷淡。代助也不好再追究下去了，只好问道：

“平时这个时候你已经回家了吧。前几天我去你家时，你好像回家很晚。”

“怎么说呢，有时候早，有时候晚吧。这个工作就是这样不规律，没办法。”平冈像是为自己辩解似的含含糊糊地说。

“三千代想必很寂寞吧？”

“没事，她也变了不少呢。”说完，平冈看着代助。代助从他的眼眸中感受到了自己所担心的危险。说不定，这对夫妻的关系已无法复原了。如果他们夫妻被自然之斧切断的话，自己的命运将面临无可挽回的未来。因为他们夫妻的关系越是疏远，自己和三千代就越接近了。

“怎么会呢。即便有什么改变，也是因为年纪越来越大了呀。你得尽量早回家，多安慰三千代呀。”

“你这么想吗？”平冈一口喝光了酒盅。

“你问我吗？无论谁都会这么想呀。”代助脱口而出。

“你以为三千代还是三年前的那个三千代吗？变化大了。哎呀，变化可大了。”平冈又喝干了一盅。

代助不禁感到心在狂跳。

“没有变化。我看和以前完全一样，一点儿也没有变。”

“不可能的。”

平冈瞪圆了眼睛，瞧着代助。代助呼吸有些急促起来。但是，丝毫没有有愧之人受到雷劈那样的感觉。代助只是一反常态，冲动地说了些感情用事的话。但他坚信这是为了眼前的平冈好。他把平冈夫妻仍然看作是三年前的夫妻，他不过是乘此之便，有意无意地做一番永远放弃三千代的最后尝试。他并没有糊涂到打算掩盖自己和三千代的关系。代助敢于对平冈说出那般不信任的话，正是出于品德高尚的自我评价。过了一会儿，代助又恢复了正常的语气。

“还用说吗，你总是在外面应酬，自然需要花钱，家里的开销就捉襟见肘起来。久而久之，家庭生活当然会变得无趣了，不是吗？”

平冈把白衬衫的袖口卷到一半，说道：

“你说家庭吗？家庭也不是什么贵重的宝贝。也只有你这样独身的家伙，才这么看重家庭。”

听了这话，代助觉得平冈可恨起来。要是直言不讳地说出自己心中所想，他恨不得向平冈宣告：“你这么厌恶家庭，悉听尊便，对不起，我可要把你老婆夺走了。”不过，两个人的对话，要抵达这个程度，还差着老远的距离。代助试图从其他角度，再刺探一下平冈的心思。

“记得你刚来东京的时候，雄心勃勃的，我还被你教训了一通呢。”

“是啊。我也被老兄的消极哲学吓了一跳啊。”

代助觉得平冈这句话的确不假。当时的平冈，就像患了传染病发高烧的病人，想要有所作为。他想有一番作为的目的，究竟是为了发财，还是为了名声，或是权势，抑或只是为了有所作为本身的成就感呢？代助搞不清楚。

“像我这样精神上溃败的人，不得已才说出那种消极的想法来。其实并非先有想法，人才遵循其想法做事，而是因为有了人，才提出了适合于其人的想法。所以我的想法只适用于我自己，绝不打算强加于你，对你说三道四。我很钦佩那时候你的气魄，你就像你当时所说的那样，是个很有抱负的人，我希望你一定要有所成就。”

“我当然是打算大展拳脚的。”平冈只回答了这么一句话。代助心里怀有疑问：

“你打算在报社大干一番吗？”

平冈踌躇了片刻，然后很干脆地说：

“在报社一天，就在报社好好干一天。”

“这一点我自然明白。我并不是想问你将来的志向，所以这个回答足够了。不过，在报社里，老兄真的可以施展拳脚吗？”

“应该可以。”平冈简洁地答道。

谈话推到了这个程度，也不过是抽象层面的。代助对每句话的意思都能够理解，却摸不到平冈的真实想法。代助总觉得就像和某个负责的政府官员或律师对话似的。万般无奈，代助转而说起了具有策略性的恭维话来。

他举出了军神广濑中佐①的例子。广濑中佐在日俄战争时，参加了敢死队而阵亡，因此被当时的人们视为偶像，最终被奉为军神。可是，在四五年后的今天，军神广濑中佐的名字，几乎没有人再提起了。英雄的名声就是这样昙花一现。这就说明，在多数场合，所谓英雄，即是那个时代极其重要的人物，名声虽如雷贯耳，却是甚为现实的东西。因此，时过境

① 广濑武夫（1868—1904），日本帝国海军的军人。在日俄战争旅顺港闭塞战时，为了搜救部下杉野孙七而死，年仅36岁。日俄战争结束后，日本为了宣扬闭塞战的战功，把参加过两次闭塞战，葬身于海底的广濑武夫少佐追认为“军神”，晋升为中佐。

迁，时间逐渐夺走了其英雄的资格。和俄国打仗的时候，敢死队当然是不可缺少的，但是一进入和平建设的时代，纵然有一百个广濑中佐，也都不过是平凡之人。正如人们对邻居很势利一样，对于英雄也是很势利的。因此，这类偶像也总是处于新陈代谢和生存竞争之中。代助更是没有崇拜英雄的欲望。不过，如果有谁想要成为胸怀远大、霸气十足的好男儿，那么，与其逞一时之武勇，不如靠着永恒之文笔成为英雄更长久。报社即是这方面的代表职业。

说到这儿，代助觉得自己本来说的就是恭维话，又说得特别书生气，连自己都觉得滑稽，不免有些泄气。

对于代助的这番话，平冈只道了声“谢谢了”。由这回答也可以看出，他既没怎么生气，也没有些许感激。

代助为自己有些低估了平冈而惭愧。根据他的计划，是先发制人，设法打动对方，趁着相谈甚欢之际，将话锋一转，溜回到刚才提起的家庭话题上来。代助从这一迂回又非常难实施的策略出发，还没走多远就受挫了。

那天晚上，代助最终意犹未尽地和平冈分手了。从见面的结果来看，究竟是为什么目的去报社见平冈，他自己也说不清楚。平冈想必更是莫名其妙了。代助特意跑到报社干什么来了？一直到分手，他也没好开口问这个问题。

第二天，代助独自在书房里，反反复复回味昨晚的谈话。在那两个小时谈话中，只有为三千代说话的时候，自己对平冈是比较认真的。不过，这认真只是动机认真，说出来的话，依然像是随口一说的。苛刻一点儿说，也可以说是满口胡言。即便是自己相信的认真的动机，说到底也是拯救自己未来的手段。在平冈看来，原本就不能说是真心实意的。更何况，谈到其他话题时，从一开始，自己就是抱有企图的，想要让平冈从现在的立场，陷入自己所盼望的坑里去。最终还是无功而返。

倘若自己不加顾忌地引用三千代的原话，将自己的想法堂堂正正进行阐述的话，就可以说得更有力一些，更加打动平冈，和他更坦诚相见。这是毫无疑问的。不过，如果搞砸了，就会给三千代惹上麻烦，自己也可能和平冈大吵一架。

代助为自己不知不觉间采取了保险而懦弱的方针与平冈交往，感到十分窝囊。倘若这样对待平冈的同时，又担忧不可以把三千代命运完全交给平冈，那么只能说是厚着脸皮，将自己置身在逻辑所不允许的矛盾之中了。

代助很羡慕过去的人，他们头脑愚昧，站在利己主义的立场，却相信自己完全是为了别人而哭泣、感动、激愤的，其结果，反而使得对方按照自己的意愿行事。如果自己的头脑有这等愚钝，昨晚的谈话兴许能稍微打动对方，获得较为理想的效果也未可知。代助常常被别人，尤其是被父亲说成是缺乏热诚的人。根据代助对此话的剖析，事实是这样的——人性，并非值得以诚相待那样总是拥有高尚的、真挚的、纯粹的动机和行为，而是比这些品德下等得多。以热诚之心去对待下等的动机和行为，只能是不分是非的头脑幼稚者，不然便是炫耀热诚，吹嘘自己的投机者之流。因此，代助的冷漠，虽不能说是作为一个人的进步，但肯定是对人进行深刻剖析得出的结论。代助反思自己平日的动机和行为，深知是狡黠和玩世不恭的，往往包含着自欺欺人的东西，从而丧失了以热诚之魄力去践行的兴趣。

现在，代助已经来到了他必须做出选择的关头。他不知该把自己和三千代的关系，顺应自然地发展下去，还是走向其反面，回到全然不知的过去。代助觉得，如果不从二者中做出选择，就等于失去了生活的意义。其他所有似是而非的方法，不外乎是始于虚伪，终于虚伪。他认为这些方法对于社会都是安全的，对自己来说都是怯懦的。

代助把自己和三千代的关系看作是天意——他只能把它看作是天意了。他深知人言可畏。虽然合乎天意，却违背人伦的恋爱，往往是以当事人双双赴死，得到社会的认可。他想象着万一在他们二人之间出现这样的悲剧，便不寒而栗。

代助又反过来想象自己与三千代永远分离的话会如何。到时候只能成为一个服从自己的意志，而非顺从天意的人了。最终，他决定接受父亲和嫂子相中的这门亲事。他觉得接受这门婚姻，就可以更新所有的关系。

14

到底是做顺应自然之子，还是做个有主见的人，代助感到迷茫了。他一贯反感把对寒暑变化都反应敏感的自己，如机器一样束缚在没有灵活性的僵硬方针之下的愚蠢之举。同时他还深切意识到，自己的生活面临着必须做出抉择的紧要关头。

父亲要他好好考虑结婚的事，可是回家以后，他一直没有花时间认真思考。回家后，他只顾着庆幸今天也好歹逃出了虎口，便把此事丢在了脑后。父亲虽然还没有催他回话，但估计这两三天还会叫他到青山去的。去见父亲之前，代助什么也不想思考。他打算等到被叫去后，再看父亲的脸色和谈话情况，见机行事。代助并不是想要糊弄父亲。他认为所有的回答，都应该出自于对方和自己沟通时自然产生的想法，那才是真实的。

如果没有感到自己对于三千代的态度已被逼到最后抉择的

地步，代助对父亲当然会采用这种姿态的。但是，现在不论父亲的脸色如何，代助都必须掷出手中的这枚色子来了。掷出的这枚色子的数字，不论是对平冈不利，还是父亲不满意， 只要掷出了这枚色子，就只好顺应天意了。自己既然已把色子拿在手里，既然必须掷出手中的这枚色子，那么只能由自己来掌握这枚色子的命运了。代助明白，最终的决断权是属于自己的，不管是父亲、哥哥，还是嫂子，或者平冈，都没有做决断的权利。

代助只是对自己的命运感到卑怯。这四五天来，他整天盯着手心里的这枚色子，今天依然紧紧握着它。他多么渴望命运之神尽早从门外降临，轻轻拍拍他的手。不过，自己仍然攥着这枚色子的这种感觉，又让他无比快乐。

门野不时到书房来瞧一眼。每次都看到代助坐在桌前发呆。门野劝了一两回：

“出去散散步怎么样？总是这样看书对身体不好。”代助的脸色确实不好。已是夏季，门野每天都为他烧洗澡水。代助每次入浴前，都要照好长时间镜子。他是个胡须繁密的男子，稍稍长出一点儿，自己都瞧着不顺眼，摸上去扎手，就更加不快了。

他的饭量一如既往，并不少吃。只是运动不足，睡眠不规律，再加上用脑过度等等，排泄机能出现了异常。不过，代助对此毫不介意。他只顾反反复复思考那件事，几乎无暇顾及生理状态的变化。习惯之后，他反而觉得无休止地思考问题，比起努力追求那些异想天开之事更轻松。

代助对自己当断不断厌恶起来。一想到为了发展自己同三千代的关系，不得不拒绝佐川家的这门亲事，便不由得惊慌。然而，在他冥思苦想的过程中，从未出现通过答应同佐川小姐结婚，来断绝和三千代的关系的念头。

代助自己多次决定辞掉这门婚事的，可是一想到，拒绝之后，必然会出现一股拼命将他跟三千代扯上关系的力量，他又害怕起来。

代助焦急地等待父亲的召唤，可是父亲那边一直没有消息。他想再去看看三千代，却又鼓不起勇气去。

最后，一个念头渐渐在代助头脑里占了优势，即：婚姻，虽然会从道德的形式上，使他同三千代分开，然而从道德的内容上，不会给他俩带来任何影响。既然自己和已经嫁给平冈的三千代，可以保持那样的关系，那么就不会因为自己结了婚，使这种关系不能持续。没有持续下去只是表面上的，那种束缚不住彼此心灵的表面形式，无论搞多少，都是徒然增加痛苦——这就是代助的逻辑。代助除了拒绝这门亲事外，没有别的路可走了。

代助下了决心，第二天，他去理了发，刮了胡须。他好久没有好好打理自己了。入梅以来，下了两三天大雨，地面和枝头上的尘埃都湿乎乎的，收敛了锋芒，静悄悄的。阳光比以前暗淡了。从云缝洒下来的光线，像是被空气中的湿气削弱了一半的反射能量似的，十分柔和。代助看着理发店镜子里的自己，照例抚摸着丰满的面颊，心想，从今天起，要振作起来，积极投入生活。

他来到青山一看，大门旁停着两辆人力车。等候的车夫靠着脚踏板打盹，没有发觉代助走进门。会客间里，梅子把报纸摊在膝盖上，望着庭院里茂密的绿色出神，她也显得很困倦。代助一屁股坐在了梅子对面。

“父亲在家吗？”

嫂子在回答之前，先以考官的眼光打量了他一番。

“阿代，看你好像瘦了。”

代助摸摸自己的脸，否认说：

“没有吧。”

“可是，脸色不太好啊。”梅子凑过来，端详着代助的脸。

“是院子的绿叶照的。”代助望着院子里的植物，“所以，嫂子脸色也显得发青呀。”

“我这两三天是不太舒服。”

“怪不得坐这儿发呆呢。怎么了？感冒了吗？”

“不知怎么搞的，老想打哈欠。”

梅子说完，马上把膝上的报纸拿下去，拍了拍手，招呼女佣。代助又问了一遍，父亲在不在家。梅子早把这事忘了，听代助这么问，便告诉他，门口那两辆车子就是父亲的客人乘来的。代助想，要是等的时间不长，就等客人走了再说。嫂子说脑子不太清醒，要去浴室擦把脸，说罢就站起身来。这时，女佣端着盛有葛粉粽子的深盘子进来，气味很好闻。代助提起粽子上的细绳，使劲儿闻着。

梅子精神抖擞地从浴室回来时，代助一边像钟摆似的晃悠着粽子，一边问道：

“哥哥怎么不在？”

梅子就像没有马上回答这句迂腐问话的义务那样，站在檐廊边上，观望着庭院。

“下了两三天雨，青苔可真绿。”

她说了句有别以往的点评，才回到原来的坐垫上。

“我刚才问你，哥哥怎么样了？”

代助又重复了一遍之前的问话。

“怎么样了？还是老样子呀。”嫂子回答，一副无所谓的口吻。

“还是老不在家吗？”

“就是，就是，一天到晚都很少待在家里。”

“嫂子不会觉得寂寞吗？”

“现在问这些，不是也晚了吗？”梅子呵呵笑起来。不知嫂子是觉得代助在逗她，还是觉得他太孩子气，反正根本不予理会。代助回顾平日自己的表现，发现像今天这样一本正经地问出这样的问题，倒是很稀罕的。迄今为止，代助虽然观察了多年哥哥和嫂子的关系，居然从来没有注意到这个问题。嫂子也没有显露出足以使代助察觉点儿什么的言谈举止。

“世上的夫妻都是这样凑合着过的吗？”代助自言自语似的说道，并没有期待梅子回答，所以也没有看她的脸，只将视线落在榻榻米上的报纸上。

“你说什么？”梅子突然喝问。代助被她严厉的语气吓了一跳，马上收回了视线。

“所以说，你要是娶了媳妇，就整天守在家里，好好爱个够吧。”

代助第一次意识到对方还是梅子，而自己却不是以往的代助了，于是竭力表现得像往日那样散漫随意。

可是，代助的精神已经完全集中到了拒绝亲事，以及接下来会发生的三千代和自己的关系上了。注意，无论他怎样想要还原成以往的自己跟梅子说笑，还是不自觉地说出梅子意想不到的怪话来。

“阿代，你今天好像有些奇怪。”

最后梅子忍不住说道。代助原本非常擅长把嫂子的话岔开的，可是，这样显得轻薄，也比较麻烦，今天他不想这样，反而很认真地请教嫂子到底哪里奇怪了。梅子觉得代助的问话很好笑，露出吃惊的神色。然而拗不过代助一个劲儿追问，嫂子只好说：“那我就告诉你吧。”这才举出了证明代助奇怪的几个例子。梅子当然知道代助是故作一本正经的。

她的话里有这么一句：“因为你说什么‘哥哥老不在家，一定很寂寞吧’，说得也太体贴入微了呀。”

代助马上插话辩白：

“哪里，在我认识的女人里，有这么一个人，非常可怜，所以，才想问一问其他女人的想法，绝对不是有意跟嫂子打趣的。”

“真的吗？那位女子是谁呢？”

“名字嘛，不好直言相告。”

“那么，你可以对她的丈夫提出忠告，让他对妻子多关心一些，不就行了吗？”

代助微笑着说：

“嫂子也这么想吗？”

“那还用说。”

“如果那位丈夫不听我的忠告，该怎么办呢？”

“要是那样，就无法可想了。”

“那就不管了吗？”

“除此之外，还能怎样呢？”

“那么，你觉得那位妻子有没有对丈夫守妇道的义务呢？”

“你也太较真了吧。这个就要看丈夫对妻子漠不关心的程度了。”

“如果，那位妻子有喜欢的人，该怎么做呢？”

“我怎么知道啊。太好笑了。既然有喜欢的人，一开始就跟自己喜欢的人结婚，不就完了吗？”

代助默默思索起来。过了一会儿，开口道：“嫂子……”

听他语气沉重，梅子吃了一惊，打量着代助的表情。代助语气沉重地继续说：

“我想推掉父亲提的那门亲事。”

代助拿烟的手在微微颤抖。梅子则是面无表情地听着代助的倾诉。代助不管对方什么表情，继续说下去：

“我以前对于婚姻之事，给嫂子造成了很多麻烦。这次也让嫂子操心了。我已经三十岁了，正如嫂子所说，不该再挑挑拣拣，应该顺从家人的安排，差不多就行了。但是，有些原因，我希望这门亲事能够退掉。虽然很对不起父亲和哥哥，但实在没有办法。拒绝并不是因为对女方有什么不满之处。前几天，父亲让我好好考虑一下，我经过认真的考虑，还是觉得拒绝为好，所以才如实相告的。其实我今天就是为了这件事来见父亲的，恰好现在有客人。虽然说长幼有序这话有些失礼，也告知嫂子一下。”

梅子见代助的表情很严肃，便不像平日那样插嘴，一直听他说完，才发表了自己的意见，而且是极其简单极其现实的一句话：

“不过，父亲肯定很为难啊。”

“我会跟父亲当面解释，没关系的。”

“可是，这个事已经到这个程度了呀。”

“不管到了什么程度，我也没有表示过同意。”

“可是你也没有明确说过不同意吧。”

“我这不是现在来说吗。”

代助和梅子相对无语，沉默着。

代助觉得自己已经把想说的话都说出来了。至少觉得没有什么必要向梅子再进一步做解释了。而梅子倒觉得有满肚子想说的想问的话，只是一时间反应不过来，不知该如何接上前面的话茬儿。

“在你不知道的时候，亲事进展到了什么程度，我不清楚，但无论是谁，都想不到你会这么坚决地拒绝。”梅子好容易开口说道。

“为什么呢？”代助冷静而沉着地问道。梅子眉头一皱：

“你问为什么，这可不是讲道理的事啊。”

“不讲道理也不要紧，你说吧。”

“即便是拒绝多少回，结果还不是一样吗？”梅子说明。可是，她这话的意思，代助一时没有反应过来。他用不解的眼神瞧着梅子，梅子这才开始说出自己的想法。

“我是说，再怎么样，你早晚有一天也得娶妻的。即使你不愿意，也没有办法呀。如果你总是这样任性而为，最对不起的是父亲啊。所以说，反正娶什么人你都不会满意的，那么，不管娶什么样的女子不是都一样吗？对你来说，相亲不相亲都没什么用。因为这世上没有一个女人入得了你的眼哪。所以说，所谓妻子，是明知道从一开始就不满意，你也只能把她娶回家的，除此之外，还有别的办法吗？所以嘛，你只要娶了我们给你挑选的对象，就皆大欢喜了——说不定父亲这次不会一一跟你商量，就把事情定下来呢。在父亲看来，这是顺理成章的。要是不这么办，父亲活着的时候恐怕都见不到你娶亲啦。你说是不是啊？”

代助一直冷静地听着嫂子说话。嫂子停顿的时候，他也不随意插嘴。他知道，如果表示异议，谈话会变得更复杂，对他的主张，梅子根本听不进去的。可是，代助也不认可梅子的看法。因为他知道，实际处理起这个问题来，双方都会感到越来越棘手的。于是，代助对嫂子说：

“你说得也有道理，但是，我也有我自己的考虑。这个事嫂子还是不要过问了。”他的口气明显流露出不喜欢梅子干涉的意思。但梅子听了，并没有闭嘴。

“当然了，阿代也不是小孩子了，肯定有自己的主见。像我这样多嘴多舌的，挺招人烦的，那我就不说什么了。但是，你得从父亲的角度想一想。每个月的生活费，你说要多少，就马上给你多少。可以说，你比当学生的时候，更依赖父亲的关照了，对吧？可问题是，你长大成人之后，该依赖父亲还照样依赖，却不像以前那样听话了，总是我行我素的。对不对？”

梅子似乎有些气愤，越说越激动，代助打断了她的话。

“可是，我娶了老婆以后，不就更加需要依赖父亲了吗？”

“那有什么不好呢，父亲说过，希望你早日成家呢。”

“那么，父亲是非要让我娶一个我根本不喜欢的妻子了？”

“要是你有喜欢的，那真是求之不得呢，可是找遍全日本，不是也没有找到吗？”

“你们怎么知道？”

梅子瞪大眼睛，瞧着代助，然后说道：

“你这话简直就像是辩护律师的口气啊。”代助将自己苍白的额头靠近嫂子，低声告诉她：

“嫂子，我心里有喜欢的女人。”

代助曾经多次这样跟嫂子开过玩笑。梅子起初还信以为真，竟然暗中托人去打听，才知道是他瞎编的，后来代助的这种玩笑对于梅了便不起作用了。即便代助说出这样的话来，梅子也根本不予理会，或者跟他调侃两句。而代助也不以为然。但是今天的情况不同以往。无论是代助的脸色、眼神、声音底气，还是从这番谈话的前后脉络来看，种种迹象都不能不让梅子暗暗吃惊。她感到这短短一句话，犹如一把闪着寒光的匕首。

代助从腰带里掏出表来看了看。见来访的客人还没有要回去的意思。天色又阴沉下来。代助想不妨今天先回去，改日再来跟父亲面谈好了。

“我先走了，还是回头再来一趟比较好。”

说着站了起来。梅子此时已经平静下来。梅子一向对别人的事很热心，不喜欢半途而废。她拉住代助不让他走，追问女子的姓名。代助当然没有回答。梅子非要他告诉她。代助就是不肯说。于是，梅子问他为什么没有娶她。代助说，因为不是那么简单的事，所以没有娶。最后梅子眼泪都急出来了，恼怒地说“你这不是折腾我们吗”，责怪他“为什么不早点儿告诉我们呢”，然后又同情地说“真可怜啊”。不过，代助直到最后，也没有露出一句有关三千代的话，梅子终于服了软。代助临走时，梅子问道：

“那么，还是你自己直接跟父亲说吧。在那之前，我就装不知道比较好吧？”

代助没有回答，他自己也不知道是让嫂子跟父亲说好，还是不让嫂子说好。他犹豫地看着嫂子说：

“这个嘛，反正我会来找父亲，推掉婚事的。”

“好吧，如果你觉得说了好，我就说，如果不合适的话，我就什么也不说，你自己直接去说。这样可以吧？”梅子很温柔地说。

“拜托了。”代助说完走出了大门。到了拐角处，他打算朝四谷方向去，特意上了去塩町的电车。走过练兵场旁边时，满天低沉的乌云从西边被切断，梅雨季节罕见的夕阳将辽阔的原野照得一片火红。那红灿灿的光也映照在滚滚向前的车轮上，车轮转动时，如钢花般闪烁不停。电车在远方的原野中显得很小，微小的电车越加衬托出原野的开阔。残阳如血，格外耀眼。代助眺望着车窗外的这副景色，任由风驰电掣的电车载着自己向前奔驰，沉重的脑袋随之晃动着。到达终点站的时候，他不知是精神冒犯了身体，还是精神被身体冒犯了，情绪很糟糕，只想尽快下车。下车后，代助拖曳着预防下雨带着的阳伞，当作拐杖似的走起来。

他一边走一边在心里嘀咕，我今天的所为等于是主动将自己的命运破坏了一半。迄今为止，对付父亲和嫂子时，自己总是能够恰到好处地保持距离，不露锋芒地达到自己的目的。但这次已经到了若不暴露本性，则无法达到自己目的的地步了。同时，在朝着这方面，获得以前的满足感的希望变得渺茫了。不过，还有挽回的余地。只是为此务必要把父亲糊弄过去才行。代助在肚子里嘲笑以前的自己。他不得不承认通过今天的告白，将自己的命运破坏了一半。然而，受到这一打击，反而使得自己可以下决心，不顾一切地为三千代而采取激烈的行动了。

为了下次去见父亲的时候，一步也不后退，代助觉得有必要做好充分的精神准备。因此，他非常惧怕在见到三千代之前，再次被父亲唤去。他后悔今天把自己的意思是否告诉父亲的选择自由给了嫂子。倘若她今晚告诉了父亲，他明天说不定就会被叫回去的。那么，就必须在今天夜里见到三千代，把自己的想法告诉她才行。可又一想，夜里见面还是不大方便。

走下津守时，天已经快黑了。他从士官学校前面一直走到护城河边，继续走了二三町后，本应往砂土原町拐弯，代助故意沿着电车轨道行走。因为照惯例就此回家，在书房里度过安闲的一夜，令他不堪忍受。隔着护城河，望见对面高高土堤上面的松树，黑黢黢地排列成行，下方的电车不断行驶过去。代助看见身轻如燕的车厢在轨道上，顺顺溜溜地滑过去又滑过来的速度之美，给人轻快之感。可是，自己走着的这条路上——车水马龙的外壕线，觉得比往日更加喧嚣，令他厌烦。来到牛込见附时，远远瞧见了小石川树林中的点点灯影。代助连还没吃晚饭都忘在了脑后，朝着三千代住的方向走去。

大约二十分钟后，他走上了安藤坂，来到传通院的废墟前。穿过左右两边被高大树木遮蔽的小路，往左拐去，来到平冈家近旁后，看见灯光从板墙缝隙间射出来。代助倚靠着板墙根儿，屏气窥视里面的情况。好一会儿没有听到任何声音，房间里悄无声息。代助走进大门里，打算从格子门外叫门。这时，在檐廊附近响起了拍腿的声音。然后好像有人站起来走进房间去了。不多久听到有人说话，虽然听不清在说什么，但肯定是平冈和三千代的声音。说话声停歇了片刻后，又有脚步声走近檐廊，一屁股坐下来，声音听得真真切切的。代助赶紧靠着板墙旁往后退，朝着与来时相反的方向走去。

代助不顾一切地往前走，完全不知朝哪里去。一路上，代助的脑子里反复呈现出刚才看到的景象，直到不再出现后，他开始对自己的行为感到难以形容的羞耻。他很纳闷自己为什么做出那等卑鄙之举，又被惊吓到似的逃跑呢？他站在黑暗的小路上，暗自庆幸世界此时仍在夜色之中。在梅雨期的沉闷空气笼罩下，他只觉得越走越喘不上气来。走上神乐坂时，突然感到眼前直冒金星。围绕自己的数不清的人和数不清的光芒肆无忌惮地烧灼着自己的脑袋。代助逃也似的跑上了藁店。

一回到家，门野照例是一副漫不经心的表情问他：

“您这么晚才回来呀。已经吃过晚饭了吗？”

代助不想吃饭，就告诉他“不想吃了”，不客气地叫门野离开书房，没过两三分钟，又拍手叫他来。

“我家没有派人来吗？”

“没有。”

“好的，知道了。”代助没有多说什么。门野似乎还想说什么，站在门口问：

“先生，怎么回事，难道今天没有去府上吗？”

“为什么这么问？”代助脸色严肃起来。

“因为您出门的时候，是这么说的。”

“当然去了。家里要是没有派人来，不是挺好的吗？”代助懒得跟门野说话。

门野不明所以，应了声“啊，是吗”就出去了。代助知道，父亲对于其他一切事情，都比对自己有耐性，因此，说不定自己一走，父亲会立即派人来唤回自己，问个清楚。代助见门野已经回自己房间去了，打定主意，明天无论如何也要去见三千代。

这天晚上，代助躺在床上，思考使用什么方法和三千代见面的问题。让车夫去给三千代送信，请她来家里，她应该会来的，但是，今天自己和嫂子既然已经摊牌了，明天难保哥哥或是嫂子不会突然袭击，跑到家里来的。不然就是去平冈家和三千代见面，这对代助来说，是一种痛苦。不得已，代助只好打算找个与自己和三千代都无关的地方见面。

半夜下起了大雨。哗哗作响的雨声反而使吊着的蚊帐平添了一些寒气。代助听着雨声等到了天明。

直到翌日也没有放晴。代助站在湿漉漉的檐廊上，眺望阴沉的天空，又改了主意。他觉得把三千代叫到艺妓馆那样的地方说话，令他不愉快。实在不行就在外面找个地方。可是，看这天气，也难以实施。可是，他无意去平冈家。他认为除了让三千代来自己的家里，别无他法。虽然门野有些碍事，但可以不让谈话声音传到用人房间去。

代助望着大雨出神，这样一直坐到临近中午。他一吃完午饭，就披上雨衣走出了家门。冒着雨走下了神乐坂，给青山家里挂了电话。他打算先发制人，说自己明天去家里。嫂子来接电话，说上次的事她还没有告诉父亲，所以，让他再好好考虑一下。代助表示感谢时，听到铃响了，便挂断了电话[1]。然后又叫通了平冈所在出版社的电话，打听他在不在出版社，得到

---

① 那时日本的公用电话，必须不停地投币，铃声响了，如不继续投币，就自动挂断了。

他在出版社上班的回答。代助又冒雨走上神乐坂，去花店买了一大把盛开的白色百合花，提着花回到家。他将濡湿的百合花分插在两个花瓶里，把剩余的花剪短花茎，随意放进前日放满水的花盆里。然后，代助坐在桌前给三千代写信。只是写了寥寥几句："有事望即刻面谈，烦请来寒舍。"

代助拍拍手，叫来门野。门野吸溜着鼻子来了。接过信，说："真香啊。"

代助叮嘱他："叫一辆车子去，把人接过来。"

门野冒着雨去了常常叫车的店家。

代助瞧着百合花，在满屋子弥漫的花香之中，让自己全身心放松下来。在嗅觉的刺激下，他眼前清晰地浮现出了过去的三千代，并看到与三千代的过去无法分离的自己曾经的身影如烟雾般缭绕在其中。良久，代助在内心深处说道：

"今天才回归了真实的过去。"

当他在内心里终于说出这句话时，整个身心都感受到了久违的抚慰。他纳闷为什么没能早些回归过去呢？为何从一开始就抵抗自然呢？他从雨雾中、百合花中、再现出来的往昔光阴之中，发现了纯净无瑕的平和的生命。在那平和生命的正面和反面，没有欲望，没有利害，也没有压迫自己的道德。有的只是行云流水般的自由和自然。所有的一切都是让人感到幸福，因而一切都是美好的。

这时，他从梦中醒来。这短暂的幸福之中生出的永久的痛苦，此时突然闪现在代助的脑海里。他的嘴唇倏然失色。他默然地盯着自己的手。指甲盖儿下面流动的血色仿佛在微微颤抖着。他站起来走近百合花，嘴唇凑近花瓣，嗅着浓烈的花香，直到眼前出现晕眩。他一朵花一朵花地闻着，他想要尽情地嗅个够，哪怕因浓郁的香气而昏厥在室内。然后他抱起胳膊，在书房和会客间之间来回踱步。他的胸口一直在怦怦乱跳，时而在椅子旁边或桌子前停住，接着又走动起来。他内心的激荡，不允许他在一个地方站着不动。为了思考什么事情，他又不能随意停留在一个地方。

时间一分一秒地过去了。代助不停地看座钟，窥看外面的雨势。雨依然从空中垂直地落下来。天空比刚才还稍稍昏暗了些。厚重的乌云在一个地方卷成旋涡状，不断地逼近地面般变得奇形怪状的。这时人力车从大门进来了。车轮声压过雨声，传到代助的耳朵里时，他苍白的脸上露出微笑，并将右手按在了胸口上。

三千代从玄关跟在门野后面，沿着檐廊进来了。她穿着藏蓝色飞白花色铭仙绸衣服，系一条唐草图案的腰带，和上次相比，服饰截然不同。代助第一眼看到她时，只觉得眼前一亮。她的脸色虽然还是不太好，但是在会客间门口见到代助时，她的眼睛、眉毛和嘴都突然定住似的凝固了。她站在门口时，好像脚都迈不动了似的。不用说，三千代看到信时，就预感到了什么事。在这预感之中含有惧怕、喜悦和担忧。从车上下来，直到被领进会客间，三千代的脸上一直充满了这预感之色。三千代的这一表情凝结在这一瞬间。可见代助的神情对三千代的震撼有多么强烈。

代助指了指椅子，三千代顺从地坐了下来。代助坐在她的对面。二人面对面坐着，好久都没有开口。

“找我有什么事吗？”三千代终于问道。代助只是“嗯”了一声。两个人又沉默了，静静地倾听着雨声。

“你找我有什么急事吗？”三千代再次问道。代助又“嗯”了一声。双方都做不到像平日那样轻松说笑了。代助为自己不借着酒力，就不能直抒胸臆感到羞愧。代助心里明白，向三千代吐露心声时，必须是清醒的才行。然而，一旦见到三千代，他又想要依靠酒精的魔力了。代助想趁她不注意，去里屋倒一杯平时喝的威士忌酒，却又为违背自己的决心而不齿。因为他相信，如果不能在光天化日之下，以正常的状态向对方说出自己的想法的话，就说明自己缺少诚意。他觉得以喝醉了筑起一道屏障，借此掩护，给自己壮胆，是卑怯而残忍的，是对对方的污辱。他对于社会的习俗，做不到德行仁义。然而对于三千代，却不愿怀有丝毫不道德的动机。应该说，他爱三千代，以至于没有任何可能使他陷入卑鄙。可是，当三千代问起他有什么事的时候，他又不能立刻向她倾诉衷肠。在三千代第二次问他时，他仍在踌躇，直到第三次问的时候，他才憋出一句：

“咱们慢慢聊吧。”点上了香烟。三千代的脸色随着代助一再地含糊其辞，越来越不好了。

雨仍然哗哗地下个没完，雨点落在各种东西上，噼里啪啦地响个不停。他们两个被这雨天、被这雨水带来的声音，与这世界隔开了。住在同一所宅子里的门野、女佣也被隔离了。两个人被孤立地封闭在百合花的香气之中。

“这花，是刚才出去买回来的。”

代助看着自己的周围说道。三千代的目光跟着代助环视了一遍室内，然后用鼻子深深呼吸起来。

“我想要回忆和你，还有你哥哥住在清水町时的情景，就买了一大把回来。”代助说。

“真香啊。”三千代瞧了一会儿花瓣绽开的花朵，然后将视线转向代助时，脸颊浮出了红晕。

“一想起那时候……”三千代只说了半句就不说了。

“你还记得？”

“当然记得。”

“那时候你戴着漂亮的衬领，梳着银杏髻呢。”

“那不是刚到东京吗，没几天就不那样啦。”

“上次你拿着百合花来的时候，不是梳的银杏髻吗？”

“哟，这你也留意啦，只是那次梳了呀。”

“当时你很喜欢那种发髻吗？”

“嗯，一时心血来潮梳着玩的。”

“我看到那个发髻，就想起了从前。”

“是吗？”三千代羞涩地点点头。

三千代刚从乡下来到清水町的时候梳的发髻，曾经被代助赞美过，当然是后来二人无话不谈之后的事了。当时，三千代虽然笑了，但是听了代助夸赞之后，她也没有再梳过银杏髻了。两人至今都还记得这件事。然而，他们都没有再重提此事。

三千代的这位哥哥心胸豁达，为人坦诚，所以深得朋友的喜爱。代助和他尤其亲近。由于这位哥哥性情豁达，而格外喜欢娴静温顺的妹妹。他把妹妹从老家带到城里来，和自己住在一起，并非出于负有教育妹妹的义务，完全是为妹妹未来的幸福着想，还有就是想让她跟在自己身旁。早在接三千代来东京之前，他就向代助流露过这个打算。当时，代助就像普通的青年那样，以强烈的好奇心，盼来了这个打算的实现。

三千代来了以后，哥哥和代助的友情越来越深了。代助自己也不清楚，究竟是谁主动增进友谊的。哥哥死后，每次代助追忆过去时，都不能不看到，在他们两人亲密的友情中还有着某种含义。哥哥一直到死都没有明确说过什么，代助也就没好说什么。就这样，他们把各自的想法作为彼此之间的秘密埋藏了。关于哥哥生前是否向三千代透露过这个想法，代助也不知道。代助只是从三千代的举止和言谈中，感受到了某种特别的东西。

从那时候开始，代助就作为兴趣广泛的人与三千代的哥哥交往了。三千代的哥哥在这方面，并没有超乎常人的感悟力。谈话一旦深入，他就很实在地承认听不懂，避开过多的争论。那时候，他不知从哪里找了个arbiter elegantiarum [①]的外国词，作为代助的外号一直称呼代助。三千代在隔壁房间里，总是悄悄地偷听哥哥和代助谈话，以至于记住了这个词。有一次，她问哥哥这个词是什么意思，哥哥非常惊讶。

---

① 拉丁语：高尚的裁决人。

看起来，哥哥把给妹妹灌输情趣方面教育之事全权委托给代助了似的。他尽可能给代助提供和妹妹接触的机会，以便由代助去开启她的见识。代助也没有推辞。现在往回看，也不是看不出代助积极承担此任的迹象。三千代当然很乐意接受他的指导。三个人就这样如三片螺旋似的旋转着，日复一日地持续了下去。不知是有意识还是无意识的，三片螺旋越转越紧密了。就在三片螺旋终于合为一体，即将变成圆形之际，其中一片螺旋突然缺掉了，剩下的两片螺旋便失去了平衡。

代助和三千代毫无拘束地聊起了五年前的往事。聊着聊着，觉得此刻的自己渐渐远去，回到了青涩的学生时代。两个人又像当年那样亲近了。

“那时候，要是哥哥还活着的话，我现在是什么样子呢？”三千代眷恋往昔般说道。

“你是说，哥哥要是还活着，你会改变吗？”

“我是不会改变的。你呢？”

“我也跟你一样。”

“你瞎说。”三千代有些嗔怪的口吻说道。

“不管是那时，还是现在，我都没有任何变化。”代助回答，眼睛仍然没有从三千代脸上移开。三千代忽然看向别处，半是自言自语地说：

“可是，从那个时候，你就已经变了呀。”

三千代说话声音比正常的声音低得多。代助如同追逐渐渐消失的影子似的立刻接上了她的话音。

“我没有改变，只是你这样觉得。你这样看，我也没有办法，不过，这是你的错觉。”

代助以比任何时候都更加热烈而坚决的语调为自己辩解似的说道。三千代的声音越来越小了：

“是错觉也好，不是也罢，都无所谓了。”

代助默默地观察着三千代的表情。她一直垂着眼帘，代助清楚地看到她的长睫毛在颤动。

“我的生命中不能没有你，无论如何都不能没有你。我就是为了告诉你这个，才特意请你来的。”

代助的话里并没有一般情侣间使用的那种甜蜜华丽的辞藻。他的语调和他的话语一样简单而朴素，毋宁说更近乎严肃。可是，就为了说这些，十万火急地把三千代叫来，就像写诗歌玩儿似的。不过，对于在这种意义上脱离俗套的急事，三千代自然是个能够理解的女人。对世俗小说中描写青春时代的修辞，她向来没有多少兴趣。代助这番话并不能给予三千代的感官任何刺激是事实。不过，三千代并不渴望听到那类词语，也是事实。代助的话，越过感官直达三千代的内心。三千代任凭泪水从颤抖的睫毛间涌出来，沿着脸颊流下来。

“我渴望你能答应我，请答应我吧。”

三千代仍然在哭泣，根本无法回答代助的问话。她从袖口里掏出手帕捂住了脸。代助只能看到她的一点儿黛眉和前额。代助把椅子朝三千代面前拽了拽。

“你会答应我吧？”代助凑近她的耳边说。三千代仍然捂着脸，哽咽着说：

“你太可恨了。”

手帕里发出的这句话，如电流一般刺激了代助的听觉。代助深深感到自己的表白真是太晚了。要是想表白，就应该在三千代嫁给平冈之前告诉她。三千代呜咽着断断续续说出的这句话，令代助后悔不堪。

“我应该在三四年之前，就向你表白的。”他说了这么一句，就沮丧地闭上了嘴。三千代忽然拿掉遮在脸上的手帕，哭红的眼睛盯着代助质问：

“那时你不向我表白也可以，可是，你为什么……”停顿了一下，开口说，“你为什么把我抛弃了呢？”

说罢，她又拿起手帕捂住脸哭起来。

“都是我不好，请你原谅我！”

代助拉住三千代的手腕，把手帕从她脸上拿开，三千代也没有坚持，手帕掉落在膝上。三千代看着膝头，声音微弱地说：

“你太残忍了。”她那小巧的嘴唇颤抖着。

“你说我残忍，我也无话可说，不过，我已经受到了惩罚。”

“什么惩罚？”三千代仰起脸来，不解地问。

“你已经结婚三年多了，可我至今还是单身啊。”

“那是你自己愿意呀。”

“不是的，我想娶亲，可是娶不到呀。你不知道，从那以后，家里人提了多少次亲呢，都被我回掉了。最近还推掉了一个。这么一来，我和父亲的关系还不知道会怎样呢。反正不管父亲怎么想，我都不能从命。在你报复我的这段时期里，我只能这样一推再推。”

“报复？”好像害怕这两个字似的，三千代眨巴着眼睛，“你不知道，我自从出嫁之后到现在，没有一天不在想，你也早日结婚就好了。”三千代的口气稍稍变得严肃了，可是代助并不听。

“不是这个意思，我希望你尽情地报复我，这是我的真实愿望。今天我特意请你过来，向你坦白一切，实际上也是当作被你报复的一部分。我这么做无异于对社会犯了罪。但这就是我的宿命，对我而言，犯罪是顺乎自然的事情。即便对世人犯了罪，只要能在你面前表示忏悔，我就值了。没有比这样做更使我愉快的事了。”

三千代终于破涕为笑，但还是不说一句话。代助仍旧继续倾诉：

“我知道，事到如今对你说这些话是很残忍的。但是，你听了越是觉得我冷酷无情，就越证明我这么做是有效果的，没有办法。此外，如果我不把这些残酷的事讲清楚的话，就再也活不下去了。我太任性了，所以跟你道歉呢。”

“你并不残酷，所以也不必道什么歉。”

三千代的语气骤然明朗起来。尽管她的情绪比较消沉，但和之前相比平静多了。然而过了一会儿，她又说：

“只是，你要是早点儿对我说的话……”说到这儿，她又忍不住眼泪汪汪了。这时，代助又问道：

“那么我一辈子都不告诉你，你就幸福了吗？”

“我不是这个意思。”三千代竭力否认，“我也和你一样，如果你不告诉我的话，或许都活不下去了。”

这回代助微笑起来。

“这么说，告诉你也没有关系了？”

“不只是没有关系，是值得庆幸呢。只是……”

“你想说只是对不起平冈吧？”

三千代不安地点点头。代助便问：

“三千代，你说实话，你爱平冈吗？”

三千代没有回答。她的脸色眼看着变得苍白，眼睛和嘴唇都凝固了。这些都表明了她内心的痛苦。代助又问：

“那么，平冈爱你吗？”

三千代仍旧低着头不回答。代助打算将一个大胆判断，在自己提问的基础上，作为答案告诉给她，就在这句话已经到了他嘴边时，三千代忽然仰起脸来。在她的脸上，刚才流露出的不安和痛苦的神色已经不见了踪影，连眼泪都干了。面颊虽然还是那么苍白，但嘴唇不再颤抖了。从她的嘴唇之间，一个字一个字地迸出一句不连贯而低沉的话。

“没有别的办法，干脆下决心吧。”

代助后背犹如被浇了一盆冷水一样战栗起来。被社会放逐的两个灵魂，四目相对，目不转睛地盯着对方，简直要把对方内心看穿。一股反抗一切阻力，把他们联结在一起的巨大力量，令二人不寒而栗。

过了好一会儿，三千代好像突然受到什么刺激似的掩面痛哭起来。代助不忍心看三千代哭泣的样子，抬起胳膊，用手遮住了自己的脸。他们保持着这个姿势，宛如一对恋人的雕像，一动也不动。

两人在这静止之中，感受到了将五十年光阴浓缩于眼前般的紧张心情。与此同时，他们并没有忽略两人是相互依存的。他们同时享受着爱的惩罚与爱的馈赠时，也切实品味到了二者的滋味。

过了好久，三千代掏出手绢擦干泪水，轻轻地说：

"我得回去了。"

"请回去吧。"代助答道。

雨小多了。代助当然不想让三千代独自回家，特意没有雇车子，自己送她回去。本想把她送到家，但还是在离平冈家不远的江户川桥上分了手。代助站在桥上，一直目送着三千代拐进了小巷，然后才慢慢地走回家来。代助一边走一边在心里宣告："大功告成。"

雨直到傍晚方歇。入夜后，云絮一刻不停地飘过。不多时，皎洁如洗的月亮出来了。代助站在廊檐上，久久凝视着在月光映照下闪烁不停的庭院里湿淋淋的树叶，最后忍不住穿着木屐下到了院子里。院子本来就不大，却种了好多树木，所以他并不是想散步。代助站在院子中央，仰望着浩渺的夜空。然后，从会客间里把白天买的百合花拿来撒在了自己周围。月色下，散落一地的白色花瓣如荧光点点，有的花瓣在树荫下影影绰绰。代助无所用心地在它们中间蹲了下来。

到了就寝时，他才再次回到会客间。屋里的花香还未散尽。

15

和三千代面对面，把想说的话都说出来后，比起见她之前来，代助的心情平静了不少。但是，这个结果是在他预料之中的，并不觉得意外。

第二天早上，代助怀着把久久握在手里的那枚色子掷出去的决心起了床。从昨天起，他深感对于自己和三千代的命运必须负起某种责任了。而且，这无疑是自己应当主动承担的责任。换句话说，他并不会因为负起这个责任而感到苦恼。只觉得在这个压力之下，自己反而能够自然地迈步前行了。他将自己开拓出来的这一命运碎片顶在头上，做好了与父亲决战的准备。打败父亲之后还有哥哥、嫂子，战胜他们之后还有平冈。即便扫平了这些人，还有一个庞大的社会等着自己。这是个毫不尊重个性自由和人情的机器一样的社会。在代助眼里，这个社会现在一片黑暗。代助准备着和一切阻碍决一死战。

代助为自己竟有如此勇气和胆量而吃惊。时至今日，他一直自诩是个不喜狂热、不近危险、与世无争、小心谨慎、人畜无害的好绅士。虽说在道德上没有做过多么怯懦的事，但是胆小怕事的毛病总是不能根除。

他订阅了一本通俗的外国杂志，其中有一期里登出了一篇题为《登山事故》的文章，令他惊骇不已。文中举了很多攀登高山的冒险家的失败例子。有一个人在登山途中遇到雪崩而下落不明，不料四十年后，竟然在冰川断面发现了他的遗骨。还有四个登山者，在翻越悬崖中途的一块凸出的大岩石时，像猴子似的一个踩着一个肩膀叠加上去，当最上面的一个人刚要够到岩石边缘的一刹那，那块大石头崩塌下来，系在腰上的绳子也断了，上面的三个人叠在一起，从第四个人身旁，头朝下坠入了看不见底的深谷。诸如此类的事件记载了很多，文章中有一张插图，有两三个登山者，像蝙蝠似的紧贴在砖墙般陡峭的山崖上。代助看着插图中那悬崖旁的空白，不由自主地将此处想象成广袤的天空或是万丈深渊，因恐惧而头晕目眩起来。

代助明白，在当今的道德舆论里，自己处于和这些攀登者同样的地位。然而一旦身临其境，竟一点儿也不感到害怕了。倒是因胆怯而犹豫不决，对他来说，是数倍的痛苦。

代助想尽快见到父亲表明自己的态度。他生怕父亲出门，便在三千代来访的第二天，又打电话打听父亲何时方便，得到的回答是父亲不在家。次日，他又往家里打电话，这回说是父亲有事，没有时间见面。次日再打电话时，对方干脆告诉他，没有家里的通知，你不必过来。代助只好遵照父亲的命令，等候通知。在这期间，无论嫂子还是哥哥，都没有给他一点儿消息。起初代助猜测，这大概是家里人对他采取的缓兵之计，给他足够的时间，让他好好思考一下，倒也不以为然。一日三餐都吃得很香，夜里也可安然入梦。雨过天晴时，他还带着门野出去散了一两次步。可是，家里一直没有来人传达，也没有来信。代助就好比登山者攀登绝壁，半途因休息时间过长，渐渐不安起来。代助索性不请自来去了青山。哥哥照例不在家，嫂子见了代助，表情不大自然，但只字未提上次谈的那件事。她问明代助的来意后，就说了句“我到里面去看看父亲有没有时间”，站起身来。梅子的态度既像是为了庇护代助不受父亲的责骂，又像是在疏远他。代助判断不出来，心烦意乱地等着。在等待的时间里，他还嘀咕了好几遍“反正豁出去了”。

等了好半天，梅子才从里面出来，她看着代助，又不好意思地说：“父亲今天没有空啊。”代助只好问：“那我什么时候来为好呢？”他问话的样子很沮丧，全然不见原来的神气劲儿了。见代助这副样子，梅子不禁心软了。她要代助先回去，说最近两三天里，她保证等父亲有空的时候一定通知他，今天先回去吧。代助走出玄关时，梅子特地送他出来，提醒他说：

“你这回可要好好考虑呀。”代助没有回应，走出了大门。

归途中，代助心里很不痛快。前几日见到三千代后才体会到的平和心境，被父亲和哥嫂的态度破坏了。一路上，他越想越憋气。我会把自己的想法如实地告诉父亲，父亲也会把他的打算无所顾忌地对我说出，于是父子发生冲突，无论是什么结果，自己都要勇于承担下来。代助原来是这样设想的。可是，现在父亲的态度比他设想的更不乐观，父亲这种态度反映出父亲的为人，代助愈加感到不快。

代助转念一想，自己何苦这般急于和父亲见面呢？既然是回复父亲提出的相亲之事，父亲应该更急于等着我的回复才是。而父亲这样拖延见面时间，故意回避自己，只能将他要求解决的问题向后推迟，除此之外没有其他后果。对于自己未来的主要部分，代助已经安排好了。他决定在父亲通知他去本家之前，就采取听之任之的态度。

他回到住处后，对于父亲，他头脑里只留下了令人不快的灰暗影像，这影像在不久的将来，肯定会越来越暗下去的。除了暗影之外，在他的面前有两条命运之流，一条指明了他和三千代今后将顺流而去的方向，另一条河流充满了必将把自己和平冈卷入旋涡的滔天巨浪。自从前几天见过三千代之后，其中一条已被排除了。即便现在去见三千代——虽然他不觉得两人分别很久了——关于两人今后的生活应该采取什么方针，也没有想好能够从现状迈出一步的主意。对这个问题，代助自己并没有明确的设想。至于将他和平冈连接在一起的那条命运，他也只能说做好了随时随地去应对的准备。当然，他是打算见机行事，积极地去解决问题的。然而他并没有制定一个具体的方案。他发誓“在任何场合，都不会把事情搞糟”，是指把一切对平冈和盘托出而言的。因此，由他和平冈两人共同构成的命运之流是黑暗可怕的。他最担心的，就是怎样才能把三千代从这场狂风暴雨中拯救出来的问题。

最后就是环绕自己周围的密不透风的社会，代助对此从来没有认真思考过。他相信，社会的确拥有审判的权利，然而一切行为和动机的权利，除了出自于自己的天分之外没有别的途径。他觉得在这一点上，社会同个人之间应该是互不干涉，并行不悖的。

代助站在自己狭小世界的中心，这样观察着这个世界，将这二者的关系在脑子里整理了一遍之后，说道：

“就这样吧。”便又出了家门。他走了一两百米，来到人力车出租车场，挑了一辆又好看速度又快的车子窜了上去。他自己也不知道要去哪里，随口说了些街名，瞎转了两个小时左右又回了家。

第二天，他仍旧在书房里，同前一天一样，站在自己世界的中心，前前后后细细回顾了一遍后，说了声“好了”，又走出去了。这回没有叫车，无所事事地走了走就回来了。

第三天还是这样。不过这回他走出家门，就立刻过了江户川，直奔三千代家。三千代仿佛和代助之间什么事也不曾发生过似的，问道：

“为什么从上次会面后，就一直没有来呢？”

代助反倒被她这坦然的态度给惊到了。三千代特地把放在平冈桌前的坐垫推到代助面前，让他坐下，问道：

“你怎么这样心神不定呢？”

二人聊了一个小时，代助的头脑逐渐冷静下来。他想，与其坐着车子漫无目的地闲逛，真不如早些来她这里坐坐，三十分钟也好啊。临走时，代助宽慰三千代说：

“我还会来的。不要紧的，你放宽心吧。”三千代只是微笑了一下。

那天晚上，代助才接到父亲的通知。当时，他正在阿婆的服侍下吃晚饭。代助把碗往餐盘里一放，从门野手中接过信一看，上面写着明早务必在几点之前过来。

“怎么跟官府下发公文似的呀。”代助一边说，一边特地给门野看了看明信片。

“是青山家里寄来的吗？”门野仔细瞧了瞧，觉得没的可说，就把明信片翻过来看背面。

“真是佩服啊，老人家的字写得就是好。”门野恭维了一句，就出去了。阿婆刚才就絮絮叨叨地说着有关黄道吉日那一套。什么“水之兄[①]”“金之弟[②]”啦，什么“八朔”“友引”啦，什么“宜剪指甲”“动工吉日”啦等等，都是些颇烦琐的东西。代助自然是心不在焉地听着。之后阿婆又拜托代助为门野谋个差事：“哪怕每月就十五元也行啊，帮他找个什么地方吧。”代助也没往心里去，不记得自己如何回答她的，心里说，连我自己的事都岌岌可危呢，哪里有心思顾及门野呢！

刚吃完饭，寺尾从本乡来访了。代助瞧着门野，犹豫不决。

“那就不见了？”门野不过脑子地问。

最近以来，代助竟然罕见地缺席了一两次聚会，甚至谢绝

---

① 即壬日，十干第九。
② 即辛日，十干第八。

过两次觉得见不见两可的来客。

代助最终还是见了寺尾。寺尾像以往那样，两眼充血，似乎遇到什么难题了。看到他这副样子，代助不忍心像以前一样嘲讽个没完了。不管是做翻译，还是做改编，只要还活着，他就要一直努力干下去，所以比起自己来，寺尾更像是社会的好孩子。倘若自己落魄了，处于和寺尾同样的境遇时，可以坚持多久呢？想到这里，代助不由怜悯起自己来。况且，代助知道用不了多久，自己就会比寺尾还要落魄的，这就如尚未发生但终会发生的事实般摆在面前，因此自己不能以轻蔑的态度对待寺尾。

寺尾说，上次翻译的文章，好容易在月底之前才完成，可是，书店说，由于安排不过来，要推迟到秋天才能出版。结果自己付出的辛苦不能马上兑换为金钱，万般无奈才来找代助的。代助问他："难道你没有和书店签好合同就翻译了？"听他的意思，似乎也不完全是这样，可又不说"是书店方面根本不遵守合同"这句话。总之，寺尾没有把话说清楚，代助只能确定寺尾现在很发愁。不过寺尾已经习惯了此类变故，并没有因为对方不守信用而牢骚满腹。他所说的"不像话""岂有此理"等等只限于口头上出出气而已，内心的担忧似乎都集中在了吃饭的问题上。

代助很同情他，拿出一些钱给他，以解燃眉之急。寺尾道了谢，就回去了。临走之前告诉代助，其实他跟书店也预支了一些钱，可早就花光了。寺尾走后，代助心想，像寺尾这样的人，也是一种人格。只不过像自己这样舒服地生活，是绝对不可能的。如今的所谓文坛，需要这样的人格，并且自然而然地产生出来，这不正说明当今的文坛，是在可悲的境况下苟延残喘吗？想到这儿，代助不禁有些茫然。

那天晚上，代助为自己的前途深深忧虑了。如果父亲切断了生活供给的路，自己究竟有没有决心当第二个寺尾呢？他对此抱有怀疑。若是连寺尾那样靠舞文弄墨为生都做不到的话，自己也只有饿死了。若不靠笔墨吃饭，自己还有其他什么本事吗？

代助不时睁开眼睛，望着放在蚊帐外面的油灯。半夜里翻来覆去睡不着，索性擦着火柴点上了一支香烟。其实也不至于闷热得无法入睡。听见雨又哗哗地下起来，代助打算借这雨声催眠，可是又被雨声惊醒。就这样半睡半醒地熬到了天亮。

到了规定的时间，代助出了门。他穿着高齿木屐，拿着雨伞，上了电车。但是车厢一侧的窗户都关着，却挤满了抓着吊环站着的乘客，所以不大工夫，代助就感到一阵恶心，头也昏沉起来了。他觉得这可能是睡眠不足引起的，便从人缝中费力地伸出手去，打开了自己身后的那扇窗户。雨点一股脑儿地吹到了他的领口、帽子上。过了两三分钟，他注意到旁边的人露出不高兴的神色，又把玻璃窗关上了。打到玻璃上的雨珠，使得窗外的景色看上去有些变形。代助扭回头看着窗外，不住地揉自己的眼睛。可是不管揉多少遍，也没有看出世界的模样有所变化。当他斜着身子，透过玻璃眺望远方时，更是一片朦胧了。

到了弁庆桥，换乘别的车之后，乘客少了，雨也小了。代助可以不用回头地眺望这个雨中世界了。然而，父亲不悦的脸，一直变换表情刺激着他的脑子。甚至想象中的父子对话，都清晰地在他的耳朵里回响。

代助进了玄关，还未走进里屋，照例先见到了嫂子。

“这天儿可真是的，阴沉沉的。”嫂子亲热地亲自给他倒茶，代助可没有心情喝。

“父亲在等我呢，我先过去说完了事再喝吧。”他站起身来。嫂子显得有些不安，对他说：

“阿代，可能的话，不要让老人家为你太担心啊。父亲这么大年纪，也没有多少年啦。”

从梅子嘴里听到这样伤感的话还是第一次，代助就像突然掉进了冰窟窿。

父亲正低着头，面前放着烟具匣。听到了代助的脚步声，也没有抬头。代助来到父亲跟前，恭敬地行了礼。本以为会看到父亲严厉的目光，不料父亲的表情很平和。

“下这么大的雨，还让你来一趟。”父亲关心地对他说。

这时代助仔细一看，发现父亲的脸颊突然间消瘦了好多，以前那么丰满的两腮，一下子变成这样，代助自然一眼就看出来了，不禁问道：

“您哪里不舒服吗？”

父亲的脸上只是闪过一缕亲切的微笑，没有露出让代助担心的神色来。但是，说了一会儿话后，父亲忽然说：

“我也上了年纪啦。”

父亲的语调听起来和平常大不一样，代助愈加明白了前日嫂子那句话的含意。

父亲告诉代助，因为上了年纪，身体不支了，打算以此为由近期退出实业界。但是，现在由于受到日俄战争后工商业急剧发展的反作用，自己经营的公司处于最不景气的低点，不设法渡过这一难关，就难免不受到逃避责任的非难。因此，眼下只好硬着头皮扛着。父亲说得很详细，代助听了，觉得很有道理。

父亲诉说了一个普通实业家所面临的困难、危险和麻烦，以及作为当事人，由此产生的苦恼和精神紧张的可怕。最后说道，别看乡下的大地主土气，其实比我们的实力雄厚多了。父亲以这种对比为依据，力图再次促成这门婚姻。

“咱家有了这样一门亲戚，可就方便多啦！再说眼下也着实需要啊。”父亲说道。代助对于父亲提出的这桩企图过于露骨的家族联姻，并不特别吃惊，因为他从一开始就不欣赏父亲的做法。在这最后的会面中，见父亲终于摘下了假面，他反而感到很痛快。代助知道，自己实际上也是个能够接受这种性质的婚姻的人。

代助此时对父亲产生了从未有过的同情。父亲的表情和声音，试图打动代助的努力，这一切都让他感到了衰老的可怜。代助不认为这也是父亲的策略之一。他很想向父亲表示：“我怎么都可以，就按照父亲的意愿办吧。”

然而，代助已经见过了三千代，事到如今，他实难满足父亲的愿望，尽孝子之道了。他原本就是个不偏不倚的人，对于任何人的命令，他都不曾百分之百地服从过，同样，对于别人的意见，他也从未明确地反对过。分析起来，代助的做法，既可看作足智多谋，又可说是天性中庸。即便是他本人，无论听到何种评价，也不能不在心里琢磨“说的也是啊”。其主要原因，并非什么谋略，也不是中庸，毋宁说是他长着两只灵活的眼睛，具有同时观察两方面的优势。正因他具有这样的能力，以往那种看准目标一往无前的勇气受了挫，屡屡不即不离地踯躅于现状。这种维持现状的表现，并非因为于对事物缺乏思考，反而出自于明晰的判断，这一点，他也是在毅然按照自己的信条去行动时，方才深切认识到的。对三千代表明心迹，即是最好的例子。

代助没有想到，自己能够对三千代坦白一切，在父亲面前却连一个字也未吐出来。同时，他也从心底里同情父亲。依代助的性格，在这种时候会采取什么对策，是不言自明的。当然是为了父亲满意，不惜切断和三千代的关系，答应这门亲事。代助能够这样来调和双方，以不偏不倚的中庸之道，不慌不忙地往前走，是轻而易举的事。但是，现在的代助，已经与往日的他有所不同了。让他再次将半个身子挺出圈子外，同其他人握手交好，为时已晚了。他明白自己对三千代的责任就是如此深重。他的信念一半来自头脑的判断，一半来自内心的憧憬。这二者如狂涛巨浪一般支配了他。代助仿佛换了个人似的站在父亲面前。

代助仍旧像平素那样，尽量少说话。在父亲看来，代助还是以往的代助，没有什么改变。代助却对父亲的变化感到惊讶。代助推测，父亲近来几次找借口不见自己，是因为担忧自己会违背他的意志，而故意拖延的。代助早做好了心理准备，今天见面，父亲准不会给他好脸儿，搞不好一开口就是一顿训斥。代助宁愿挨父亲一顿训呢。其原因之一是，借着自己对父亲发怒产生的反抗心理给自己壮胆，干脆地把亲事推掉。但令他苦恼的是，父亲的表情，父亲的言谈，父亲的主张，全都与他的预料相反，这会削弱自己的决心。但是，就连克服这种苦恼的决心，他都已经做好了。

“父亲的教诲，每一句都很有道理，只是，我实在没有承诺婚姻的勇气，除了拒绝，没有别的办法。”代助终于说了出来，此时，父亲只是默默地看着他。

“这事需要什么勇气吗？”过了一会儿，父亲说道，把烟袋扔在铺席上。代助盯着自己的膝盖，默不作声。

“你对她不中意吗？”父亲又问。

代助仍然没有回答。时至今日，有关自己的心事，代助就连四分之一都没有对父亲诉说过，所以才能与父亲好歹维持着和平的关系。唯独三千代这件事，他从一开始就不想瞒着父亲。代助不喜欢耍手段，躲避必然会降临自己身上的结果，那是卑怯的。他从来没有对父亲提起三千代的名字，只是觉得还不到坦白的时候而已。

“好吧，那就随便你了。”最后，父亲阴沉着脸说。

代助心里也不愉快，又无计可施，只好向父亲行了礼，准备离开。这时，父亲又叫住他说道：

“那么以后我也就不再接济你啦。”

代助回到会客间后，梅子迫不及待地问他：“怎么样啦？”

代助不知该如何作答。

16

第二天早上睡醒后，代助的耳朵里仍然回响着昨天父亲最后说的那句话。从前前后后的情况分析，这句话里附加了比父亲平日任何一句话都要重的分量。至少自己有必要做好心理准备，从父亲那里获得的物质上的供给已经断了。代助最惧怕的时期正在逼近。为了取得父亲的谅解，即便回绝了这门亲事，也不能拒绝和其他女人结婚。即便终身不娶，也必须慷慨陈词，举出足够说服父亲的理由才行。对代助来说，这二者自己都做不到的。在这些触及父亲人生哲学之本的问题上，想要欺瞒父亲更是奢望。代助回想昨日和父亲的见面，觉得一切都是按照自己选择的方向推进的。然而，他感到了恐惧。仿佛自己制造出顺应自然的因果，却背负着这因果的压力，被人推到悬崖边上了。

他考虑，首先必须找到一个工作。可是在他脑子里，只有

“职业”这个词，并没有什么具象的形态。迄今为止，他对任何职业都不感兴趣。结果，不论考虑什么职业，也只是浮皮潦草地滑过去，不能深入进去，从内部好好思考。在代助眼中，这人世间有如色彩纷呈的平面图，唯独自己是不带有任何色彩的。

遍观所有的职业之后，他的目光停留在了流浪者的身上。他分明从徘徊于人与狗之间的乞丐群中，看到了自己的身影。生活的堕落将会扼杀精神的自由，这一点是最令代助痛苦的。当他想到，在自己的肉体上涂满了种种污秽之后，自己的心理状态将会落魄到何等地步时，代助不禁浑身一哆嗦。

他不得不在这落魄之时，将三千代和自己的命运捆绑在一起了。三千代从精神上来说，已经不属于平冈了。代助决心至死都要对她负起责任。可是，如今他深深意识到，有相当社会地位之人的薄情，与极其落魄之人表现出的亲切，从结果来说，没有多大的差别。所谓至死都对三千代负有责任，只意味着有负责的目的而已，并不等于已经负了责。代助如同一个害着白内障的患者，茫然自失了。

他又去看望了三千代。三千代和前天一样平静似水。她满面生辉，笑脸相迎，春风肆意抚弄着她的柳眉。代助明白，三千代全身心地信赖着自己。从她的眼神里确认了这一点时，无尽的爱怜和同情一股脑儿涌上了代助的心头。代助暗骂自己简直是个混蛋。事先想好的话，一句也说不出来了。临别时，他说：

“什么时候，抽空到我家来吧。”

“好的。”三千代微笑着点点头。代助感受到被人抽打般的痛苦。

前几次，代助去看望三千代时，即便心里不快，也不得不挑选平冈不在家的时候去。起初他并没多想，最近与其说是不快，不如说越来越感觉难为情了。代助担心，总是赶在平冈不在家的时候来访，时间长了，会引起女佣的疑心。也许是心里有鬼吧，就连女佣送茶来的时候，代助都觉得她好像在用怀疑的目光打量自己，很不自在。三千代却是一副若无其事的表情，至少看上去很平静。

对于三千代和平冈之间的关系，代助没有机会详细了解。偶尔不经意地问上几句，三千代也并不作答，只是默默地瞧着代助的脸，仿佛只要这样望着代助，她便会沉醉于这短暂的喜悦之中乃是很自然的事。她似乎并不担心环绕四周的乌云，会不会向自己步步逼近。不知她心里是怎么想的，至少在代助面前丝毫没有表现出来。三千代本来是个十分敏感的女人。代助总觉得她这两天的态度，不是在做戏给自己看。他只能理解为，与其说三千代的处境还不到多么险恶的程度，莫如说自己的责任更重了。

“我有话还想对你说，你回头到我家来一趟吧。”代助比刚才稍认真地说完，和三千代告了别。

直到两天后三千代来访时，代助一直没有想出任何新的思路来。他脑子里深深刻印着“职业”这两个楷书大字。好容易摆脱了这个念头时，父亲断绝生活费的事又跳出来作乱。这个忧虑刚刚隐匿，对三千代未来的思虑又掀起汹涌浪涛。代助的头脑里盘旋着不安的旋风。上面三件事犹如螺旋形图案，一刻不停地在他眼前旋转，最后他的周遭也都跟着旋转起来。他就好比坐在船上的人一样，置身于旋转的头脑和旋转的世界之中，依然故我，平稳如常。

青山那边一直没有任何消息，这也是代助意料之中的。他只好整天和门野胡扯八扯地打发时间。天儿这么热，那门野恰好无事可做，正闲得难受，也乐得顺着代助的意思，说东说西起来。终于也有聊累的时候，于是门野就会提议：

“先生，下一盘将棋[①]，可好？”

到了傍晚，两人常常光着脚，每人提着一个水桶在院子里到处洒水。门野说：“瞧我把水泼到邻居梧桐树尖上去。”刚刚掲起水桶底，脚下一滑，摔了个屁股蹾儿。白粉草在墙根开出了花朵，洗手盆背阴里的秋海棠叶子长大了好多。梅雨渐渐过去了。白天，一堆堆白云如峰般在空中簇拥，灼热的太阳仿佛烤透了整个太空，将天上的炎热辐射在大地上。

入夜后，代助总是瞪着眼睛眺望头上的星空，熬到天明便进入书房。这两三天来，他能一大早听到蝉鸣了。他时而去浴室，用冷水冲冲脑袋。

“这天儿可真热呀。”门野总是不失时机地边说边走进书房来。这两天代助就是这样在无所事事中度过的。第三天正当午，他从书房里凝望着明亮耀眼的天空，嗅到由天上喷吐下来

---

① 又称日本象棋，一种流行于日本的棋盘游戏。

的暑气时，突然害怕起来。因为他想到，自己的心灵正承受着这酷热的气候造成的永久的变化。

三千代冒着酷热，按照前天的约定来了。代助一听到女人说话声，就飞奔到了玄关。三千代合上伞，夹着小包袱，站在格子门外。看样子，她是穿着便装出门的，正从朴素的白底夏日和服的袖口掏出手帕来。代助一看到她，就感到命运已经把三千代的未来切断，有意摆在了自己面前似的。代助不由得笑道：

“看你这样子，怎么就像要跟人私奔呀。”

三千代很平静地认真回答：

“不趁着出来买东西，顺道来你这儿，怎么能行啊。”

然后跟着代助走进房间里。代助立刻递给她一把团扇。三千代的脸蛋被太阳晒得红扑扑的，往日疲倦之色全然不见了。她的眼睛里闪动着青春的光泽。代助让自己陶醉在这鲜活生动的美色之中，忘掉世间的一切。然而，当他意识到不知不觉间正在毁掉这美色的人就是自己时，不禁悲从中来。毋庸置疑，今天自己也是为了将这美色遮蔽一部分，而把三千代请来的。

代助好几次想说出自己的想法，却踌躇不决。因为让面前的这位沉浸在幸福中的年轻女子忧心，哪怕是使她皱一下眉头，代助都觉得是非常不道德的。如果没有对三千代承担义务之心在胸中猛烈翻腾，或许他不会把以后的打算向她和盘托出，而只是在同一间屋子里，再重复一遍上次的告白，忘却一切地沉浸在单纯的爱的愉悦中。

“后来你和平冈的关系没有什么变化吗？”

代助终于问了出来。听到代助这样问， 三千代仍旧满脸幸福。

“有变化，我也无所谓。”

“你这样相信我吗？”

“要是不相信你，我怎么会跟你这样见面呢？”

代助将视线投向远方刺眼而炙热的镜子般的天空。

“我不配得到你这样的信任。”他苦笑着回答，脑子里热烘烘，犹如开着烘干炉。然而，三千代对他的话好像并不在意，连“为什么这么说”都没有问，只是故作吃惊地“哟”了一声。代助此时认真起来。

“我向你坦白，说实话，我这个人其实并不见得比平冈君更可依靠。我怕你把我想得太好，索性全都说出来吧。”代助先这样开了头，接着就把自己和父亲到现在为止的关系，详细叙述了之后，说道：

“我的身份以后还不知道会怎么样呢。至少眼下还不能自立，连一半自立都不是，所以……”代助说到这里停住了。

“所以什么呢？”

“所以，我担心不能对你负起我应尽的责任。”

“责任？什么责任？你再说清楚一些，不然我听不明白。”

代助向来对于物质生活条件看得很重，只知道贫苦不能使自己所爱的人得到满足。所以他认为富足乃是对三千代的责任之一，除此之外，他并没有其他明确的概念。

“这不是道德上的责任，而是物质上的责任。”

“我并不贪图这些东西。”

“虽说不贪图，却是必不可少的。无论将来我与你的关系发展到哪一步，我都要承担你生活花费的一半。”

“什么承担不承担的，事到如今，考虑这些也没什么意义呀。”

“嘴上可以这样说，但到了实际生活中，肯定是个问题。”

三千代的脸色有些不悦了。

“刚才听了你父亲的话，这个结果不是预料之中的吗？我以为，对这个结果你早就心里有数呢。”

代助没有回答，他抱着脑袋自言自语道：

“我的脑袋不知怎么搞的。”

三千代眼里浮出泪花，说：

“如果你介意这个，就不要搭理我了。同你父亲言归于好，还像从前那样乖顺，不就好了吗？”

代助猛地握住三千代的手腕，用力摇着说：

“要是真想那样，我一开始就不用担心什么了。我只是感到对不起你，向你道歉的？”

“何必要道歉呢。”三千代声音颤抖地打断他的话，“这都是我造成的，怎么能让你道歉呢。”

三千代哭出声来。代助安慰地问：

“那么，你准备忍受贫苦吗？”

“不用什么忍受，都是应该的。”

“以后可能还会有变化的。”

“我知道会有的，不管发生什么变化我都无所谓。这些天来……这些天来我已经想好了，万一有什么不测，我就去死。”

代助不禁打了个寒战。问道：

“你对于未来抱有什么希望呢？”

“我没有什么希望，什么都听你的。”

“私奔……”

“私奔也可以啊。你叫我死，我就死。”

代助又打了一个寒战。

“如果维持现状呢？”

“维持现状也没关系啊。”

“平冈君难道一点儿都没有觉察吗？”

“他也许有所察觉，但是我已经豁出去了，没什么可怕的。就算被他杀死，我也不在乎。”

“什么寻死啦，被杀死的，你怎么能随便说出这种话来？”

“其实，就算什么也不做，我这身体也活不了多久啊。”

代助怔住了，惊惧地盯着三千代。三千代歇斯底里大发作似的，放声痛哭起来。

哭了一阵子后，她逐渐平静下来了，还原成了一位安静、优雅、美丽的女性，眉眼之间显得格外开朗。这时代助问道：

“我想单独去见见平冈君，解决这个问题，你看可以吗？”

“你要去跟他谈？能行吗？”三千代吃惊地问。

“我觉得应该可以的。”代助毫不犹豫地回答。

“好吧，我依着你。”三千代说。

“那就这样办吧。咱们两人欺瞒平冈君，终归不应该。我不过是想说服他面对这个事实。我还要就自己所做的错事，向他道歉，最终结果或许不会如我所愿，但是，不管与预想有多大的差距，我也不会闹出乱子来。总是这样悬而不决，咱们都痛苦，对平冈君也不好。只是我这么不顾一切地摊牌之后，你会觉得无颜面对平冈君的。但是，要说无颜面对，我还不是一样。倘若对自己的所作所为，无论多么无脸见人，也要负起道义上的责任来的话，哪怕得不到任何利益，我也必须把咱们俩的事告诉平冈君。况且，以眼下的局面，是事关今后如何解决问题的告白，我就更有必要去见他了。”

“我都明白了。反正我已经打定主意了，一旦有什么事，我就一死了之。”

“乱说什么呢？即便是死，也还远着呢。再说，果真那样危险的话，我又何必去找平冈君把事情挑明呢？”

三千代又哭起来。

“我会向他好好谢罪的。”代助安慰道。

直到太阳西斜之时，代助才让三千代回去。他没有像以前那样送她，坐在书房里，足足听了一个小时的蝉鸣。今天见了三千代，说出了自己对未来的设想，他感到爽快极了。代助拿起笔，想给平冈写封信，跟他约个时间见面，又突然因身负重任而倍感压力，只写了“敬启”两个字，就没有勇气写下去了。他猛然站起来，穿着衬衣，光着脚跳到了院子里。三千代回去的时候，正呼呼睡午觉的门野，听见动静，两只手摁着光头，出现在檐廊边上。

“时间还早呢，太阳这么毒。”

代助没有理他，钻到庭院的角落里，把落在地上的竹叶往前扫起来。门野也只好脱掉和服下到院子里。

院落虽然狭小，但地面都干透了，为了把院子浇透，花了半天工夫。代助说胳膊痛，胡乱擦了擦脚，就上了檐廊，坐在廊缘上抽烟休息时，门野见他这副样子，就站在院子里开玩笑说：“先生，是不是心跳又加快了？”

晚上，代助带着门野到神乐坂去赶庙会，买回两三盆秋草，摆在露水屋檐下外边。仰望黑幽幽的天穹上，繁星满天，闪闪烁烁。

这天夜晚，代助特意没有关上雨窗就睡了。他脑子里根本没有不安全的意识。他熄灭油灯，独自躺在蚊帐里，从黑暗中窥探外面的夜空。白天里的事又清晰地浮现在脑海里。一想到再有两三天的时间，事情就可以彻底解决了，他的心就不由得怦怦直跳。他不知不觉地被吸入广阔的天空和无边的梦境里去了。

第二天早晨，代助下决心给平冈写了信，只写了“我有些话要跟你单独聊聊，请告知何时方便，我什么时候都可以”这几行字，特意封上了信封，当代助贴上红色邮票时，有种即将陷入不景气之际，把股票抛给了对方的感觉。他叫门野把这个命运的特使投进邮筒里。代助把信交给门野的时候，手指在微微抖动，递给门野之后，他反倒茫然自失了。回想三年前，自己在三千代和平冈之间，为他们拉线的情景，就像做了一场梦。

第二天，代助一整天都盼着平冈的回信，第三天也是一天没有出门，坐等消息。三四天过去了，平冈那边仍然没有一点儿音讯。这几天当中，恰逢每月到青山家里领取生活费的日子。代助的钱袋已经瘪瘪的了，从上次见过父亲以后，他就做好了再也不要家中补贴的心理准备。现在更不好意思厚着脸皮去了。不过他并不怎么犯愁，反正卖些书籍和衣物，至少可以对付它两三个月。他打算等事情有了着落之后，再慢慢寻个职业。在还未体验过"人不是那么容易饿死的。总会有办法的"这句老话的真理之前，代助就一向深信不疑了。

到了第五天，代助冒着暑热，乘电车到平冈的报社去了，才知道平冈有两三天没来上班了。代助走到门外，抬头仰望编辑部脏兮兮的窗户，忽然想起应该打个电话核实一下。他甚至怀疑起了那封信是否送到了平冈的手里。因为代助是特意把那封信寄到报社去的。回家的路上，代助绕路去了神田，告诉经常光顾的旧书店，说自己家里有些用不着的书籍要卖，请他们来家里一趟。

这天晚上，代助连洒水的精神头都没有了，呆呆地瞧着穿着白色网眼衬衣的门野干活儿。

"先生今天累了吗？"门野一边拎着哗啦哗啦作响的水桶，一边问道。

代助心里充满不安，没有好好回答。吃晚饭的时候，也是食不甘味，胡乱扒拉几口吞下肚子，就放下筷子，叫门野过来。

“你到平冈家去一趟，问问他那封信收到了没有。如果收到了，就说请他给个口信，说了什么回来告诉我。”

代助还是担心门野办事毛躁，又补上一句，前几天让他寄出的那封信，寄到报社了。

打发走门野之后，代助来到檐廊，坐在椅子上。门野回来时，他已吹灭了油灯，一动不动地坐在黑暗中。

“我回来了。”门野在黑暗中报告说，“平冈先生在家。他说信收到了，明天早晨过来。”

“是吗？辛苦你了。”代助答道。

“他还说，按说该早些来的，因为家里有病人，所以迟迟不能来。他说请您见谅。”

“病人？”代助不由得反问道。

“是，好像是他的夫人病了。”

黑暗中，代助只能看见门野穿着白色夏日和服。夜晚的光亮照不清楚两个人的脸。代助两手紧紧抓住藤椅的扶手。

“病得严重吗？”代助厉声询问。

“什么情况我不清楚，好像病得不轻吧。不过，既然平冈先生明天能来，说明夫人的病不要紧了吧。”

代助稍稍放了心。

“是什么病呢？”

“我忘了问了。”

两人的对话到此为止。门野沿着黑暗的檐廊走回自己屋里去了。代助静静地听着，不一会儿，响起了煤油灯盖压在玻璃罩上发出的声音，说明门野已经点上了油灯。

代助仍然呆呆地坐在夜幕中。身体虽然一动不动，心中却在翻江倒海。抓着椅子扶手的手被汗濡湿了。代助又拍拍手招呼门野。于是，门野身着那件朦胧不清的白衣，又从檐廊那头出现了。

“先生还坐在这儿呀，要不要点上灯？”

代助说“不用点灯”，再次向门野问起三千代的病情来。有没有护士陪护？平冈的表情怎样？没有去报社上班是因为妻子生病还是因为别的事？凡是能想到的，代助都问了。但是，门野的回答不过是把刚才的话再重复一遍，或者随口猜测两句。即便这样，代助感觉也比独自一人闷坐要好受一些。

临睡前，门野从夜间信箱取出一封信件送过来。代助在黑暗中接过来，并不拆开看。

“好像是您府上来的，我去端油灯来吧。”门野提醒他还是看看。

代助这才叫门野把油灯拿进书房来，在油灯下拆开了信封。原来是梅子写给自己的一封长长的信。

最近以来，为了相亲的事，想来你也很烦恼吧？家里这边父亲且不说，你哥哥和我也都没少劳神费心。可是，事与愿违，上次你回来时，终于断然拒绝了父亲的安排，实在是叫人遗憾，事已至此，大家也只好放弃了。可是当时父亲很恼火，发话说你的事他再也不管了，你自己看着办。后来我才了解父亲为什么这样说。我猜想，从那以来，你就没有回家，全是因为这个吧。我以为到了每月领钱的日子你或许会来的，你也没有来，我就担心起来。父亲说："不要管他！"你哥哥照例是不当回事，说："他要是没钱花了，过不了多久就会来的，到时候叫他向父亲道个歉就是了。如果他不来，我就去好好开导开导他。"但是关于结婚的事，我们三个都放弃了，所以，不会为这个事再让你心烦了。

只是父亲还未消气，依我看，眼下想恢复到原来那样，恐怕有困难。考虑到这一层，你不回家或许对你有利些。只是担心每月的生活费怎么交给你。以你的个性，眼下恐怕不会为了取钱而主动回来。一想到这个，我就好像看见你捉襟见肘的困窘，真是可怜。所以，我做主把这个月的生活费给你寄来，你收下这些钱，尽量坚持到下个月。过些天，父亲的气也就消得差不多了。我再让你哥为你说说好话，瞅机会我也帮你跟父亲赔个不是，在那之前，你还是先不要回家……

后面还有好长的话，女人家就是爱啰唆。代助抽出塞在信封里面的支票，又仔细读了一遍信，然后小心地把它原样叠好装进信封。对嫂子再次表示了无言的感谢。落款"梅子"两个字，写得稍嫌笨拙，但信的文体，采用了白话文，这是听从了代助以前的建议。

代助仍目不转睛地盯着放在油灯前的信封，自己陈旧的生命又延长了一个月。对于迟早有一天要让自己脱胎换骨的代助来说，嫂子的一片好心虽值得感恩，也徒然消磨自己的意志。不过，在同平冈解决此事之前，代助还无意为了面包去工作，因此，嫂子的礼物对于此刻的他来说，如同粮食一样尤为宝贵。

这天晚上，代助也是在钻进蚊帐前，吹熄了油灯。挡雨窗是门野过来关上的，也不说一声窗户有毛病就走了。透过玻璃门，看得见外面的天空。从昨天晚上起，天就阴沉沉的。为了确认是不是阴天了，代助特意走到檐廊上，仰头朝屋檐外面望去，忽见一道闪光拖着长长的尾巴从空中划了过去。代助又掀起蚊帐钻了进去，可怎么也睡不着觉，啪哒啪哒一味扇着团扇。

跟家里的关系代助不太放在心上，找职业的事也只能走一步看一步了，只是三千代的病和得病原因，及其结果，令代助很伤脑筋。此外，他还漫然想象同平冈见面时，会出现的种种情形，这也相当刺激了他的脑子。平冈让门野带的话是“明天早晨九点左右，趁着天气不太热的时候前来拜访”。代助原本就不是个注重形式的人，比如见了平冈该怎样说开场白等等。想要说的事早已想好了，至于先后顺序，只能看当时双方谈话的情形而定，不足挂虑，他只想尽可能平和地将自己的所思所想，向对方和盘托出。为此，他希望克制过度的兴奋，睡一夜安生觉。尽管他合上眼皮，想好好睡一觉，眼睛偏偏特别清醒，比昨夜更难安眠。不觉间夏夜渐渐隐去，天色泛白了。代助再也躺不下去了，一骨碌爬起来，赤着脚跳下庭院，尽情地踩着冰凉的露水。然后又回到檐廊上，仰靠在藤椅里，等待日出时，困意袭来，打起了瞌睡。

门野揉着刚睡醒的眼睛，过来打开挡雨窗的时候，代助才从瞌睡中惊醒。只见世界的半边已经被火红的太阳照亮了。

“起得真早啊！”门野惊讶地说。

代助马上站起身到浴室去洗澡了。早饭没有吃，只喝了一杯红茶。看了报纸，却不知道刊登了些什么，边读边忘，最后读过的内容一股脑儿跑得没影了。他一心在惦记钟表走时呢。平冈还有两个多小时才到呢，代助琢磨该如何打发这段时间。枯坐干等肯定是不可能的，可又沉不下心来干点儿什么。他倒是巴不得能好好睡上两个小时，一觉醒来，平冈已经来到他面前了。

最后，他想做件什么事情，无意中看见了放在桌子上的梅子那封信。“对呀。”代助勉强自己坐到桌边，给嫂子写回信，表示感谢。他打算尽量写得客气一些。代助写完之后，装进信封，写好地址，一看表，仅仅用了十五分钟。代助坐在铺席上，不平静的眼睛出神地凝视着空中，头脑里好像在努力思考着什么。忽然，他站了起来。

“平冈要是来了，就告诉他我马上回来，请他稍等一下。”代助对门野说完，就走出了家门。大太阳从正面直射下来，他只觉得脸上烤得慌。代助一边走一边不停地挑动着眼眉，他走进牛込城门，穿过饭田町，走到九段坂下，来到昨天去过的那家旧书店，对店员说：

“昨天我跟贵店打过招呼，说有些不要的书，请你们来收购，但是由于一些原因，暂时不变卖了，特来告诉你们。”

代助回家时，因为天气太热，便乘电车绕到饭田桥，然后从卸货场斜插过去，来到毗沙门寺院前面。

回到家时，代助看到家门口停着一辆人力车，玄关里摆放着一双鞋，不等门野告知，代助就知道是平冈来了。他擦了擦汗，换上刚洗过的夏日和服，来到会客间。

“啊，你有事出去啦。”平冈开口道。他照例穿着西服，热得直扇扇子。

“不好意思，大热天的，还让你过来……”代助也不由自主地先说了几句客套话。

两人先聊了一会儿天气。代助本想马上打听三千代的情况，可不知怎么，总觉得开不了口。一般的客套过后，邀请一方先进入正题，也是名正言顺的。

“我听说三千代病了？”

“嗯，所以我请了两三天假，结果连给你回信的事也忘得一干二净了。”

“这倒无妨，三千代的病严重吗？”

平冈无法用一句话概括，便简略地说了大致情况，大意是，虽说眼下还不至于有什么危险，但绝不等于病情很轻。

前几天，正值酷暑，三千代借口去神乐坂买东西，顺便来见代助。第二天早上，她侍候去上班的平冈时，手里拿着丈夫的领带，突然昏倒了。平冈吃了一惊，顾不得打理自己，一心照看起三千代来。过了十分钟后，三千代说：“我不要紧了，你快去上班吧。”嘴角还露出微笑。她虽然躺到床上，看样子倒还不让人担心，平冈就叮嘱她：“万一感觉不舒服，就叫医生来，必要时，给报社打电话。”说完就上班去了。当晚，平冈回来得很晚。三千代说不太舒服，就先睡了。平冈问她“哪里不舒服”，她也不说明。第二天早晨起来一看，三千代的脸色非常难看。平冈大为吃惊，赶紧请来了医生。医生听了三千代的心跳后，皱起了眉头，说：“昏倒是因贫血造成的。”还提醒他们，“三千代得了相当严重的神经衰弱症。”从那天起，平冈就跟报社请了假。三千代劝说平冈：“我不要紧的，你去上班吧。”平冈没有听，在家照料妻子。第二天晚上，三千代流着眼泪，告诉丈夫：“有一件事务必请你原谅，你到代助那里去一趟就一切都清楚了。”起初，平冈没有把三千代的话放在心上。他以为是三千代的脑子病糊涂了，便轻松地说“好的好的”，来安慰她。谁知第三天，三千代又重复了一遍这句话，平冈方才从三千代的话里听出了某种含义。到了晚上，门野专门到小石川来，问他对代助的来信有什么回话。

“你今天找我来，和三千代说的事有什么关系吗？”平冈莫名其妙地看着代助。

平冈刚才的叙述，令代助深为感动，可此时听到他突然这样问，竟一时语塞。平冈的话既意外，又单纯，代助心头一紧，竟然少有的脸一红，低下头来。然而，当他重新抬起头来时，已恢复了平日落落大方的态度。

“三千代请你原谅的事，和我要对你说的事，恐怕有很大的关系，或者说就是同一件事。无论如何我也要对你说出来。因为我有义务告诉你，也请你看在咱们多年友谊的份儿上，爽快地让我尽了自己的义务吧。”

“什么事啊？这么一本正经的……”平冈此时才认真起来。

“我不愿意被你看成是为自己辩解，所以我想尽可能坦率地说出来。但是，由于事关重大，加上有违背世俗之嫌，万一中途你一激动而被打断，实在麻烦。因此，请你务必耐心地让我把话说完。”

“到底什么事啊，你要说的？”伴随着好奇，平冈的神情越来越严肃了。

“当然了，把要说的都说完之后，无论你说我什么，我也同样会耐心地听你讲到最后的。”

平冈一言未发，只是睁大眼睛，从眼镜片后面盯着代助的脸。外面骄阳似火，就连檐廊上都热烘烘的，但两人已将酷热置之度外了。

代助把声音压低了一些，详细讲述起来——从平冈夫妇到东京以后，自己和三千代的关系发生了怎样的变化，最终到了今天的程度。平冈紧闭着嘴唇，倾听着代助说的每个字每句话。代助用了一个多小时才把情况叙述完毕。其间回答了平冈提出的四次极为简单的问题。

“大体情况就是这样。”

代助这样结束了这番话，平冈以一声深深的叹息作了回答。代助感到非常难堪。

“从你的角度看，我背叛了你，认为我这种朋友是个混蛋吧？你这么想，我也无话可说，是我对不起你。”

“这么说，你觉得自己做的事很不应该了？”

“当然。”

“明知道不应该，还一步步发展到了今天吗？”平冈进一步问道，语气比刚才激烈了。

“是的，因此，在这件事上，我愿意接受你对我们的任何惩罚。刚才我只是把事实毫无保留地说出来，供你惩罚。”

平冈没有回答，过一会儿，他把脸凑近代助问：

“你以为这世上，还有办法可以挽回我被损害的名誉吗？”

这回代助没有回答。

“什么法律和社会的制裁，对我来说都毫无意义。”平冈又说。

“那么，你是问，在当事者范围内有没有恢复名誉的办法了？”

“是的。”

“让三千代回心转意，比原先更加倍地爱你，对我视同蛇蝎一般地憎恶，你可以多少得到补偿。”

“你有本事做到这一点吗？”

“没有。”代助断然回答。

“这么说，你明知做的是坏事，却任其发展到今天，进而遵循这缺德的方针，继续将其推到了极端，对吗？”

“或许是矛盾的，然而这是世人认可的夫妻关系，与自然形成的夫妻关系不一致的矛盾，也是无可奈何的事。因为你是世人认可的三千代的丈夫，我向你道歉。然而，对于自己的行为本身，我认为并没有什么矛盾或不正当的。”

“那么，”平冈稍稍提高了嗓门儿，“那么，你的意思是说，我们两个不能结成世人认可的夫妻关系了？”

代助带着同情而怜悯的目光望着平冈。平冈紧锁的眉头稍稍松开了些。

“平冈君，从社会来说，这是关系到男人脸面的大事件。因此，你为了维护自己的权利——即使你不是有意维护——内心也会这样怂恿你不自觉地奋起抗争，这是不言而喻的。不过，你能不能回到结婚之前的学生时代，再仔细听我说说好吗？”

平冈没有说话。代助稍微停顿了一下，吸了一口烟后，鼓起勇气静静地说：

“你并不爱三千代。”

“你也太……”

“太多嘴了，但我必须要说。我认为，解决这件事的关键，就是这个问题。”

“你就没有责任吗？”

“我爱三千代。”

“你有什么权力爱别人的妻子呢？”

“没办法。三千代在法律上是属于你的，但她是人，而不是物件，谁都不能占有她的心。除了她自己之外，谁也无权命令她该爱什么人，该如何去爱。即使做丈夫的也做不到这一点。因此，尽量不让妻子的爱情转移给别人，倒是作为丈夫的义务，你说呢？”

“即便我没有如你希望的那样爱三千代是事实，可是……”平冈极力控制着自己，紧紧攥着拳头说道。代助等待他把话说完。

“你还记得三年前的事吧？”平冈又换了话题。

“三年前，你同三千代结婚的时候？”

“是的，当时的情景你还记得吗？”

代助的记忆一下子飞回到了三年前。当年的情景如同照亮黑暗的火把般历历在目。

“是你劝说三千代嫁给我的。”

“是你对我坦白说想要娶她的。”

“这个我当然没有忘记，直到今天我都感谢你的厚谊呢。”

平冈说完，陷入了冥想。

“那是在咱们两个夜晚穿过上野，走到谷中去途中的事。刚下过雨，谷中的路很难走。咱们边走边聊，从博物馆前一直走到那座桥上时，你还为我流了眼泪。”

代助默然无话。

“我从来没有感到朋友这样可贵过。我太高兴了，竟然一夜无眠。那个夜晚明月高悬，我一直等到月亮看不见了。”

“那时我也很高兴。”

代助就像在梦里一样说，平冈猛然打断了他的话。

“那时你为什么为我哭泣呢？为什么发誓要说服三千代嫁

给我呢？既然会发生今天这种事，当初你为什么不嗤之以鼻，不予过问呢？我不记得做过什么对不起你的事，会受到你如此残酷的报复呀！”

平冈声音颤抖地说。代助苍白的额上渗出了汗珠，倾吐般地说道：

“平冈，我在你之前，就已经爱上三千代了！”

平冈茫然地望着代助痛苦的表情。

“当时的我，和现在的我有所不同，听了你的告白，我就想，即使牺牲自己的未来，也要满足你的愿望，这才是朋友的本分。我不该这样想。如果像现在这样成熟的话，还会多考虑考虑。可惜当时太年轻，太轻视自然规律了。每当想起这件事，我都非常后悔。这不光是为我自己，其实也是为你感到后悔。我真正感到对不起你的，并非现在的事，反倒是当时自己那心血来潮的侠义之心。请你原谅我吧！我已经受到了自然的惩罚，在你面前，向你低头谢罪！”

代助的泪水滴落在膝上，平冈的眼镜也模糊了。

“都是命运的安排，没有办法。”

平冈呻吟般说道，两个人终于直视对方了。

“对于以后你有什么打算，我想听听。”

“我是在你面前请求宽恕的人，没有说什么打算的权利。应当先听听你的想法。”代助说道。

“我什么想法也没有。”平冈抱着脑袋说。

“那我就说了，你能不能把三千代还给我呢？”代助毅然决然地提出来。

平冈把手放下来，让胳膊像一根棍儿一样倒在桌上，同时说出：

“好吧，还给你吧。”没等代助回应，他又重复道：“给你，可以给你，但不是现在。正如你猜想的那样，我或许不那么爱三千代，可是也不怎么厌恶她。三千代正病着，而且病得不轻。我不想把一个卧病在床的病人交给你。在她的病痊愈之前，我不能把她交给你，就是说在那之前，我还是她的丈夫，有照料妻子责任。”

“我向你谢罪，三千代也向你谢罪。在你眼中，我们二人都是不知羞耻的人，恐怕无论怎样谢罪，你也不会宽恕我们的——不过，她现在已经卧床不起了，所以……”

“这个我知道，你大概以为我会趁她得病，随意虐待她吧，我再怎么差劲儿，也做不出来呀。”

代助相信平冈的话，从心里感谢平冈。平冈接着说：

“既然发生了今天这种事，我作为她的合法丈夫，就不能再与你交往下去了。从今天开始，咱们就绝交了，你不要再来找我。”

“也只能如此了。”代助垂下了头。

“刚才说了，三千代病得不轻，今后会有什么变化不好说，你也很为她担心吧。但是，既然已经绝交，这也是不得已的。不管我在不在家，都请你不要到我家里去。”

“我知道了。”代助起身子说。他的面色越发苍白了。平冈站起身来。

“你再坐五分钟吧。”

代助请求他。平冈又坐了下来，但默然无语。

“三千代的病情，会不会有突然恶化的危险呢？”

“怎么说呢……”

“这个都不能告诉我吗？”

“还好吧，你也不用太担心了。”

平冈声音阴郁，像是冲着地面吐出来似的回答。代助心里痛苦万分。

“如果……如果有什么不测，可否在那之前，哪怕一次也行，让我见她一面呢？除此之外决不求你什么，唯独这一件事，唯独这件事请你务必答应我。”

平冈紧闭着嘴，久久不回答。代助痛苦不堪，无以排遣，两手使劲儿搓着。

“这个，到时候看情况再说吧。”平冈好容易开口回答。

“那么，我可以时常派人来问问病情吧？”

“这不太好吧。因为我和你已经没有任何关系了。将来倘若咱俩之间有什么交往，我想也只有把三千代交给你的那时候了。”

代助犹如触电一般从椅子上跳起来。

“啊，我明白了。原来你是打算让我只能看到三千代的尸体呀。这也太过分了！太残忍了！”

代助绕过桌子，走到平冈身边。右手抓住平冈的肩膀，拼命前后摇晃着嚷道：

“太过分了，太过分了！”

平冈看到代助眼里露出疯狂而可怕的光，便站了起来。

“我怎么会那样做呢？”他说着按住代助的手。两人互相瞪着对方着了魔似的脸。

“你不要不冷静。”平冈说。

“我现在很冷静。”代助回答。这是他在痛苦的呻吟中勉强说出来的。

片刻之后，代助恢复了常态。就像一个用尽了支撑自己力气的人那样，代助又瘫软地坐在椅子上，双手捂住了脸。

17

代助等到夜里十点钟一过，就悄悄地走出了家门。

“这么晚，到哪儿去啊？”门野吃惊地问。

“出去走走。”代助含糊地回答。

他一直走到了寺町的大街。正是盛夏时节，街上还比较热闹，穿着夏衣的人三三两两从代助身旁走过去。在代助眼里，他们只不过是些在移动的东西。马路两边的店铺都灯火通明。代助觉得刺眼，便拐进了一条电灯稀疏的胡同。来到江户川河畔时，夜风轻轻吹拂着，黑乎乎的樱树叶子在微微摇曳。有两个人站在桥上，正在凭栏俯看下面。代助来到金刚寺坂，也没有看见一个人影。岩崎公馆的高大石墙从两边挤过来，堵塞了细细的坡路。

平冈住的那条街就更加幽静了，大部分住家都看不到灯光。从对面驶过来的一辆空人力车，车轮嘎啦嘎啦响得叫人心惊。代助来到平冈家的围墙边停住了脚步，靠近了向里头窥视，里面很黑。紧闭的大门上吊着的门灯，照亮了门牌。门灯的玻璃罩上，映出了一只歪斜的壁虎影子。

今天早晨代助也到这里来过，下午他也在这附近徘徊。他想趁女佣出来买东西的时候，跟她打听三千代的病情，可是一直没有看到女佣出门，也没有看见平冈。他把耳朵贴在院墙上倾听，也听不到说话声。他想找个医生，详细打听病情，无奈没有见到平冈家门口有医生的车子停过。时间久了，在强烈阳光的照射下，他的脑袋开始翻江倒海了。一停住脚步，就要昏倒似的站不住。走起来时，大地仿佛在旋转不停。代助忍受着痛苦，好容易才一步步蹭回了家中。他连晚饭也没有吃，躺下来就不想动了。这时，可怕的太阳已经慢慢落山，夜空渐渐布满了繁星。在黑暗与凉爽中，代助终于恢复了精神，却又冒着夜露，往三千代家里走来。

代助在三千代家门前来回走了两三趟，每次走到门灯下面都停住脚，屏息倾听，定定地听上五分钟到十分钟。但是里面一片寂静，根本听不到任何情况。

代助每次走到门灯下面停下来的时候，都看到那只壁虎紧贴在玻璃罩上，它那斜映着的黑色影子，总是一动不动的。

代助每当看到这只壁虎，就感到厌恶。它那纹丝不动的影子令代助不安。他的思想陷入了因过于敏感而导致的迷信。他想象着，三千代现在很危险，她正在受着病痛的折磨。三千代也许快要死了，她渴望在临死之前，再见自己一面，才挣扎着不肯咽气吧。代助攥起拳头，恨不得砸破平冈家的大门。这时，他忽然意识到，自己是个就连触碰平冈的东西的权利都没有的人。代助害怕得跑了起来，在宁静的小路上，只有他的脚步声噔噔作响。代助越跑越恐惧，当脚步放慢下来时，他已经快喘不上气了。

看到路旁有石阶，代助梦游似的坐在石阶上，用手摁着额头，一动不动。过一会儿，睁开眼一看，面前有一扇高大的黑门，一棵粗大的松树将枝条从大门上方伸展到篱笆外面。原来代助休息的地方，是寺院的山门前。

他站起来，又怅然地迈步走起来，走了一段路，再次返回了通往平冈家的小路。他就像做梦似的站在门灯下面。那只壁虎依然趴在原来那里。代助深深地叹了口气，终于沿着小石川往南走下去了。

这天晚上，代助的头脑仿佛在火苗一般炽热的红色旋风里无休无止地旋转起来。他拼尽力气，试图从旋风里逃出来，可是头脑根本不服从他的命令，像一片树叶那样被旋风裹挟着，一刻不停地旋转着。

第二天，火辣辣的太阳又高高升起来了。外面骄阳似火，炙烤着大地。代助过了八点钟才勉强起来了。刚起床，就感到一阵头昏。他像平素一样往院子里洒了些水，便钻进书房，呆然枯坐。

这时，门野来了，说是有客人来访，然后站在门口，吃惊地瞧着代助。代助懒得回答，也没有问客人是谁，将被双手捂住的半张脸转向门野。这时，客人的脚步声已经来到檐廊，不等人来引路，哥哥诚吾就走了进来。

“啊，这边坐吧。”代助终于开口招呼了一声。诚吾一坐下，就掏出扇子，解开麻布上衣的领口，呼呼地扇风。看样子炎热的天气，把他身上的肥肉烤得难受，他不住地喘着粗气。

“真够热啊。”他说。

“家里人都好吧？”代助有气无力地问。

两个人闲聊了一会儿。代助的神情显得有些异样，不过，哥哥是绝对不会问他怎么了的。当聊天告一段落，哥哥一边说着“今天我来是……是有些事想要问问你”，一边从怀里掏出了一封信。他把信封的背面给代助看，那上面是平冈亲笔写的自家地址和姓名。

“你认识这个人吗?”

“认识。”代助机械地回答。

“听说是你以前的同学，是真的吗？”

“是的。”

“他的妻子你也认识吗？”

“认识。”

哥哥又拿起扇子，呼啦呼啦扇了两三下，稍稍向前探了探身，压低了嗓音：

“这个人的妻子，和你有什么牵扯吗？”

代助本来就不想隐瞒什么，可是，哥哥问得太简单，事情这么复杂，一句话哪里说得清楚呢？所以，迟迟没有回答。哥哥从信封里抽出信来，将信卷展开四五寸，说着：

“自称平冈的这个人，把信直接寄给父亲了。你自己看看吧。”交给了代助。

代助默默地接过信，读了起来。哥哥目不转睛地盯着他的前额。

信纸上的字很小。代助一行一行看下去，看过的部分从他手里长长地垂下来，足有二尺多长了，还没有看到头。代助的眼睛里直冒金星，头像灌了铅似的沉重。他无论如何也要打起精神，把信看完。他浑身承受着难以名状的压力，腋下渗出了汗水。快要读完的时候，他甚至没有勇气把信重新卷起来，只好把它摊在桌面上。

“这上面写的都是真的吗？”哥哥低声问。

“是真的。”代助简短地回答。

哥哥就像是受到了什么打击的人，顿时停下了手里的扇子，两个人都沉默了。良久，哥哥失望地说：

“你到底是怎么想的，竟干出这种蠢事？”

代助依然没有开口。

“不论什么样的女人，只要你想娶，还不是轻而易举的吗？”哥哥又说，代助还是一声不吭。哥哥说了第三句：

“你又不是没有跟女人消遣过，居然干出这种丢人现眼的事来，以前在你身上花的钱，不都白搭了吗？”

事到如今，代助没有勇气对哥哥诉说自己的内心。其实直到最近，他和哥哥的意见还是完全一致的。

“嫂子为你的事都哭了。”哥哥说。

“是吗？”代助恍如在梦中。

“父亲非常生气。”

代助没有吭声，只是将望着远处的视线收回来，转向了哥哥。

“你平时就是个不懂事的人，不过，我想你总有一天会明白过来的，所以一直到今天都把你当兄弟。可是这次的事，做得实在糊涂透顶，连我也对你彻底失望了。这世上最危险的就是不通事理的人。不知自己到底在做什么，在想什么，叫人无法放心。你可以说是自己的自由，可你也得为父亲和我在社会上的地位想想啊。你再愚蠢，也应该懂得维护家族名誉吧？”

哥哥的话掠过代助的耳朵，随风飘去。代助只感到全身痛苦不堪。但是他在哥哥面前，并没有因蒙受良心的鞭挞而有所畏惧。事已至此，代助不想装模作样地为这件事进行辩解，来获得庸俗兄长的同情。在代助的头脑里，对于自己走的是正当道路充满了自信。他为此感到满足。理解他这种满足感的只有三千代一个人。除了三千代之外，父亲、哥哥、社会和人们全是自己的敌人。这些人想把他们两个人推进熊熊烈火里活活烧死。代助把不发一言地同三千代拥抱在一起，让烈焰把自己尽快烧成灰烬，作为此生最大的愿望。他没有回答哥哥一句话，只是用两手托着昏沉沉的脑袋，石头般一动也不动。

“代助！”哥哥大声叫道，“今天是父亲叫我来的。你近来连家也不回了。平时都是父亲叫你去问话，但这次父亲说不想看见你，叫我来一趟，问问是否属实。父亲还说，如果你想辩解，就听听你的辩解，如果你不作任何辩解，平冈所说的句句都是事实的话，这辈子都不想见你了，你爱去哪里去哪里，爱做什么做什么，悉听尊便！不过，从此以后，他就当没你这个儿子，你也当没有他这个父亲吧。父亲就是这么说的。刚才听你说，平冈信里没有一句谎话，那就无话可说了。而且，看样子你对这件事，既无后悔之意，也不打算认错了。既然如此，我回去也无法帮你跟父亲说情了。只好把父亲托付我的话如实向你传达，回去复命。怎么样，父亲的意思你都听明白了吗？”

“都明白了。”代助干脆地回答。

“你是个大傻瓜！”哥哥呵斥道。代助仍然垂着头。

“真是没出息！”哥哥又说，“平时你比谁都能言善辩，可是到了关键时候，就变成了哑巴。而且，还背着家里干出这种有损父兄名誉的丑事来。以前你受的教育究竟有什么用呢？”

哥哥拿起桌上的信，自己卷了起来，静静的房间里，只有纸张哗啦哗啦响着。哥哥把信照原样装进信封，揣进了怀里。

“我回去了。”这回的语气和平时一样。代助恭敬地说了些道别的话。

“我以后也不再见你了。”哥哥说完，朝玄关走去。

哥哥走后，代助仍旧呆呆地坐在原来的地方。当门野来收拾茶具的时候，他嚯地站起来。

“门野，我去找个事做。”说完就戴上鸭舌帽，连伞也不打，冲进盛夏的阳光下去了。

代助冒着酷暑，大步流星地走着。火热的太阳从代助的头顶上直射下来，干燥尘土就像灰烬似的包裹着他的光脚。他的心中也随之愈加焦躁起来。

“烤焦啦！烤焦啦！”他一边走一边喃喃着。

他来到饭田桥，上了电车。电车一直向前行驶，代助在车内又大声说起来：“啊，动起来啦，世界动起来啦！”让旁边的人都能听见。他的头脑以电车轮子的转速旋转起来。在这旋转中，他感到脑袋像火一样发热了。代助想，要是这样乘上半天电车，自己会被烧化的。

忽然，一个红色邮筒映入代助的眼帘。于是那红色一下子飞进代助的脑袋里，一圈圈地旋转起来。伞店的招牌上，高高地吊着四把红色洋伞，这洋伞的颜色也飞进了代助的头脑里，卷起了旋涡。在十字路口，有人在卖鲜红色的大气球。电车在急速转弯的时候，气球追上来，贴在了代助的脑袋上。装载小包裹的红色邮车和电车擦身而过的时候，红颜色又被吸进了代助的脑袋里。香烟铺子的门帘子是红色的，“大甩卖”的旗子也是红色的，电线杆是红色的，涂红漆的广告牌一个接着一个……最后，街上的一切全都变成红色的了。而且，这红彤彤的一切都围绕着代助的脑袋呼呼喷着热气，一圈一圈地转个没完没了。代助决心继续乘坐这电车，直到自己的脑袋被烧尽为止。